KB038207

하라간

주논 판타지 장편소설

ORIGINAL FANTASY STORY & ADVENTURE

dream
books
드림북스

하라간 3 전운이 감도는 세상

초판 1쇄 인쇄 2017년 3월 23일
초판 1쇄 발행 2017년 4월 3일

지은이 쥬논
발행인 오영배
기획 박성인
책임편집 이대웅
일러스트 유진
표지 · 본문 디자인 권지연
제작 조하늬

펴낸곳 (주)삼양출판사 · 드림북스
주소 서울시 강북구 도봉로 173
대표 전화 02-980-2112 팩스 02-983-0660
편집부 전화 02-980-2116 팩스 02-983-8201
블로그 blog.naver.com/dreambookss
출판등록 1999년 3월 11일 제9-00046호.

ISBN 979-11-313-0657-4 (04810) / 979-11-313-0654-3 (세트)

드림북스는 (주)삼양출판사의 판타지 · 무협 문학 브랜드입니다.

하라간

쥬논 판타지 장편소설

ORIGINAL FANTASY STORY & ADVENTURE

3

전운이 감도는 세상

dream
books
드림북스

목차

사대신수

『성혈의 바하문트』
―신수: 날개 달린 사자
―상징: 공포
―속성: 흙(土), 피(血)

『둠 블러드 이탄』
―신수: 냉혹의 뱀
―상징: 파멸
―속성: 금속(金), 빛(光)

『불과 어둠의 지배자 샤피로』
―신수: 광기의 매
―상징: 탐욕
―속성: 불(火), 어둠(暗), 나무(木)

『포식자 하라간』
―신수: 투명 마수
―상징: 타락, 나태
―속성: 얼음(氷), 균(菌), 물(水)

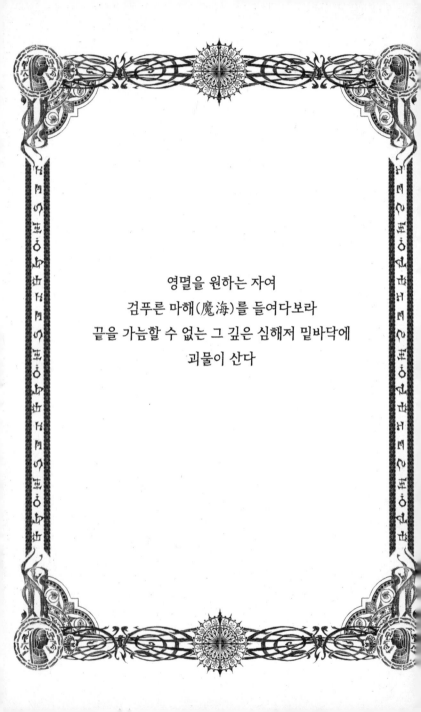

영멸을 원하는 자여

검푸른 마해(魔海)를 들여다보라

끝을 가늠할 수 없는 그 깊은 심해저 밑바닥에

괴물이 산다

다시 뚫은 마나의 벽

Chapter 1

수우욱—

검푸른 바다 깊은 곳에 거대한 생명체가 지나갔다. S자 곡선을 그리며 심해저를 유영하는 괴생명체는 저 머나먼 바닷속 지평선 끝에서 시작하여 반대편 끝까지를 다 차지할 정도로 압도적인 크기를 자랑했다.

괴생명체의 덩치가 너무나 거대해서 생김새를 다 파악하기란 불가능했다. 어마어마하게 길고 굵은 동체엔 커다란 조개껍질들이 다닥다닥 붙어 있어 마치 딱딱한 갑옷을 한 겹 두른 듯했다. 그 껍질 하나하나마다 악귀의 얼굴이 자리했는데, 그 악귀들이 딱딱딱딱 소리를 내며 뾰족한 이빨을 맞부딪쳤다.

괴생명체의 얼굴엔 수염이 길게 자라 있었다. 굵은 철사를 꼬아 만든 듯한 수염은 한 가닥 한 가닥의 굵기가 500년 이상 묵은 아름드리 거목보다 더 굵었고, 길이도 수십 킬로미터가 넘어 아무도 이것이 수염이라고는 생각하지 못할 정도였다.

수만 가닥이나 되는 긴 수염이 괴생명체의 머리통을 지나 목 언저리까지 길게 늘어졌다. 그 수염 가닥가닥이 마치 개별적인 생명체처럼 꾸불텅꾸불텅 움직이며 주변을 탐색해 나갔다.

해류를 타고 일렁거리는 수염 사이엔 뾰족하게 돋은 7개의 뿔이 두드러져 있었다. 서로 길이가 다른 7개의 뿔은 괴생명체의 정수리를 중심으로 왕관처럼 돋아났는데, 그 7개의 뿔 사이로 자줏빛 플라즈마가 섬뜩한 빛을 흩뿌렸다.

파츠츠츠! 파츠츠!

자주빛 플라즈마는 심해 속에서 밝아졌다 어두워졌다를 반복했다.

괴생명체의 기다란 동체에는 총 13개의 다리가 존재했다. 어마어마한 몸통 길이에 비해 다리는 상대적으로 굵고 짧아 기형적으로 느껴졌다.

끼이이약!

물살을 헤치며 심해저를 유영하던 괴생명체가 어느 순간 바짝 긴장했다. 껌껌한 저편 너머에 횃불처럼 타오르는 불덩이 3개가 파악 돈아난 탓이었다. 괴생명체의 뿔 사이에 맺힌 자줏빛 플라즈마가 일순간 화아악 부풀었다.

그와 동시에 온몸에 달라붙은 조개껍질들도 우산을 펴듯 몸체에서 떨어져 나와 크게 입을 열었다. 하늘의 별처럼 많은 조개껍질들이 뿔과 수염을 제외한 괴생명체의 몸뚱어리 전체를 감쌌다. 조개껍질에 돈아난 악귀의 얼굴들은 사람의 귀로는 들을 수 없는 고주파의 비명을 지르며 심해저를 뒤흔들었다.

수십만, 수백만의 악귀들이 동시에 비명을 지르자 괴생명체를 중심으로 거대한 음파의 벽이 만들어졌다. 그 벽은 이내 둥근 반구 형태로 심해저를 가르며 퍼져 나가 맞은편의 불덩어리를 강타했다.

터어엉!

금속보다 밀도가 더 높은 심해저의 바닷물이 엄청난 음파를 맞아 크게 뒤흔들렸다. 물살이 출렁이고, 충격파가 해저 지형을 뒤틀어 놓았다. 바다 밑바닥의 산맥이 지진을 만나 우르르 붕괴되었다. 곳곳에서 마그마가 터지며 시뻘건 용암이 분출했다.

치솟은 용암 덕분에 컴컴하던 바다 저편이 확 밝아졌다.

그 사이로 모습을 드러낸 어마어마한 광경!

오른쪽 수평선 끝에서 시작해서 왼쪽 수평선 끝까지 온 세상을 가득 채운 또 다른 괴생명체의 등장!

이 두 번째 괴생명체의 등판은 우툴두툴한 돌기가 산처럼 돋아 있어 마치 등에 대륙을 짊어지고 다니는 것 같았다. 괴생명체의 목은 뱀처럼 길었고, 그 끝에 시뻘건 3개의 안광이 타는 듯한 광채를 뿜어내며 첫 번째 괴생명체를 노려보고 있었다.

깊은 심해저에서 두 마리 괴생명체가 맞닥뜨렸다.

끼이이약!

조개껍질을 두른 첫 번째 괴생명체가 무시무시한 소리를 내며 몸통을 뒤틀었다.

심해저의 지평선 저 끝에 남아 있던 거대한 동체가 눈 깜짝할 사이에 S자로 흔들리며 날아와 상대를 휘감았다. 7개의 뿔 사이에서 부풀어 오른 자줏빛 플라즈마는 이내 수십 킬로미터가 넘는 거대한 구체를 만들며 둥실 떠올랐다.

그 플라즈마 덩어리가 갑자기 고속 회전을 하며 사방으로 자줏빛 에너지 덩어리들을 쏘아 내었다. 화살촉처럼 뾰족한 형태의 플라즈마 덩어리들이 심해저 사방으로 푸화학 퍼져 나갔다가 둥근 궤적을 그리며 한곳으로 집중되었다.

꾸어어엉—

공격을 받은 두 번째 괴생명체는 갑자기 상대편에게 몸이 휘감기고 자줏빛 플라즈마의 화살이 날아오자 거칠게 몸통을 뒤틀었다. 그의 세 눈이 시뻘건 화염을 줄기줄기 내뿜기 시작했다. 우툴두툴한 등판에서는 시커먼 기둥이 콰콰콰! 치솟았다.

이 기둥 하나하나가 신전을 떠받치는 석주보다 훨씬 더 굵었다. 두 번째 괴생명체의 등에서 쏘아져 나가 첫 번째 괴생명체에게 내리꽂히는 검은 기둥 표면엔 뾰족한 이빨 수천 개가 박힌 아가리가 돋아 있었다. 그 아가리가 쩍 벌어져 사정없이 상대를 물어뜯었다.

끼야아악!

첫 번째 괴생명체도 그에 맞서 조개껍질들을 한껏 부풀렸다. 괴생명체의 몸통에서 떨어져 나온 껍질들이 마치 독립적인 생명체처럼 바닷속을 누비며 검은 기둥들을 요격했다.

그 모습이 마치 거대한 함선에 매달려 있던 조그만 보트 수천 척이 화악 산개해서 적을 공격하는 듯했다.

그렇게 산개한 조개껍질들이 검은 기둥과 맞서 싸우는 동안, 첫 번째 괴생명체가 쏘아 낸 자줏빛 플라즈마 화살들은 적의 머리를 집중적으로 포격했다.

꾸어어어엉—!

눈이 3개인 괴생명체가 무시무시한 괴성과 함께 긴 목을 뒤틀었다. 그 거대한 목이 눈 깜짝할 사이에 고무줄처럼 오그라들어 딱딱한 등껍질 안쪽으로 자취를 감추었다.

자줏빛 플라즈마 화살은 상대의 등껍질을 녹이며 안으로 파고들었다. 수중에 둥실 떠오른 거대한 자줏빛 구체는 그 순간에도 계속 회전하면서 수만, 수십만의 화살들을 쏘아내고 있었다.

꾸엉! 꾸어어엉—!

눈이 3개인 괴생명체가 고통스러운 신음을 토했다. 도망치려고 해도 몸을 움직일 수가 없어 더 고통스러웠다. 적의 긴 몸뚱어리가 어느새 눈이 3개인 괴생명체를 칭칭 휘감아 포박한 탓이었다.

꾸어엉— 어어엉—

눈이 3개인 괴생명체가 발악하듯 기둥을 쏘아 댔다. 등껍질에서 쏘아진 검은 기둥들이 무수히 날아와 상대방을 포격했다.

그에 맞서 조개껍질들도 빠르게 움직이며 기둥들을 하나하나 요격했다.

그사이 자줏빛 플라즈마 화살군은 집요하게 한곳을 파고들어 대륙만큼이나 거대한 상대의 등껍질을 거의 다 뚫었다.

꾸어어어엉—

목숨에 위협을 느낀 세눈박이 괴생명체가 마지막 발악을

하듯 목을 빼냈다.

등껍질 속에 움츠려 있어 봤자 어차피 죽은 목숨이었다. 그럴 바에는 마지막 발악이라도 하고 죽는 것이 더 낫다.

이렇게 판단한 세눈박이 괴생명체는 몸통에 파고드는 자줏빛 플라즈마 화살을 무시한 채 목을 길게 뻗었다.

용수철처럼 튕겨 나온 세눈박이 괴생명체가 아가리를 쩍 벌렸다. 그다음 어마어마한 속도로 덮쳐 상대의 목덜미를 물었다.

끼이이이욧!

얼굴이 수염으로 뒤덮인 괴생명체가 고통에 찬 비명을 질렀다. 굵은 수염 가닥가닥이 고슴도치 가시처럼 빳빳하게 일어나 세눈박이 괴생명체의 목을 찔렀다.

이제 두 마물 모두 더는 물러설 곳이 없었다. 세눈박이 괴생명체는 자줏빛 플라즈마에 몸이 녹는 것도 무시하고 적의 목덜미를 으스러뜨릴 듯 물어뜯었다.

수염으로 얼굴을 뒤덮은 괴생명체는 수염과 조개껍질, 플라즈마 화살을 총동원해서 세눈박이 괴생명체의 숨통을 조였다.

Chapter 2

우르릉!

쿠르르릉!

거대한 두 마물의 혈투에 심해저가 몸살을 앓았다. 바다 밑바닥이 쩍쩍 갈라지고 시뻘건 핏물이 구름처럼 퍼져 나갔다. 그렇게 퍼져 나간 피 냄새가 심해저의 다른 마물들을 자극했다.

쿵! 쿵! 쿵! 쿵! 쿵!

산이 밀려오는 듯한 위압감과 함께 컴컴한 심해저 동쪽 저편에서 무언가가 지축을 울리며 접근해 왔다. 뿌연 바닷물 사이로 얼핏얼핏 거대한 뿔 4개가 출렁거리는 모습이 보였다. 둥글게 위로 굽은 4개의 뿔은 얼핏 보기엔 코끼리의 상아와 흡사해 보였는데, 그 크기 면에서는 비교도 할 수 없었다.

심해저 서편에선 수우우욱— 무언가가 물살을 헤치고 다가오는 것이 느껴졌다.

끼이이요옷!

마음이 다급해진 수염이 달린 괴생명체는 자줏빛 플라즈마 구체를 더욱 크게 부풀렸다. 물속에 둥실 떠오른 자줏빛 구체는 무려 지름 100킬로미터에 달할 정도로 팽창했다.

고속으로 회전 중인 그 구체로부터 어마어마한 양의 자 줏빛 플라즈마 화살이 쏘아져 나와 해저를 강타하고 적의 몸통을 벌집으로 만들었다.

마침내 세눈박이 괴생명체의 목이 끊겼다.

꾸우우어어엉—!

세눈박이 괴생명체는 구슬픈 비명과 함께 온몸을 뒤틀었 다. 적의 목덜미를 문 머리통도 목이 잘리자 더 이상 힘을 쓰지 못했다.

끼이요요옷!

수염이 가득한 괴생명체가 승리의 포효를 내질렀다. 그 러곤 세눈박이 괴생명체의 끊어진 머리통을 덥석 물어 우 두둑우두둑 씹어먹었다.

'내가 싸움에서 승리했다. 그리고 나는 아직 건재하다. 그러니 너희들도 죽고 싶으면 와서 덤벼라!'

수염이 가득한 괴생명체는 멀리서 접근하는 적들에게 이 렇게 경고라도 하듯이 승리의 만찬을 즐겼다.

물살을 가르며 접근 중이던 서쪽의 마물이 멈칫했다.

쿵쿵쿵! 해저 밑바닥을 걸어서 다가오던 동쪽의 마물도 잠시 접근 속도를 늦췄다.

그 순간 폐허가 된 해저 밑바닥에서 무언가가 솟구쳤다.

투명해서 형체는 보이지 않았다. 은밀해서 접근이 느껴

지지도 않았다. 그렇게 갑자기 솟구친 투명한 무언가가 승리의 만찬을 즐기던 괴생명체를 덮쳤다.

와득!

무언가 씹는 소리와 함께 수염이 잔뜩 돋은 괴생명체의 몸통 3분의 1이 사라졌다.

끼욕! 끼요요요욕! 끼욕!

승리에 도취되어 있던 괴생명체가 자지러져라 비명을 질렀다. 그의 온몸을 뒤덮은 조개껍데기가 촤라락 일어나 적을 공격할 태세를 갖췄다. 얼굴에 돋은 수염은 창처럼 쫙 뻗었다. 머리 위에 둥실 떠오른 자줏빛 플라즈마 구체는 미친 듯이 회전하면서 사방으로 화살을 쏘아 냈다.

하지만 소용없었다.

별동대처럼 움직이던 조개껍질들은 투명한 벽에 막혀 튕겨 나갔다가 이내 후드득 갈려 가루로 변했다.

뾰족하고 굵은 수염은 마차 바퀴에 깔린 수숫대처럼 와드득 부러지고 뭉개졌다. 금속도 순식간에 녹이는 자줏빛 플라즈마 화살도 투명한 벽에 막혀 힘을 쓰지 못했다.

한순간 강한 흡입력이 발생했다.

쑤와아아악—!

금속보다 밀도가 높은 바닷물이 어느 한곳으로 무섭게 빨려 들어갔다. 해저 밑바닥에서 분출하던 용암도, 이리저리 휘날리는 해저의 바위들도 모두 그 한 지점을 향해 우그러지며 빨려 들어갔다.

지평선 저 끝까지 도달하던 수염 달린 괴생명체도 예외는 아니었다. 괴생명체는 조금 전 투명한 무언가에게 물려 몸통의 3분의 1을 뜯어먹힌 상태였다. 이어서 발생한 엄청난 흡입력에 나머지 3분의 2가 쭈르륵 딸려 갔다.

끼욕! 끼욕! 끼요욕!

수염 달린 괴생명체가 발악을 했다.

소용없었다.

쑤와악─! 쪼륵!

괴생명체의 기다란 몸뚱어리가 단 몇 초 만에 자취를 감추었다. 이어서 세눈박이 괴생명체의 육중한 시체도 덥석! 덥석! 단 두 번 만에 세상에서 사라졌다.

서쪽에서 접근 중이던 마물이 미친 듯이 도망치는 것이 느껴졌다. 쿵! 쿵! 쿵! 지축을 울리며 다가오던 동쪽의 마물도 발걸음 소리를 죽여 가며 살금살금 도주했다.

심해저는 다시 적막에 잠겼다.

고요해진 바다에 범고래처럼 생긴 생명체가 살랑살랑 꼬리를 치며 헤엄쳤다. 녀석은 조금 전 잡아먹힌 두 마리 괴생명체에 비하면 우스울 정도로 조그마했다. 물론 그래도 바다에 사는 진짜 범고래보다는 수십만 배 이상 몸집이 더 컸지만 말이다.

적록색 몸체의 범고래 머리 위에는 거대한 나무가 한 그루 자리했다. 그 나뭇가지 한 가닥 한 가닥마다 이빨이 무시무시하고 온몸에서 형광색을 내뿜는 상어들이 열매처럼 매달려 스윽, 스윽 바다를 유영했다.

나뭇가지에 매달린 상어의 수는 헤아릴 수 없이 많았다. 그 많은 상어들이 형광색을 뿜어 대자 깜깜한 바다에 찬란한 별이 한가득 뜬 것 같았다.

'끄응차!'

하라간이 잠결에 기지개를 켰다.

깊은 심해저의 산맥이 끼이이익! 기지개를 켜듯 뒤틀렸다. 심해저에 산사태가 일어나고, 바닥이 쩍쩍 갈라졌으며, 용암이 무섭게 분출했다.

'허어! 오늘 꿈은 또 새롭네.'

하라간이 침대에서 눈을 번쩍 떴다.

새벽 3시. 사방은 아직 꿈속처럼 어두웠다.

'날이 밝으려면 멀었구나. 이대로 좀 더 뒹굴거릴까?'

하라간의 머리에 문득 이런 생각이 깃들었다.

"응? 내가 지금 무슨 생각을 한 거야? 이러면 안 돼."

하라간은 두 손으로 자신의 뺨을 쫙 때려 정신을 차리고는 침대를 박차고 일어났다.

"웃차!"

하라간이 손을 뻗자 벽에 걸린 검이 둥실 떠서 날아왔다. 하라간의 손에 안착한 검은 우우웅! 소리를 내며 기분 좋게 울어 댔다.

하라간은 검에 기운을 불어 넣었다.

후오오옹!

검신을 타고 우윳빛 광채가 터져 나왔다. 빛은 눈을 뜨기 힘들 정도로 밝았지만 하라간은 만족하지 못했다.

'터져 나온 빛이 다시 안으로 갈무리 되어야 해.'

외부로 발산되는 빛이 많다는 것은 에너지가 새고 있다는 반증이었다. 하라간은 아직 마나의 벽 1단계를 완전하게 넘지 못했다. 이제 겨우 벽에 근접했을 뿐이다.

"에효! 게다가 이렇게 나약해 보이는 흰색이라니!"

하라간은 검날에 어린 뽀얀 빛을 바라보며 가볍게 한숨을 쉬었다.

과거 루잉 백작이던 시절, 그는 검에서 새까만 흑색의 빛을 내뿜었다. 보는 것만으로도 소름이 돋고 상대방을 압도하는 새까만 빛! 그런데 지금 검에 어린 빛은 하얗다. 그것도 위력적인 백색이 아니라 연약해 보이는 우윳빛이다. 하라간은 지금 이 색깔이 마음에 들지 않았다.

"그래도 할 수 없지. 한번 결정된 빛은 바뀌지 않으니까 내가 적응할 수밖에."

하라간은 한탄을 멈추고 신중하게 앞으로 한 발을 내디뎠다.

휘잉!

하라간이 손목을 빙글 돌리자 검이 부드럽게 허공을 가르며 전면으로 뻗었다. 검날에 어린 우윳빛이 쭈우웅! 출렁이며 날카로운 기세를 뿌렸다. 하라간은 부드럽게 검을 접었다가 다시 곡선을 그리며 펼쳤다. 아래서 위로 비스듬히 올라간 검의 궤적이 공간을 둘로 갈랐다. 그러곤 거꾸로 내려오면서 공간을 다시 넷으로 나눴다.

하라간의 검에선 소리가 나지 않았다. 검날에서 뿜어지는 광채는 갈수록 농도가 짙어졌다. 하라간은 어느새 스스로를 잊었다. 지금 자신이 어디에 서 있는지도 몰랐다. 하라간은 모든 것을 머릿속에서 지워 버렸다.

그렇게 하라간은 검 하나에 몰입했다.

하라간의 검 끝에 맺힌 빛이 점점 더 밝아졌다.

그러던 어느 순간부터인가 검에서 뿜어지던 빛이 안으로 침잠되었다. 검이 휙휙 공간을 가로지르는 가운데, 검신에서 쏟아지던 우윳빛 광채는 모두 검날 안으로 파고들어 더이상 그 자태를 드러내지 않았다.

그렇게 검이 빛을 감추자 하라간의 몸에서 흐르던 땀도 함께 사라졌다. 더 이상 하라간의 근육은 비명을 지르지 않았다. 모든 것이 편안하고 자연스러운 상태가 되었다.

하라간의 입가에 자신도 모르게 미소가 걸렸다.

하라간의 몸이 춤을 추듯 허공으로 떠올랐다. 한 폭의 그림처럼 아름다운 검무가 하라간의 몸에서 펼쳐져 나왔다.

이른 새벽.

하라간은 드디어 마나의 벽 1단계를 다시 밟았다.

Chapter 3

"한번 들어와 봐."

하라간이 레다를 향해 손가락을 까딱거렸다. 칼리프의 손녀 레다는 하라간의 친위대원 가운데 무력이 가장 강한 소녀였다. 머리카락을 두 갈래로 나눠 딴 레다가 입술을 굳게 다물고 자세를 낮췄다.

"들어오라니까."

하라간이 한 번 더 손가락을 까딱였다.

"차합!"

기합과 함께 레다가 후웅 날아들었다.

까앙!

하라간의 코앞에서 격렬한 불똥이 튀었다. 레다가 곧게 내뻗은 창이 하라간의 창대에 막히면서 붉고 푸른 불똥을 토해 놓았다.

레다의 공격은 거기서 끝나지 않았다.

"차하핫!"

이번엔 레다의 몸이 허공에서 핑그르르 회전했다. 첫 번째 공격이 막히자마자 레다는 튕겨 나오는 반발력을 이용해서 몸을 360도 돌린 것이다.

레다의 창이 주인의 회전력을 발판 삼아 허공에 큰 원을 그렸다. 그다음 하라간의 정수리를 향해 그대로 내리꽂혔다.

까아앙!

이번에도 하라간은 최소한의 움직임만으로 레다의 공격을 막아 내었다. 레다의 창이 다시 허공으로 튕겨 올랐다.

사실 레다가 휘두르는 창에는 무지막지한 힘이 실려 있어서 어지간한 솔샤르들은 제대로 막지도 못했다. 겨우 막아 낸 자들도 뒤로 밀려나 엉덩방아를 찧기 일쑤였다.

하라간은 달랐다. 그 호리호리한 체격에서 어떻게 저런 위력이 나오는지, 레다의 창을 하늘 높이 튕겨 내었을 뿐 아니라 방어 자세도 전혀 무너지지 않았다.

"이익!"

레다가 입술을 꽉 깨물었다. 단 두 번 맞부딪쳤을 뿐인데 벌써부터 그녀의 손바닥 껍질이 벗겨져 핏물이 배어 나왔다.

'젠장! 철벽도 이런 철벽이 없어. 하라간 님은 마치 내 공격을 열 배의 반발력으로 튕겨 내는 느낌이야.'

두 사람이 아침 대련을 시작한 것도 벌써 하루 이틀 일이 아니었다. 매번 무기를 맞댈 때마다 레다는 하라간이 철벽보다 더 견고하다고 느꼈다. 실제로 하라간과 겨루고 난 이후로 레다의 손바닥은 성할 날이 없었다. 이건 손바닥이 찢어지는 정도가 아니라 손목뼈까지 시큰거렸다. 세게 후려치면 칠수록 오히려 레다가 받는 타격이 더 컸다.

'하지만 오늘은 다를 것이야.'

레다는 있는 힘껏 입술을 깨물었다. 그러곤 손을 쫙 펴서 무섭게 튕겨 나가는 창대를 그대로 놓아주었다.

레다의 창이 반발력에 의해 튕겨 나가 하늘 높이 치솟았다.

그사이 레다는 허공에서 뚝 떨어지며 하라간을 향해 발을 차올렸다.

"차압!"

완벽한 타이밍의 기습 공격!

레다의 발끝이 하라간의 턱 아래를 아슬아슬하게 스치고 지나갔다. 남들이 보기엔 하라간이 가까스로 레다의 공격을 피한 것 같지만, 사실 하라간은 레다의 이런 변칙 공격을 이미 짐작하고 있었다.

최소한의 동작으로 턱을 들어 레다의 오른발 발차기를 피한 다음, 하라간은 창대를 가볍게 휘저어 레다의 왼쪽 발목을 휘감았다.

그 부드러운 동작 하나에 레다의 균형이 허물어졌다.

"어엇?"

레다는 옆으로 몸을 뒤틀면서 바닥에 나동그라졌다. 하지만 그녀는 쓰러진 것보다 더 빨리 튕겨 일어나며 하늘에서 뚝 떨어지는 창대를 낚아챘다.

쿠르르— 콰콰콰콰!

레다의 창이 다시 꿈틀 움직였다. 무섭게 회전하는 창날은 허공에 무려 7개의 소용돌이를 만들어 내었다. 그 일곱 줄기 소용돌이가 서로 다른 궤적을 그리며 하라간을 압박했다.

하라간도 창을 앞으로 뻗었다. 레다가 만들어 낸 일곱 줄기 소용돌이와 하라간이 그린 단순한 궤적 하나가 허공에서 맞부딪쳤다. 그 와중에 레다의 가슴께에서 시커먼 투창 43개가 폭발적으로 쏘아져 함께 날아들었다.

이 43개의 투창은 출발은 늦었지만 그 속도가 극도로 빨라 레다가 만들어 낸 일곱 줄기 소용돌이 공격보다 더 먼저 하라간을 찔렀다.

막레르!

레다와 결합한 해구 1층 레벨의 마물이 드디어 그 모습을 드러내었다. 한데 레다의 막레르는 일반 막레르와는 형태가 완전히 달랐다.

일반 막레르는 19개의 방패와 24개의 창을 지녔다. 게르 8호의 경우엔 독특하게도 투창이 42개에 방패는 2개만 가진 특이종 막레르와 결합했지만, 이건 정말 드문 경우고 대부분의 막레르는 모두 19개의 방패와 24개의 창을 가진 것이 보편적이었다.

그런데 레다가 쏘아 낸 시커먼 투창은 총 43개!

이것만 보아도 레다가 얼마나 공격적인 성향인지 짐작이 가능했다. 레다는 게르 8호보다도 한술 더 떴다.

하지만 그렇다고 레다가 방어에 취약한 것은 아니었다. 레다와 결합한 마물은 독특하게도 방패와 투창을 자유롭게 변환하는 특이종 중의 특이종으로 성장했다. 필요에 따라서 어떨 때는 방패를 모두 창으로 전환해서 공격에 올인하고, 또 어떨 때는 창을 방패로 바꿔서 온몸에 43개의 방패를 두르는 것이 바로 레다였다.

이번엔 공격에 올인!

레다가 마물로 변신을 했건만 하라간은 표정 하나 변하지 않았다. 대신 하라간의 창끝이 진한 우윳빛을 머금었다.

뻐어엉!

둘 사이의 공기가 폭발했다. 격렬한 폭풍이 부우욱— 부풀어 올라 온 사방으로 퍼져 나갔다. 하라간은 부드럽게 그 폭발에 올라타서 뒤로 다섯 걸음 물러섰다.

반면 레다는 폭발에 휘말려 우당탕 나뒹굴더니 그대로 30 미터 저편에 처박혔다.

"크헉!"

레다가 피를 한 모금 토했다.

Chapter 4

레다의 의복은 넝마처럼 너덜너덜 해지고 여기저기 구멍이 뚫렸다. 온몸에 찰과상을 입어 피가 철철 흘렀으며, 코에서도 쌍코피가 터졌다.

"하라간 님, 잘 배웠습니다."

레다는 손등으로 코피를 쓱 문지르더니, 벌떡 일어나 하라간에게 90도로 허리를 굽혔다. 하라간이 창대를 바닥에 콱 꽂은 다음, 레다에게 충고했다.

"레다, 물러설 땐 물러설 줄 알아야 해."

"네?"

"방금 전에 말이야, 순차적으로 공격을 할 수도 있었는데 그러지 않고 그냥 한 방에 모든 것을 걸었잖아? 그렇게 도박을 거는 거, 별로 좋은 태도는 아니야."

하라간의 지적은 정확했다.

레다가 멋쩍게 뒤통수를 긁적였다.

"아아, 눈치채셨습니까? 죄송합니다. 헤헤헤!"

"허어! 당연히 눈치채고말고. 그렇게 코뿔소처럼 무식하게 들어오는데 누가 모르겠어?"

말투는 핀잔하듯 내뱉었지만 사실 하라간은 속으로 레다를 대견하게 여겼다.

조금 전 레다의 올인 공격은 정말 위력적이었다. 마나의 벽 1단계 수준으로는 도저히 막을 수 없는 폭발적인 공격!

'아마 남부 연합에서 레다의 공격을 막아 낼 수 있는 사람은 잘해야 서너 명에 불과할 거야. 마나의 벽 1단계 수준으로는 어림도 없고, 2단계에 올라선 사람도 레다의 공격을 정면으로 맞받아치기는 버거울 것 같아.'

조금 전 충돌의 순간, 하라간은 창에 기운을 불어 넣은 것만으로는 부족해서 마물을 살짝 불러내었다. 하라간과 결합한 마물이 살짝, 아주 살며시 콧김을 내뿜어 허공에 투명한 벽을 만들었고, 그 벽이 레다의 공격을 두 배의 힘으로 튕겨 내었다.

43 곱하기 2는 86.

다시 말해서 레다는 조금 전 막레르의 투창 86개가 동시에 찔러 오는 파괴력을 온몸으로 받아 낸 셈이었다.

보통 이 정도 공격을 받으면 몸뚱어리가 넝마가 될 터! 레다는 그 짧은 순간에 43개의 투창을 모두 방패로 바꿔 몸 앞에 겹겹이 둘렀다. 그리고 그 방어막 위에 엄청난 파괴력이 강타해 레다를 30미터 저편으로 날려 버린 것이다.

'공격에 올인해서 극한의 위력을 끌어낸 것도 칭찬해 줄만한데, 방어로 전환하는 속도도 엄청 빨랐어. 만약 제 타이밍에 방어하지 못했으면 레다의 갈비뼈가 몽땅 부러졌을 거야.'

레다의 재능은 정말 발군이었다.

'정말 가르치는 보람이 있다니까. 하하하!'

하라간은 무척 기분이 좋았다.

레다와 창을 맞댄 뒤 하라간은 가볍게 아침을 먹었다. 군나르의 부름을 받는 경우를 제외하면 하라간은 주로 6명의 친위대원들과 함께 식사했다.

식후엔 게브 소속 환관들을 불러 모았다. 그러곤 그들을 앞세워 다짜고짜 마이림의 궁으로 쳐들어갔다.

병력의 이동 중에 하라간이 물었다.

"티티이는 어제 오후에 석방되었지?"

게브의 부총관이 냉큼 대답했다.

"네. 총관님의 지시였습니다. 티티이에게 딱히 의심스러운 구석이 없는 데다 웃전과 마이림 님의 궁에서 계속 티티이를 석방하라는 압력이 들어와 풀어 줄 수밖에 없었습니다."

답을 하면서 부총관은 은근슬쩍 하라간의 눈치를 살폈다.

다행히 하라간은 그냥 넘어갔다.

"그래?"

짧은 한마디를 끝으로 하라간은 입을 다물었다.

일행은 침묵 속에서 빠르게 발걸음을 옮겼다.

마이림의 거처는 24층 높이의 뾰족한 궁으로, 궁전 주변에 조성된 정원은 지상낙원이라 불릴 만큼 아름다웠다.

하지만 안타깝게도 이 화려한 낙원의 경치를 감상할 수 있는 사람은 극소수에 불과했다. 마이림의 궁전은 이곳 왕궁 내에서 군나르의 웃전, 하라간의 친전 다음으로 출입이 엄격하게 통제되는 장소이기 때문이다. 하라간의 친위대원들도 마이림의 궁을 방문하는 것은 이번이 처음이었다.

"마이림 님의 궁전이 그렇게 아름답다고 하더라고. 아아! 언젠가 꼭 한번 구경하고 싶었는데 오늘 드디어 소원을 풀게 생겼네. 헤헤헤!"

네페르가 두 손을 모아 황홀한 표정을 지었다.

융이 옆에서 면박을 주었다.

"네페르, 넌 지금 풍경 따위가 눈에 들어오냐? 주변 분위기 좀 봐라. 쯧쯧쯧!"

"오옹? 분위기?"

네페르가 어리둥절해서 주변을 둘러보았다.

융의 말처럼 친위대원들의 표정은 딱딱하게 굳어 있었다. 친위대원들의 뒤에 따라붙은 게브의 환관들도 모두 긴장한 기색이 역력했다.

네페르가 고개를 귀엽게 갸웃거렸다.

"햐아! 오늘 분위기가 왜 이렇게 굳었지? 게다가 다들 중무장을 했잖아?"

앞에서 길 안내를 맡은 대머리 환관들은 비무장이었으나, 6명의 친위대원과 게브의 환관들은 모두 방패와 무기를 착용한 중무장 차림이었다. 게다가 그 숫자가 무려 200명에 육박했다.

왕궁 내에서 200명이나 되는 병력이 이동한다는 것은 보통 심각한 일이 아니었다.

"뭐야? 우리 설마 지금 마이림 님의 궁전으로 전쟁하러 가는 거야?"

네페르가 융에게 속삭였다.

"야! 너……."

융이 크게 한숨을 쉬며 네페르에게 한마디 하려고 할 때,

라티파가 먼저 말을 끊었다.

"쉿!"

레다의 언니 라티파는 친위대원들 가운데 우두머리였다. 라티파가 검지를 세워 입술에 붙이고 눈썹을 찌푸리자 네 페르는 움찔 놀라 입을 다물었다.

융도 냉큼 고개를 돌려 바른 자세를 취했다.

길안내를 맡은 환관 4명.

친위대원 6명.

게브의 부총관과 게브 5호, 6호, 7호, 9호를 포함한 요원 200명.

환관들이 디자인한 마스크로 뾰족한 이빨을 가리고 어슬렁어슬렁 행렬에 따라붙은 하라간의 숙주 15마리.

오전 9시가 조금 넘었을 무렵, 마이림의 궁에 중무장한 병력이 들이닥쳤다.

"누구냣?"

"멈춰랏!"

궁을 지키는 수비병들이 화들짝 놀라 하라간 일행에게 창을 겨눴다.

게브 5호가 앞에 나서서 하라간의 정체를 밝혔다.

"이놈들! 어디서 감히 무기를 겨누느냐? 어서 길을 열지 못할까! 위대하시고 또 위대하신 분의 과업을 이어받으실 분, 하라간 님께서 행차하셨느니라."

게브 5호는 중키에 복장을 정갈하게 갖춘 환관이었다. 그의 외모는 학구파 관료를 연상시킬 만큼 단정했다. 실제로 게브 5호는 조직의 두뇌 역할을 담당했다. 게브 5호의 손아귀 안에서 조직의 온갖 비밀 정보가 통제되었고, 주요 작전들이 그의 머릿속에서 수립되었다. 게브의 환관들은 장차 게브 5호가 조직의 머리(참모)를, 그리고 게브 8호가 조직의 손발(무력)을 담당할 것이라 기대했다.

"어억! 하라간 님!"

"잠시만 기다려 주십시오. 저희가 궁 안에 기별을 넣겠습니다."

입구를 지키는 수비병들이 당황해서 말을 더듬었다.

게브 5호가 버럭 호통을 쳤다.

"어허! 네놈들이 미친 게냐? 지금 감히 누구더러 기다리라는 것이야? 하라간 님의 행차시다. 어서 궁문을 열지 못할까!"

게브 5호의 단호한 호통에 수비병들의 얼굴이 사색이 되었다.

"알겠습니다."

"어서 안으로 드십시오."

수비병들은 서둘러 문을 개방했다.

게브 소속 선발대가 먼저 문 안에 들어가 주변을 살핀 다음, 손으로 '안전하다.'는 신호를 보냈다. 게브의 본대는 그제야 움직였다. 하라간은 황금빛 차광막을 두른 마차에 앉아 마이림의 궁을 둘러보았다.

"와아! 예쁘다."

뒤따라 들어온 네페르가 아름다운 낙원의 모습에 탄성을 흘렸다.

낙원 바닥엔 보라색 꽃들이 자잘하게 깔려 있었고, 그 사이사이에 기형적인 각도로 꾸불꾸불 굽은 나무들이 자리했다. 나뭇가지에서 길게 늘어진 반투명한 줄기엔 자줏빛 홀씨들이 솜사탕처럼 붙어서 하늘하늘 흔들렸다.

알록달록한 색깔의 나비들이 홀씨 사이로 날아다니며 군무를 추었다. 나무 주변엔 몽환적인 안개가 옅게 펼쳐져 있었는데, 안개 사이로 무지갯빛 램프가 점점이 밝혀져 있어 길을 안내했다.

Chapter 5

"가자."

게브 5호가 앞장섰다.

6호, 7호, 9호가 각자의 부대를 이끌고 그 뒤를 받쳤다.

중무장한 부대가 궁 안 정원으로 난입하자 나비들이 깜짝 놀라 사방으로 흩어졌다.

그때 안에서 기척이 들렸다.

"멈춰라!"

뾰족한 음성과 함께 칼을 든 여인들이 뛰쳐나와 하라간 일행의 앞을 가로막았다.

여인들은 길고 가느다란 칼을 왼손에 들었고, 오른쪽 어깨엔 사자의 얼굴을 형상화한 커다란 보호대를 착용한 차림이었다. 30명 남짓 되어 보이는 여인들 가운데 한 명이 앞에 나서서 궁의 수비병들을 꾸짖었다. 40대로 보이는 중년 여인이었다.

"이 멍청한 것들! 누가 궁의 문을 열어 주라고 했단 말이냣!"

"마마님!"

수비병들의 얼굴이 사색이 되었다.

마마님이라 불린 중년 여인이 버럭 호통을 쳤다.

"미욱한 놈들! 너희는 오직 존귀하신 마이림 님의 명령만 들어야 하거늘, 어찌 감히 외부인들의 말에 현혹되어 망령된 짓을 한 것이냣? 다들 목이 달아나고 싶은 게로구나."

수비병들은 크게 당황했다.

"마마님! 송구합니다."

"저희가 잘못했습니다. 용서해 주십시오."

"으으음! 내 너희들의 죄를 나중에라도 엄히 추궁할 것이야."

마마님이라 불린 여인은 수비병들을 무섭게 윽박지른 뒤, 게브 5호에게 다시 시선을 돌렸다.

"그대는 이곳이 어떤 곳인지 알고 있소? 위대하시고 또 위대하신 분께서는 이 궁을 마이림 님께 선물하시면서 왕국의 그 어느 누구도 허락 없이 이곳에 들어올 수 없다고 선포하셨소. 그런데 감히 위대하시고 또 위대하신 분의 명을 어길 셈이오?"

게브 5호도 물러서지 않았다.

"위대하시고 또 위대하신 분의 모든 과업을 이어 받으실 분! 위대하시고 또 위대하신 분께서 친히 후계자로 세우신 분! 하라간 님께서 친림하셨소. 마땅히 마이림 님께서 문을 활짝 열고 마중을 나오는 것이 도리일 터, 그분께서는 지금 어디 계시오?"

"하아! 아무리 하라간 님이라 하실지라도 미리 연락도 없이 이렇게 난폭하게 들이닥치는 것은 곤란하지요. 마이림 님이 대체 누구시오? 바로 하라간 님의 고모할머니가 되시는 분이라오. 부디 여기선 예의를 지켜 주기 바라오. 그리고 내 다시 한 번 경고하지만, 마이림 님의 허락 없이는 아무도 안으로 들어갈 수 없소."

중년 여인이 고집스럽게 앞을 가로막았다.

"뭐라고?"

"네가 감히 하라간 님의 행차를 막겠다는 것이냐?"

게브의 환관들이 중년 여인을 무섭게 노려보았다.

그래도 중년 여인은 꿈쩍하지 않았다. 그녀의 뒤에 늘어선 30명의 여무사들도 떡 버티고 서서 길을 막았다.

환관들이 길을 열지 못하고 쩔쩔매자 하라간이 차광막을 걷고 마차에서 내려섰다.

"하라간 님!"

대머리 환관들이 송구한 듯 머리를 조아렸다.

"하라간 님, 송구하옵니다."

게브 5호도 난감한 듯 하라간을 바라보았다.

하라간이 직접 나서자 길을 막은 여인들이 움찔했다.

하라간은 거침없이 앞으로 다가섰다.

"하라간 님……."

중년 여인의 눈이 순간적으로 흔들렸다. 하지만 그녀는 아랫배에 힘을 꽉 주고 하라간의 앞을 막았다.

"하라간 님, 참으로 송구하오나 이곳은 하라간 님의 고모할머니이신 마이림 님의 거처이옵니다. 잠시만 시간을 주시면 마이림 님께서 분부를 내려 주실 것이니 그때까지만 이곳에서 기다려 주시…… 꺼거걱!"

중년 여인은 말을 끝까지 마치지 못했다. 어느새 뽑아 든 하라간의 검이 그녀의 복부를 쑤시고 깊숙이 파고들었기 때문이다.

"흐읍!"

"아악! 마마님!"

의외의 사태에 여무사들이 깜짝 놀라 부르짖었다.

"허억, 하라간 님!"

"이걸 어쩨!"

친위대원들도, 그리고 게브의 환관들도 하라간의 거침없는 행동에 화들짝 놀랐다.

하라간은 상대의 복부를 찔렀던 검을 다시 뒤로 쭉 뺐다.

"끄으윽! 크흡!"

중년 여인은 배에서 울컥울컥 쏟아지는 피를 두 손으로 틀어막으며 주저앉았다. 하라간은 무표정하게 그녀의 옆을 지나 마이림의 궁으로 발걸음을 옮겼다.

"아아!"

"마마님! 마마님, 정신 차리세요."

우두머리가 쓰러지자 다른 여무사들은 감히 하라간을 막

지 못했다. 그저 중년 여인을 둘러싸고 발만 동동 구를 뿐
이었다.

"하라간 님! 저희가 보필하겠습니다."

"게브의 전사들은 뭣들 하느냐? 어서 하라간 님을 따르
라."

친위대원들과 게브의 환관들이 놀란 마음을 추스르며 하
라간의 뒤를 쫓았다.

중무장한 병력이 마이림이 아끼는 낙원을 짓밟으며 안으
로 들이닥쳤다.

뎅뎅뎅뎅!

건물 안에서 급박하게 종이 울렸다. 칼을 든 여자 무사들
이 사방에서 몰라와 하라간 일행을 둘러쌌다. 그 수가 얼추
200명은 넘어 보였다.

하라간은 건물 입구에서 마이림과 맞닥뜨렸다.

"이게 대체 무슨 짓입니까, 하라간 님!"

마이림의 아름다운 얼굴이 잔뜩 일그러졌다. 꽉 움켜쥔
그녀의 주먹은 참을 수 없는 치욕이라도 당한 듯 부들부들
경련했다.

하라간은 주변을 슥 훑어보았다.

머리를 빡빡 민 매부리코의 노인 한 명.

화려한 복장의 50대 남자 2명.

얼굴에 주름이 자글자글한 노부인 한 명.

무장을 갖춘 여무사 120명 남짓.

눈에 띄는 사람은 이 정도였다. 이 가운데 하라간은 2명
이 눈에 익었다. 매부리코 노인과 노부인이 그 대상이었다.

'왕궁 대사제 아바.'

165 센티미터 정도의 자그마한 체구에 뾰족한 매부리코
가 인상적인 노인은 바로 왕궁 대사제 아바였다. 아바는 하
라간의 스승 칼리프, 그리고 하라간의 외조부 카팁과 더불
어 대신들 가운데 가장 권력이 강한 삼인방에 속했다.

당연히 하라간도 아바와 몇 번 만난 적이 있었다.

이어서 하라간의 눈이 노부인에게 멎었다.

마이림의 등 뒤에 호위하듯 자리한 노부인!

하라간이 감각을 통해 몇 번이나 목격했던 바로 그 노파
였다. 게브 총관을 아들이라고 불렀던 바로 그 노파!

'이 자리에서 나를 제외하면 저 노파가 가장 강해.'

놀랍게도 노부인은 게브의 부총관이나 레다보다도 더 무
력이 강했다. 하라간은 상대의 무력 수준을 한눈에 파악했
다.

마지막으로 화려한 복장의 50대 남자 2명.

'그런데 저 둘은 누군지 모르겠군.'

하라간은 눈살을 찌푸렸다. 하지만 저들의 정체가 무엇인지 대충 짐작은 갔다. 그들의 허리에 매달린 황금으로 장식된 검집이 하라간에게 힌트를 제공했다.

'마이림 님의 궁전에 검을 차고 들어올 수 있는 사람은 극히 드물지. 게다가 황금으로 검집을 장식할 수 있는 사람은 왕족들뿐이야.'

저 둘은 방계 왕족임에 분명했다. 군나르의 직계 혈통은 하라간과 마이림, 딱 2명밖에 없지만 방계까지 모두 더하면 열댓 명의 왕족이 더 존재했다.

하라간은 2명의 왕족을 빠르게 살폈다.

'눈 밑이 푸들푸들 경련하는 자, 이 양반은 별 볼 일 없군. 하지만 다른 한 명은 이 상황에서도 아주 침착해. 눈여겨볼 필요가 있겠어.'

하라간은 이렇게 판단했다. 하지만 겉으로는 내색하지 않고 마이림에게 시선을 돌렸다.

Chapter 6

마이림이 다시 언성을 높였다.

"하라간 님! 이게 대체 무슨 짓이냐고 물었습니다."

"뭐가요?"

하라간이 시큰둥하게 되묻자 마이림의 입에서 뿌드득 이 가는 소리가 들렸다.

"하라간 님! 지금 나랑 말장난을 하자는 겝니까? 이곳은 내 영토! 내 궁전입니다. 군나르 님께서 내게 선물하신 나만의 영역이란 말입니다. 아무리 하라간 님이 군나르 님의 후계자라고 해도 이곳을 짓밟을 수는 없습니다. 저기 저 남자도 아니고 여자도 아닌 환관 나부랭이를 이끌고 이곳을 침범하다니, 나는 이 일을 참지 못하겠군요!"

"크읏!"

마이림의 폭언에 게브의 환관들이 주먹을 꽉 움켜쥐었다.

반면 하라간은 여전히 평온했다.

"왜요? 제가 이곳에 환관들을 이끌고 오면 안 됩니까? 역적의 무리를 잡는 데, 성역이 따로 있습니까?"

"커헉!"

"역적!"

하라간의 입에서 역적이라는 단어가 나오자 사람들이 눈을 부릅떴다. 특히 대사제 아바와 2명의 방계 왕족들이 당황했다.

아바가 한 발 앞으로 나와 중재에 들어갔다.

"하라간 님, 저를 기억하시는지요? 대사제 아바입니다. 하라간 님의 친위대원으로 들어간 우세르가 제 핏줄이기도 하고요."

왕궁 대사제 아바는 하라간의 친위대원 우세르의 친할아버지였다. 아바는 그 점을 강조했다.

"하라간 님, 잠시 흥분을 가라앉히시고 대화를 나눠 보시는 것이 좋지 않겠습니까? 마이림 님과 하라간 님 사이에 무언가 오해가 있었나 봅니다."

아바의 목소리는 꿀처럼 부드러웠다.

하지만 안타깝게도 하라간은 달콤한 것들을 싫어했다.

"오해는 무슨! 티티이와 메네스가 이미 불었어. 사막 도시 키약에서 나를 암살하려고 했던 자들의 배후가 누군지, 다 불었다고."

"어억!"

"암살이라니!"

하라간의 말은 충격적이었다.

사막 도시 키약에서 하라간이 어쌔신의 습격을 받았던 일은 지금까지 외부에 알려지지 않았다. 만약 하라간의 폭로가 사실이라면 이건 대형 폭풍이었다. 군나르의 친딸 마이림이라고 해도 피해 갈 수 없는 진짜 대형 폭풍!

"하라간 님, 그게 사실입니까? 대체 어떤 놈이 감히 하라간 님께 그런 짓을!"

당황한 아바가 진땀을 뚝뚝 흘렸다.

"으으으!"

겁 많은 왕족 나부랭이 한 명도 손을 부들부들 떨기 시작했다. 만약 하라간의 암살 시도와 관련이 있다고 엮인다면 제아무리 그의 신분이 왕족이라고 해도 살아남을 수 없었다.

노부인의 주름진 눈가도 가늘게 경련했다. 그녀 또한 키약에서 벌어진 암살 시도에 대해 알지 못했다는 반증이었다.

반면 2명은 침착함을 유지했다.

마이림.

또 다른 왕족 한 명.

'이런 상황에서도 침착하다는 것은 둘 중 하나란 소리지. 키약 사건에 대해서 이미 알고 있든가, 아니면 그 어떤 일에도 흔들리지 않을 만큼 마음이 굳건하든가. 어느 쪽이건 간에 위험 인물이라는 점은 마찬가지야.'

위험 인물을 그냥 놓아둘 정도로 하라간은 무르지 않았다. 하라간은 이 자리에서 위험한 싹을 뿌리째 뽑아 버리기로 결심했다.

그 전에 우선 선별 작업이 필요했다. 하라간은 손가락을 들어 아바를 지목했다.

"대사제, 당신은 메네스와 티티이의 배후 세력이오?"

"아닙니다. 결코 아닙니다. 살아서 드래곤이 되신 신인께 맹세합니다. 저는 절대 역모를 꾸미지 않았습니다. 믿어 주십시오."

아바가 필사적으로 손사래를 쳤다.

하라간은 엄지로 뒤를 가리켰다.

"그럼 거기서 얼쩡거리지 말고 이쪽으로 서쇼. 괜히 사람 헷갈리게 만들지 말고."

"네네. 소신을 믿어 주셔서 감사합니다."

아바는 황급히 마이림의 곁을 떠나 하라간의 등 뒤에 섰다.

"대세제!"

마이림의 얼굴이 눈에 띄게 굳어졌다.

하라간은 이어서 벌벌 떠는 왕족을 지목했다.

"거기 당신."

"넵! 하라간 님. 저는 위대하시고 또 위대하신 분의 사촌 동생이셨던 분의 증손자……."

"누가 당신 족보가 궁금하대? 역모의 배후자 명단에서 당신 이름을 본 적이 없는데, 혹시 내가 잘못 알았나?"

하라간이 살길을 열어 주자 왕족은 눈물을 주룩 흘렸다.

"잘못 알지 않으셨습니다. 바로 아셨습니다. 저는 더러운 역적 무리와는 아무런 상관이 없사옵니다. 오로지 하라간 님께서 강건하시기를 신인께 빌고 또 빈 사람이 바로 접니다. 으흐흑! 하라간 님께서 저를 이토록 믿어 주시고 오해를 풀 기회를 주시니 정말 마정석으로 갈아 끼운 제 심장이 터질 듯하옵니다. 우흐흐흑!"

"울지 말고 이쪽으로."

하라간이 엄지로 자신의 뒤를 가리켰다.

"넵, 우흐흑!"

왕족은 손등으로 눈물을 훔치며 재빨리 하라간의 뒤에 줄을 섰다.

이제 마이림의 곁에는 노부인과 왕족 한 명, 그리고 그녀를 호위하는 여전사들만 남았다.

마이림이 입술을 꽉 깨물었다.

"하라간 님! 증거도 없이 이렇게 생사람을 잡아도 되나요?"

"허어, 증거가 없다니요. 제가 지금까지 누누이 말하지 않았습니까. 메네스와 티티이가 모든 사실을 다 폭로했다고요."

하라간이 어깨를 으쓱했다.

마아림이 버럭 언성을 높였다.

"거짓말! 그들이 그런 거짓말을 했을 리 없어요. 그들이 왜 그런 거짓을 꾸며 낸단 말인가요? 제가 보기에 하라간 님께서 지금 하는 행동은 둘 중 하나예요. 증거를 조작해서 엉뚱하게도 생사람을 잡고 있든가, 아니면 저 남자도 여자도 아닌 환관들에게 놀아나 어리석게도 이 왕궁에 피바람을 일으키는 중이든가! 만약 그게 아니라면 지금 이 자리에서 확실한 증거를 내놓으세요. 만약 그렇지 못한다면 나도 더 이상 참지 않겠어요."

마아림의 혀는 비수처럼 날카로웠다.

때마침 노부인이 마이림의 귓가에 뭐라고 속삭였다.

"마이림 님, 그분께서 달려오고 계십니다. 이제 거의 코앞까지 왔습니다."

"그래?"

마이림의 얼굴이 확 밝아졌다.

마이림과 노부인의 대화는 너무나 희미해서 바로 옆에 서 있던 왕족도 듣지 못했다. 하지만 하라간의 귀에는 천둥보다 더 크게 들렸다.

노부인이 언급한 그분!

그게 누구를 가리키는지 하라간은 너무나 잘 알았다.

'100 미터, 50 미터, 30 미터…… 이제 곧 담장을 뛰어넘어 이곳에 착지하시겠군.'

하라간은 속으로 웃었다.

제2화
가짜 마이림

Chapter 7

30 미터, 20 미터, 10 미터······.

상대방이 다가오는 속도가 점점 더 빨라졌다. 하라간은
속으로 웃음을 삼켰다.

'드디어 오셨구나!'

하라간의 확장된 감각은 그분이 웃전을 떠날 때부터 확
실하게 포착하고 있었다. 그리고 하라간의 생각이 끝나기
무섭게 허공에서 사람이 한 명 뚝 떨어져 내렸다.

"허억! 위대하시고 또 위대하신 분이시여!"

대사제 아바가 황급히 무릎을 꿇고 주먹을 오른쪽 가슴
에 대었다.

"위대하시고 또 위대하신 분이시여!"

게브의 환관들도 일제히 무릎을 꿇었다.

방계 왕족들도, 마이림을 추종하는 호위 여전사들도, 궁의 수비병들도 모두 군나르 앞에 머리를 조아렸다.

"아버님! 흐흐흑!"

마이림이 억울하다는 표정으로 군나르 올려다보았다. 그녀는 조금만 시간을 끌면 이곳에 군나르가 달려올 것이라 짐작했다. 아니, 솔직히 말해서 군나르를 이 자리로 불러낸 장본인이 바로 마이림이었다.

오늘 아침 하라간이 게브의 환관들을 이끌고 마이림의 궁으로 쳐들어오기 직전, 게브의 총수가 노부인에게 그 사실을 알려 주었다. 아들의 연락을 받은 노부인은 황급히 웃전에 기별을 넣어 "마이림 님과 하라간 님이 서로의 목에 검을 들이대는 사태를 막아 주십시오."라고 읍소했다. 물론 노부인은 그 전에 마이림에게 허락을 받고 행동에 나섰다.

군나르는 하라간이 얼마나 강하고 냉정한지 잘 알았다. 그래서 기별을 받자마자 몸을 날려 마이림의 궁으로 달려온 것이다.

'군나르 님께서 오셨으니 되었다. 이 싸움, 내가 이겼어.'

마이림의 입가에 승리의 미소가 떠올랐다.

군나르가 무겁게 입을 열었다.

"하라간, 그 검을 내려놓아라."

"할아버님."

"하라간, 위험하니까 그 검부터 내려놓으라니까."

군나르가 하라간을 재촉했다.

그사이 군나르의 호위 무사들이 속속 담벼락을 넘어 군나르의 등 뒤에 도열했다.

마이림이 땅을 치며 통곡했다.

"아버님, 흑흑흑! 저는 억울합니다."

마이림은 정말 서럽게 울었다.

하라간은 그래도 여전히 검을 버리지 않았다.

"하! 라! 간!"

군나르가 한 자 한 자 끊어 하라간의 이름을 불렀다. 군나르의 부리부리한 눈은 하라간을 꿰뚫어 버릴 것처럼 직시했다.

하라간이 싱긋 웃었다.

군나르의 눈에는 그 미소가 너무나 섬뜩하게 느껴졌다.

"안 돼애—!"

군나르가 외마디 비명과 함께 손을 뻗었다.

북부를 지배하는 아홉 군주 가운데 한 명!

군나르의 움직임은 눈으로 볼 수 없을 정도로 빨랐다. 길게 뻗은 그 손이 공간을 접어 하라간의 손목을 틀어줬었다.

아니, 거의 틀어쥘 뻔했다.

단지 하라간의 동작이 군나르보다 더 빨랐을 뿐이다. 하라간은 군나르의 손이 다가오기도 전에 화아악! 가속해서 공간을 가로지르더니, 허공에서 핑그르르 몸을 회전해 마이림의 등 뒤로 뚝 떨어져 내렸다.

"아, 안 돼!"

노부인이 온몸을 던져 하라간과 마이림의 사이로 끼어들었다.

하라간의 검에서 우윳빛 광채가 화려하게 폭발했다.

"하라간, 이 녀석!"

다급해진 군나르가 하라간을 향해 손바닥을 쭉 내밀었다. 그 손바닥이 이적을 일으켰다. 하라간과 마이림 사이에 돌풍이 강하게 일어나 공기의 벽을 만든 것이다. 궁전 바닥에 깔린 네모 반듯한 돌판이 덜그럭덜그럭 일어나 허공으로 휘말려 올라갔다.

하지만 이번에도 하라간의 행동이 한발 빨랐다. 하라간의 검에서 출발한 우윳빛 광채는 공기의 벽이 채 만들어지기도 전에 이미 공간을 가로질렀다. 그다음 노부인이 일으킨 녹색의 방어막을 뚫고 안으로 파고들어 마이림의 귀밑을 스쳐 지나갔다.

"이런!"

군나르가 낭패한 표정을 지었다.

"아악!"

마이림을 따르던 여전사들은 일제히 비명을 질렀다.

사람들의 이목이 마이림에게 집중된 사이, 하라간의 검에서 출발한 또 한 줄기의 우윳빛 광채가 기괴한 궤적을 그리며 우회해서 마이림의 옆에 서 있던 왕족의 목을 잘랐다.

"컥!"

생각지도 못한 공격에 왕족이 기함했다. 깜짝 놀랐을 때는 이미 그의 목 절반이 잘린 뒤였다. 검에 베인 부위에서 피가 분수처럼 쏟아져 왕족의 화려한 의복을 적셨다.

"커컥! 하라간 님, 왜? 왜 나를……?"

왕족이 목을 붙잡고 휘청거렸다.

"으응?"

의외의 사태에 군나르가 멈칫했다.

"이게 무슨?"

마이림과 노부인도 영문을 몰라 눈을 껌뻑거렸다.

허공을 한 번 베고 지나간 하라간의 검이 중간에 파앙! 꺾여 궤적을 바꾸더니 목이 반쯤 잘린 왕족의 가슴을 쑤셨다. 검 끝에 찔려 마정석이 와그작 깨져 버렸다.

왕족의 얼굴이 악귀처럼 일그러졌다.

"왜! 왜 나를……!"

목의 절반이 잘리고 마정석이 박살 난 방계 왕족은 끝내 말을 다 잇지 못하고 앞으로 고꾸라졌다.

"하라간, 이게 대체 무슨 일이냐?"

군나르가 하라간을 다그쳤다.

하라간은 말없이 손가락을 들었다.

그의 손끝이 가리킨 곳.

사람들의 시선이 모두 그곳을 향했다.

거기엔 놀라서 눈을 껌뻑거리는 마이림과, 그런 마이림을 등 뒤에서 꼭 껴안은 노부인이 위치해 있었다.

"마이림은 또 왜?"

군나르가 마뜩잖은 표정을 지었다.

하라간은 손가락을 꼿꼿이 펴서 정확하게 마이림의 귀를 지목했다.

"저기 귀밑을 잘 보십시오."

"뭐를 말이냐? 으응? 으으응?"

마이림의 귓불 아래쪽.

조금 전 하라간의 검이 스쳐 지나가면서 피가 흐르는 그곳에서 무언가 이상한 것이 드러났다. 피부가 한 겹 벗겨져 흘러내리고, 그 속에 새로운 피부가 드러난 듯한 현상.

Chapter 8

군나르가 마이림을 불렀다.

"마이림, 이리 와 보거라."

"네? 어엇!"

마이림은 하라간이 지목한 부위를 손으로 더듬다가 무언가 깨닫고는 화들짝 놀랐다.

"어헉! 마이림 님! 서, 설마?"

마이림과 가장 가까운 곳에 있던 노부인이 입술을 벌벌 떨었다. 그 와중에도 노부인은 일어서려는 마이림의 어깨를 꽉 붙잡고는 귀밑에 한 꺼풀 벗겨진 피부 조직을 확 잡아당겼다.

마이림의 얼굴 가죽이 거짓말처럼 홀랑 벗겨졌다.

사람의 얼굴 가죽이 이렇게 쉽게 벗겨질 수는 없었다. 이건 마이림의 진짜 얼굴이 아니었다. 지극히 정교하게 만들어진 가짜 가죽이었다.

벗겨진 가죽 속에선 전혀 엉뚱한 여자의 얼굴이 튀어나왔다. 마이림과 얼굴 윤곽선이나 형태는 비슷하지만 모습은 전혀 다른 가짜!

"아아아! 마이림 님이 가짜라니! 어떻게 이런 일이……!"

노부인이 이마를 짚으며 휘청거렸다.

"넌 누구냣?"

분노한 군나르가 바람처럼 달려가 가짜 마이림의 목을 움켜잡았다.

"케엑!"

가짜 마이림은 허공에 붕 떠올라 발을 바둥거렸다.

사람들은 당황해서 어쩔 줄을 몰랐다.

군나르의 입에서 사나운 포효가 터졌다.

"진짜는 어디 있어? 내 딸 마이림은 어디 있느냐고!"

24층짜리 궁 전체가 음파에 휘말려 우르르 진동했다. 멀리서 날개를 펄럭이던 나비들은 후두둑 떨어져 즉사했다. 군나르가 밟고 서 있던 돌판이 쩍쩍 갈라지고, 등 뒤에 도열한 호위 무사들은 양손으로 귀를 틀어막고 비틀거렸다.

하라간의 친위대원들과 게브의 환관들도 예외는 아니었다. 심지어 노부인마저 군나르의 포효에 타격을 받아 피를 한 모금 토했다.

군나르가 뿜어내는 기세는 그만큼 무시무시했다.

오직 하라간만이 그 영향을 받지 않았다.

9월 초, 사막 도시 키약에서 돌아온 하라간은 군나르 왕궁에 한바탕 피바람을 일으키기로 마음먹었다.

'나를 암살하려고 시도한 게 문제가 아니야. 이 썩은 무리들을 뽑아 버리지 못하면 결국 할아버님에게까지 해가

미칠 거야.'

하라간은 자신에 대한 암살 시도를 불온한 무리들을 청소할 기회로 삼기로 했다.

'내 확장된 감각을 활용하면 역적이 누구인지 구별해 낼 수 있어. 물론 그 전에 적당히 군불을 지펴서 뱀들이 풀숲에서 뛰쳐나오도록 만들어야지.'

중대한 결심을 한 하라간은 군나르로부터 비밀 감찰 조직 게브를 물려받았다. 그다음 게브의 환관들을 총동원해 왕궁 곳곳을 들쑤셨다.

갑작스러운 게브의 압박에 여기저기서 당황한 움직임들이 포착되었다. 하라간은 확장된 감각을 통해 왕궁에서 벌어지는 여러 가지 일들을 관찰하고 또 정리했다.

그러다 결국 메네스를 붙잡았다.

20년 전에 죽은 것으로 알려진 메네스!

그의 생존 소식은 왕궁을 발칵 뒤집을 정도로 큰 충격이었다. 그동안 꿈쩍도 않던 마이림의 측근들이 갑자기 바쁜 움직임을 보였다.

하라간은 뒹굴뒹굴 게으름을 피우는 척하면서 그들의 움직임을 낱낱이 읽어 내었다. 하라간의 확장된 이목에 비돔의 책임자 티티이가 걸려들었다. 이어서 마이림의 최측근인 노부인도 잡혔다. 하라간은 게브의 총수가 노부인의 친

아들이라는 비밀도 알아내었다.

그렇게 수상한 자들을 하나둘 추적하다 보니 그 연결 고리가 모두 마이림에게 집중되었다.

하라간이 처음부터 마이림의 제거를 목표로 잡은 것은 아니었다. 하지만 돌아가는 상황을 보니 이제 마이림을 그냥 놔둘 수 없게 되었다.

문제는 마이림이 군나르의 친딸이라는 점!

'차곡차곡 증거를 모아 이번 암살 시도의 배후에 마이림이 있다는 사실을 밝힌들 아무 소용없어. 마음 약하신 할아버님은 결국 고모할머니를 쳐 내지 못하실 거야.'

과거 루잉의 스승이었던 카일 백작도 군나르와 비슷했다. 카일 백작은 부인의 불륜을 알고도 차마 쳐 내지 못했다가 결국 자신의 목숨을 잃었다. 하라간은 그런 꼴을 다시는 보고 싶지 않았다. 그래서 어떻게든 마이림을 쳐 낼 결심을 했다.

'할아버님을 위해 내 손을 더럽힐 수밖에.'

하라간은 이 밤 남몰래 마이림을 방문하여 그녀의 숨통을 끊어 주기로 마음먹었다.

물론 그 여파는 클 것이다.

아무리 증거를 감춘다고 해도 결국 모든 화살은 하라간에게 돌아올 것이 뻔했다. 군나르는 하라간에게 크게 실망할 것이고, 그 결과 하라간은 후계자 자리를 박탈당할 수도 있었다.

'그래도 할 땐 해야지.'

하라간의 마음엔 단 한 점의 흔들림도 없었다.

단 하나.

하라간은 이번 일로 인해 군나르의 마음이 아플까 봐 걱정이었다.

9월 20일.

하라간은 드디어 결심을 굳혔다. 직접 검을 들고 마이림을 찾아 나선 것이다.

한데 하라간이 막 발걸음을 떼려고 할 때 해괴한 일이 하라간의 감각에 잡혔다.

'응? 고모할머니가 2명이잖아.'

하라간의 감각에 잡힌 마이림의 침실엔 놀랍게도 2명의 마이림이 앉아 있었다. 비돔의 책임자 티티이가 2명의 마이림 가운데 한 명의 얼굴을 열심히 화장 중이었다.

"다 되었사옵니다."

티티이가 화장 붓을 떼고 한 발 물러섰다.

"어디 보자."

왼쪽의 마이림이 손을 까딱였다. 그러자 오른쪽의 마이림이 얼굴을 돌려 왼쪽 마이림에게 향했다.

왼쪽의 마이림이 흡족한 표정을 지었다.

"화장이 잘 되었구나. 정말 거울을 보는 것처럼 나와 똑같아. 티티이, 역시 네 화장 솜씨는 다른 사람이 따를 수가 없어. 호호호."

"존귀하신 마이림 님, 참으로 망극하옵니다."

티티이는 왼쪽의 마이림을 향해 공손히 머리를 조아렸다.

분위기로 보건대 왼쪽에 앉은 사람이 진짜 마이림이었다. 그리고 오른쪽의 마이림은 얼굴을 분장한 대역이었다.

진짜 마이림이 자리에서 일어났다.

티티이와 가짜 마이림이 황급히 따라 일어섰다.

"마이림 님, 지금 출발하실 것이옵니까?"

가짜 마이림이 여쭸다.

진짜 마이림이 고개를 주억거렸다.

"그래. 원래는 좀 더 일찍 갔어야 했는데, 티티이가 환관들에게 붙잡혀 가는 바람에 늦었다. 티티이를 제외하면 너를 이렇게 감쪽같이 분장해 줄 사람이 없지 않느냐."

가짜 마이림이 다시 걱정스레 물었다.

"마이림 님, 정말 궁 밖으로 나가셔야 하옵니까? 요새 궁 안팎의 분위기가 너무 뒤숭숭하옵니다. 하라간 님께서 너무나 빠르게 압박을 하고 있어서 정말 가슴이 조마조마하옵니다."

그 말에 진짜 마이림이 안광을 번뜩였다.

"끄으응! 하라간! 정말 독한 녀석이야. 이렇게 빠르고 난폭하게 움직일 줄은 꿈에도 몰랐어. 메네스를 찾아낸 것도 놀라운데 어떻게 알고 티티이까지 손을 대었을꼬?"

"그래서 더 불안하옵니다. 존귀하신 분께서 자리를 비우신 사이에 무슨 일이 터질까 봐……."

가짜 마이림이 말끝을 흐렸다.

진짜가 고개를 가로저었다.

"어허! 나약한 소리 말거라. 일이 터질 까닭이 없느니라. 하라간 그놈이 아무리 천방지축처럼 날뛰어도 감히 이곳을 건드릴 수는 없어. 만약 그런 일이 벌어진다면 군나르 님께서 가만히 있지 않으실 게다."

"네, 마이림 님."

가짜 마이림은 그제야 안심을 했다.

Chapter 9

진짜 마이림이 말을 이었다.

"지금부터 나는 바깥을 다독여야 하느니라. 이번에 메네스가 붙잡히는 바람에 외궁 조직이 뿌리째 흔들리고 있어. 그게 어떻게 구축한 조직인데! 끄으응!"

마이림이 손으로 뒷목을 잡았다.

"마이림 님!"

"괜찮으시옵니까?"

가짜 마이림과 티티이가 동시에 달려들었다.

마이림은 괜찮다는 듯이 손을 흔들었다.

"그만! 내 걱정은 말거라."

"그래도…….”

"나는 괜찮다니까. 그리고 내가 자리를 비운 동안 너와 티티이가 힘을 합쳐 내궁 조직을 다독여야 해. 알겠느냐?"

"알겠사옵니다."

둘이 한목소리로 대답했다.

"그래. 너는 그동안 몇 번이나 내 대역을 맡아 보았으니 이번에도 능히 해낼 수 있을 게야."

마이림이 가짜의 어깨를 두드려 주었다.

"네, 마이림 님. 반드시 해내겠습니다."

가짜 마이림이 주인 앞에서 강한 결의를 내비쳤다.

마이림은 가짜와 티티이의 손을 붙잡아 앞으로 끌어당겼다.

"오냐. 너희 둘 다 이리 가까이 오너라."

"마이림 님!"

"너희 둘이라면 지금의 이 위기를 얼마든지 수습할 수

있을 게다. 내궁 조직은 탄탄하니까 말이다. 나는 너희를 믿는다."

"마이림 님! 흑흑!"

"흑흑! 어리석은 저희를 이리도 굳게 믿어 주시다니요."

가짜 마이림과 티티이가 감격에 겨워 눈물을 보였다.

진짜 마이림이 말을 이었다.

"너희들이야 언제나 믿음직스럽지. 하지만 외궁은 충성심보다 무력 위주로 꾸며 놓아서 그런지 생각보다 조직력이 약하더구나. 지금까지는 메네스가 중간 다리 역할을 잘해 주어서 외궁 조직을 유지할 수 있었지만, 지금은 그 아이가 자리를 비운 상태! 그러니 내가 직접 가서 중심을 잡아 줄 수밖에 없구나. 하아아아!"

마이림은 말끝에 한숨을 덧붙였다.

"마이림 님!"

"흐흐흑!"

가짜 마이림과 티티이가 안타까움에 발을 동동 굴렀다.

"뚝! 어서 울음을 그치지 못할까!"

마이림은 그녀들의 어리광을 받아 주지 않았다.

"흑흑! 네, 마이림 님."

"저희가 방정을 떨었습니다. 죄송합니다."

마이림이 엄한 표정을 짓자 두 여인은 억지로 눈물을 삼켰다.

모래시계는 벌써 자정을 가리키고 있었다.

"이런! 시간이 별로 없구나."

마이림이 행동을 서둘렀다.

"환관들에게 방해를 받기 전에 나는 궁 밖으로 나갈 것이니 너희는 나를 대신하여 내궁의 아이들을 다독이거라. 어려운 일이 있으면 노부인에게 의지하고."

티티이가 조심스레 여쭸다.

"하온데 마이림 님, 노부인께는 언제까지 이 사실을 숨겨야 하옵니까?"

"뭐?"

"노부인은 마이림 님에 대한 충성심으로 가득 찬 사람이옵니다. 마이림 님의 대역에 대해 미리 털어놓고 상의하는 것이 좋지 않겠사옵니까?"

티티이의 말은 옳아 보였다.

하지만 그 말을 듣는 즉시 마이림의 눈이 차갑게 물들었다.

"흥! 노부인이 나를 위하는 것은 사실이지. 하지만 그녀는 나보다 이 빌어먹을 군나르 왕가에 대한 충성심이 더 강하다. 내가 필요로 하는 사람은! 세상 그 무엇보다! 심지어 내 아버님이신 군나르 님보다 나를 더 따를 사람이다. 티티이, 네가 그 사실을 몰라서 묻는 게냐?"

"송구하옵니다, 마이림 님. 소녀가 입을 잘못 놀렸사옵니다."

티티이가 황급히 머리를 조아렸다.

"흥!"

마이림은 냉정한 눈으로 티티이를 노려보다가 등을 홱 돌렸다.

"마이림 님, 이것을 걸치소서. 밤바람이 차갑사옵니다."

가짜 마이림이 진짜 마이림의 등에 검은 로브를 걸쳐 주었다. 마이림은 얼굴까지 로브를 푹 눌러쓴 다음 침실 벽면으로 다가섰다.

구르르릉!

마이림이 손을 뻗자 멀쩡한 벽이 빙글 돌아가고, 그 아래 어두컴컴한 비밀 계단이 드러났다.

"존귀하신 분이시여, 부디 몸을 보중하소서."

"몸을 보중하소서."

가짜 마이림과 티티이가 한목소리로 아뢰었다.

진짜 마이림은 비밀 계단을 통해 신비하게 사라졌다. 비밀의 문이 다시 닫혔다.

이상이 지난밤 자정 무렵에 벌어진 일이었다.

"호오? 이것 봐라?"

하라간은 잠시 고민에 빠졌다.

진짜 마이림은 외궁 조직을 추스르기 위해 은밀하게 왕궁 밖으로 나갔다. 지금 궁에 남은 사람은 마이림의 대역, 즉 가짜였다.

하라간은 가볍게 혀를 찼다.

"쯧쯧쯧! 그나저나 노부인도 불쌍하군. 뼈 빠지게 충성을 바쳤건만 결국 주인에게 신뢰를 받지 못하고 있었어. 가만! 가짜 마이림에 대해서 알고 있는 사람은 극소수뿐이지? 그러니 분명 마이림의 외궁 조직에 대해서 파악하고 있는 사람도 극소수일 거야. 우후후! 이 상황을 잘만 이용하면 무언가 좋은 수가 나올 것 같은데?"

하라간은 군나르를 위해서 마이림을 죽일 생각이었다. 하지만 막상 그런 일을 저지르고 나면 군나르의 가슴에 대못이 박힌다는 사실을 잘 알았다. 하나뿐인 증손자가 딸을 죽인다? 이건 보통 일이 아니었다. 하라간은 가능하면 군나르의 마음을 아프게 만들고 싶지 않았다.

딱!

하라간이 경쾌하게 손가락을 튕겼다.

"그렇지! 지금 고모할머니를 쫓아가서 조용히 처리하자. 그다음 내일 할아버님이 보는 앞에서 가짜의 정체를 밝히는 거야. 그럼 내가 마이림 고모할머니를 친 게 아니잖아. 최소한 할아버님의 눈앞에서 골육상잔의 비극이 벌어진 건 아니라고."

그러다 다시 하라간의 마음이 바뀌었다.

"잠깐! 지금 고모할머니를 제거하면 외궁 조직이 꼬리를 자르고 도망치겠지?"

왕궁의 시녀들 위주로 구축된 내궁 조직!

정체불명의 외궁 조직!

하라간은 둘 중 외궁 조직이 더 신경이 쓰였다.

"내게 덤벼들었던 그 어쌔신들…… 내 먹이를 가로채 간 토브욘 녀석들…… 고모할머니는 참 수단도 좋아. 어떻게 이런 자들을 엮었지? 그런데 지금 외궁 조직을 추적할 실마리가 끊기면 어쌔신이나 토브욘과의 연결 고리도 모두 끊어질 것 아냐?"

그렇다면 지금 진짜 마이림을 처리할 때가 아니었다.

"좀 더 놔두어서 외궁 조직을 파악하는 미끼로 써먹어야 지."

하라간은 마음을 고쳐먹었다.

"대신 이번 기회에 가짜는 정리해야 해."

왕궁 밖으로 나간 진짜 마이림을 고립시키기 위해서는 우선 내궁 조직부터 손을 볼 필요가 있었다. 상황이 이렇게 정리되자 하라간의 머리도 맑아졌다.

하라간은 모처럼 편안하게 잠자리에 들었다.

Chapter 10

하라간은 꿈을 꾸었다.

마해 깊숙한 곳, 심해저의 마물들이 하라간의 꿈에 등장했다. 너무나 생생해서 이게 꿈인지 현실인지 헷갈릴 정도였다.

새벽 3시.

자리를 털고 일어난 하라간은 검을 휘둘렀다. 무려 3년이 넘게 쏟은 결실이 드디어 열매를 맺었다. 하라간이 마나의 벽 1단계를 돌파한 것이다.

"한번 일이 잘 풀리려니 모든 일들이 다 잘 풀리는구나."

하라간은 크게 기뻐했다.

새벽 6시부터 하라간은 레다와 대련을 했다.

솔직히 말해서 무기를 맞부딪치는 재미를 느끼기엔 레다의 실력이 하라간보다 많이 부족했다. 하지만 하라간은 레다와 창을 겨루는 시간이 좋았다. 레다는 한마디로 말해서 가르치는 재미가 있는, 재능 넘치는 소녀였다.

오전 8시.

친위대원들과 아침 식사를 마친 뒤 하라간은 게브의 환관들을 소집해 마이림의 궁으로 쳐들어갔다. 이때 하라간은 게브의 부총관을 비롯하여 5호, 6호, 7호, 9호를 총동원했다.

게브의 총수는 왕궁 전체를 살펴보아야 하므로 열외.

장로급인 게브 3호, 4호도 나이가 많아 이번 무력 행동에서 열외.

하라간으로부터 다른 밀명을 받은 게브 8호도 열외.

이렇게 4명을 제외한 게브의 상위 서열들이 하라간의 명에 따라 모두 불려 나왔다. 갑작스러운 병력의 이동에 왕궁이 발칵 뒤집혔다. 게브의 총관은 잠시 망설이다가 결국 노부인에게 하라간의 진격 사실을 전했다.

깜짝 놀란 노부인이 마이림의 허락을 받은 뒤 군나르의 웃전에 청을 넣었다. "지금 큰일이 벌어졌으니 군나르 님께서 친히 오셔서 위험한 사태를 막아 주십시오."라는 요청이었다.

그러는 사이 오전 9시가 지났다.

하라간은 마이림의 궁문을 열고 난폭하게 쳐들어갔다. 친위대원과 게브의 환관들이 하라간의 뒤를 받쳤다.

"하라간 님! 이게 대체 무슨 짓입니까?"

하라간이 난입을 하자마자 가짜 마이림이 기다렸다는 듯이 궁 안에서 뛰쳐나왔다. 그녀는 하라간에게 강력하게 항의했다.

방계 왕족 2명과 왕궁 대사제 아바가 가짜 마이림의 뒤에 따라붙었다. 노부인과 여무사들이 사방에서 몰려와 하라간 일행에 맞섰다.

하라간은 마이림의 등 뒤에 선 자들을 빠르게 살폈다.

그들 가운데 비리비리한 왕족 한 명과 대사제 아바는 마이림에게 줄을 선 것처럼 보이지는 않았다.

'이들은 그저 권력의 실세에게 아양을 떨러 왔을 뿐이야. 아마 내가 후계자감인가 아닌가를 두고 이리저리 저울질을 했겠지.'

이렇게 간에 붙었다 쓸개에 붙었다 하는 자들은 사실 별볼 일이 없었다. 하라간은 이들에게 관심을 접었다.

대신 다른 한 명의 왕족은 하라간도 그 속을 짐작하기 어려웠다. 그 점이 하라간의 심기를 건드렸다.

'이자는 쳐 내자.'

하라간은 이참에 불온한 싹들을 모두 꺾어 버리기로 마음먹었다.

때마침 군나르가 달려왔다. 하라간은 군나르가 보는 앞에서 몸을 날렸고, 군나르의 방해를 뚫고 목표를 향해 검을 휘둘렀다.

"크악!"

하라간의 검에 방계 왕족 한 명이 목숨을 잃었다.

"아앗!"

하라간의 검에 가짜 마이림의 정체가 드러났다.

군나르의 입에서 거친 포효가 터졌다.

"진짜는 어디 있어? 내 딸 마이림은 어디 있느냐고!"

그 거센 분노에 마이림의 궁 전체가 부르르 진동했다. 나비들이 떼죽음을 당했고, 땅이 쩍쩍 갈렸다. 사람들은 양손으로 귀를 틀어막고 비틀거렸다.

"우웨에엑!"

일부는 피를 울컥 토했다.

마이림 님이 가짜다.

그렇다면 진짜는 어디 있는가?

납치를 당했는가?

그렇다면 과연 누가 마이림 님을 납치했는가?

이 모든 의혹과 분노가 가짜 마이림에게 집중되었다.

"아으으으으!"

가짜 마이림이 군나르에게 목이 잡힌 채 바들바들 떨었다. 그녀는 지난 자정에 벌어졌던 일을 고하기 위해 입술을 벙긋거렸다.

그에 앞서 하라간이 선수를 쳤다.

"게브의 환관들은 무엇을 하나? 어서 저 가짜를 체포하고 단서를 찾아라. 진짜 마이림 님께서 어디로 납치를 당하셨는지, 반드시 밝혀야 할 것이다."

하라간은 진짜 마이림이 납치를 당했을 것이라고 주장했다.

멍하게 서 있던 게브의 부총관이 황급히 명을 받들었다.

"충! 목숨을 걸고 단서를 찾겠나이다."

"충!"

200명이나 되는 게브의 환관들이 한목소리로 외쳤다. 그들은 마이림의 궁 안으로 벌떼처럼 들이닥쳤다.

마이림의 시녀와 여무사들은 환관들에게 맥없이 포박을 당했다. 그녀들은 마이림이 가짜라는 사실에 놀라 감히 저항할 생각도 하지 못했다.

이제 하라간은 이번 사태를 완벽하게 장악했다.

하라간은 여기서 한발 더 나갔다.

"두 분은 마이림 님의 실종을 알고 있었소?"

하라간의 시선이 대사제 아바와 방계 왕족에게 머물렀다.

"뭣이?"

군나르의 무시무시한 눈이 아바와 방계 왕족에게 쏠렸다.

당황한 두 사람은 군나르 앞에 무릎을 꿇고 필사적으로 손사래를 쳤다.

"아, 아니옵니다. 소신은 절대 몰랐습니다."

"위대하시고 또 위대하신 분이시여, 저도 전혀 모르고

있었습니다. 저는 그저 마이림 님으로부터 다과나 함께 하자는 연락을 받아 입궁했을 뿐입니다. 정말입니다. 제 말을 믿어 주소서."

군나르의 귀에는 그 말이 들어오지 않았다.

"여봐라. 이들도 데려가라. 우선 철저하게 조사를 해 보고, 죄가 없으면 풀어 주도록."

군나르는 아바와 방계 왕족을 손가락으로 꼭 집어 가리켰다.

"충!"

게브의 환관 4명이 달려와 두 사람의 겨드랑이를 양쪽에서 꼭 붙잡았다. 군나르의 명이 떨어진 이상 대사제고 나발이고 필요 없었다. 왕족도 예외는 아니었다.

"아으으! 소신은 억울합니다. 제발 소신을 믿어 주소서."

"으으으으! 살려 주십시오!"

아바와 방계 왕족의 얼굴이 새파랗게 질렸다.

그 모습을 보면서 하라간은 속으로 웃었다.

아바의 약점을 붙잡았으니 아바를 추종하는 사제 집단도 이제 하라간의 손아귀에 떨어진 것이나 마찬가지였다. 겁에 질려 권력의 눈치나 살피는 방계 왕족 나부랭이들은 말할 것도 없었다.

제3화

마프와 올가와

Chapter 1

오전 10시.

가짜 마이림 사건은 2시간 만에 벼락처럼 종결되었다.

"이번 사건은 철저하게 비밀에 붙여야 합니다. 가짜의 정체가 발각 났다는 사실이 외부에 알려지면 납치를 당하신 마이림 님의 생명이 위험할 수도 있습니다."

하라간은 군나르에게 이렇게 고했다.

군나르가 고개를 끄덕였다.

"네 말이 옳다. 우선 목격자들의 입부터 막아야겠어."

그 한마디가 모든 것을 결정했다.

마이림을 추종하던 여무사들과 시녀들은 커다란 상자에

갇혀 은밀하게 게브의 지하 감옥으로 끌려갔다.

하지만 마이림의 궁전 외곽을 지키던 수비병에 대한 처벌은 뒤로 미뤄졌다. 하라간은 수비병 조직을 평소처럼 유지하는 대신, 그들 사이에 게브의 환관들을 위장시켜 끼워 넣었다.

잔뜩 긴장한 수비병들이 어색한 표정으로 환관들의 눈치를 살폈다.

"뭐야? 자연스럽게 연기 못 해?"

게브의 환관 한 명이 수비병의 정강이를 걷어찼다.

'악!'

수비병은 비명을 속으로 삼킨 채 진땀을 흘렸다.

노부인도 처벌을 잠시 면제받았다. 하라간의 배려 덕분이었다.

"가짜 마이림에겐 분명 배후가 있을 테지. 그러니 할멈이 이곳 궁 안팎을 지키면서 놈들의 정체를 파악해."

"제가 말입니까?"

반쯤 실성을 한 노부인이 흐리멍덩한 눈으로 되물었다.

하라간이 표정을 딱딱하게 굳혔다.

"이봐, 할멈!"

"네?"

노부인이 하라간을 올려다보았다.

"그거 알아? 할멈이 멍청하게 군 탓에 사특한 무리가 이 왕궁 안에서 활개를 친 거야. 감히 마이림 님을 납치한 역적 무리가 말이야."

"크흑! 죄송합니다."

죄책감에 젖은 노부인이 두 손으로 자신의 얼굴을 감쌌다.

그 위로 하라간의 냉랭한 목소리가 떨어졌다.

"흥! 할멈도 이제 깨달았겠지? 티티이가 그 사특한 배후 가운데 하나라는 점! 그것도 모르고 할멈은 역적의 편에서 엉뚱한 짓을 벌여 왔어. 할멈이 게브의 총관을 찾아가서 일을 망쳐 놓은 것을 내가 모를 줄 알아?"

"헉!"

노부인이 깜짝 놀라 하라간 앞에 무릎을 꿇었다.

"하라간 님, 총관은 아무런 잘못이 없습니다. 그 아이는 하라간 님을 향한 충정으로 가득하옵니다. 단지 이 늙은 년이 노망이 나서 엉뚱한 짓거리를 했을 뿐입니다. 으허헝!"

노부인은 혹시라도 아들이 이번 사태에 휘말려 벌을 받게 될까 봐 두려워했다.

하라간은 더 이상 노부인을 몰아세우지 않았다. 대신 그녀를 은근하게 다독였다.

"험험! 보기 추하니까 그만 울어. 그리고 총관의 충성심이야 나도 잘 알지."

"망극하옵니다, 하라간 님."

"하지만 그렇다고 총관의 죄가 없어지는 것은 아니거든. 그러니까 할멈이 공을 세워서 그 죄를 상쇄시키라고."

"송구하오나 하라간 님. 이 늙은이는 머리가 나빠 하라간 님의 말씀을 잘 알아듣지 못하겠사옵니다. 제가 대체 어떤 공을 세우면 되옵니까?"

노부인이 조심스레 여쭸다.

하라간이 슬쩍 언질을 주었다.

"오늘 이 사건이 극비에 붙여진 거, 할멈도 똑똑히 봤지?"

"그렇사옵니다."

노부인이 고개를 주억거렸다.

하라간의 말이 이어졌다.

"그러니까 궁 밖의 역적 무리들은 꿈에도 모를 거야. 가짜의 정체가 발각 났다는 사실을 말이야. 그럼 놈들이 어떻게 할까? 아무것도 모르고 이 궁전에 다시 접근을 하지 않을까? 가짜 마이림과 접촉하기 위해서 말이야."

"오호라!"

노부인이 무릎을 딱 쳤다.

"그때 할멈이 정신 번쩍 차리고 놈들의 뒷덜미를 낚아채. 그래서 진짜 마이림 님을 구출하게 된다면 할멈과 총관의 죄를 씻을 수 있잖아."

"으허헝! 알겠사옵니다. 망령 난 이 늙은 년에게 이런 소중한 기회를 주셔서 감사하옵니다. 이 늙은이의 목숨을 걸고서 반드시 저 사특한 무리의 뒷덜미를 잡을 것이옵니다. 마이림 님! 부디 살아만 계시옵소서. 으허허헝!"

노부인은 부끄러움도 모르고 바닥에 엎드려 펑펑 울었다.

그사이 하라간은 라티파에게 윙크를 보냈다.

[이러면 되었지?]

하라간의 질문이 라티파의 뇌로 직접 전달되었다. 마물과 결합한 솔샤르들은 뇌파로 의사소통이 가능했다.

[네, 하라간 님. 잘하셨습니다.]

라티파가 환한 미소로 응답했다.

라티파는 하라간의 참모를 맡을 정도로 머리가 총명한 소녀였다. 다른 친위대원들도 라티파를 믿고 따랐고, 하라간도 그녀의 의견을 존중했다.

조금 전 주변이 어수선할 때 라티파가 하라간에게 뇌파로 말을 걸었다.

[하라간 님, 잠시 드릴 말씀이 있습니다.]

[뭔데?]

[소녀의 할아버지께 들은 이야기인데, 저기 멍하게 앉아 있는 저 노부인이야말로 왕궁의 시녀들을 휘어잡을 수 있

는 핵심 인물이라고 하시더라고요. 게다가 무력도 보통이
아니라 저희 할아버지도 저 노부인을 쉽게 이길 수 없다고
합니다.]

[그래서?]

[하라간 님께서 저 노부인을 잘 다독여서 활용하시면 어
떨까요?]

노부인은 뛰어난 인물이니 버리지 말고 활용하자.

이것이 라티파의 의견이었다.

[그래? 그럼 그러지.]

하라간은 선뜻 라티파의 청을 수락했다.

굳이 라티파의 조언이 없었더라도 하라간은 노부인을 처
벌하지 않을 생각이었다. 그녀는 하라간이 끌어들이고 싶
을 만큼 무력이 강하고, 인망도 높았으며, 왕실에 대한 충
성심도 대단했다.

또 한 가지.

노부인을 버리지 않고 활용하면 또 다른 이점이 존재했
다. 라티파는 모르는 사실이지만, 사실 저 노부인은 게브
총관의 친어머니였다. 그러니 지금 하라간이 노부인의 목
숨을 살려 주면 그것은 게브의 총관에게 큰 은혜를 베푸는
셈이었다.

노부인이 하라간의 발밑에 엎드려 펑펑 우는 사이, 하라

간은 고개를 돌려 왕궁 너머의 하늘을 올려다보았다.

아침 하늘이 시리도록 푸르렀다.

'자! 이제 왕궁 내부는 대충 정리가 되었지?'

그럼 이젠 바깥쪽에 신경을 쓸 차례였다. 하라간에게는 아직 해결해야 할 일들이 많았다.

왕궁 밖으로 나간 진짜 마이림!

하라간을 암살하려 들었던 정체불명의 어쌔신 조직!

북방의 토브욘 일족!

이 모든 일들이 아직 숙제처럼 남아 있었다.

'한 번에 하나씩 풀자. 한 번에 하나씩!'

하라간은 뒷짐을 지고 먼 하늘을 바라보았다.

Chapter 2

군나르 왕국의 수도는 대륙 북부에서 손에 꼽힐 정도로 잘 정비된 대도시였다. 동서남북으로 반듯하게 뻗은 도로와 수로, 그리고 시가지 곳곳에 세워진 거대한 조각상들이 하나로 어우러져 이 지역 특유의 문명을 드러내었다.

또한 군나르의 수도는 치안이 좋기로 유명했다. 밤이 되면 수도의 치안군이 나뭇조각을 딱딱 맞부딪치며 도시 전체를 순찰했다.

깊은 밤.

딱딱딱! 딱딱!

2인 1조로 짝을 이룬 치안군 병사들이 대도시 동부의 번화가 일대를 살피며 지나갔다.

'이크!'

딱딱 소리가 가까워지자 로브를 깊게 눌러쓴 여인이 슬쩍 조각상 뒤로 숨었다. 2.5 미터 높이에, 남자의 몸에 황조롱이의 머리를 한 조각상이었다.

치안군이 다시 멀어지자 조각상 뒤에서 여인이 모습을 드러냈다. 여인은 멀어지는 치안군 병사들을 깊은 눈으로 쳐다보다가 반대편으로 발걸음을 옮겼다.

여인이 자리를 뜨고 잠시 후, 조각상 머리 위에 한 사내가 등장했다. 눈 밑에 붉은 별 문신을 새긴 젊은 사내였다.

사내의 정체는 게브 8호!

하라간의 특명을 받은 게브 8호가 왕궁에서 60 킬로미터 정도 떨어진 동부 번화가에 모습을 드러냈다. 게브 8호는 조각상의 머리 위에 쪼그려 앉아 주변을 살폈다.

저 멀리 로브 여인이 골목 모퉁이를 도는 모습이 포착되었다.

'저기 있군!'

게브 8호는 조각상에서 휙 점프해서 옆 건물 지붕에 사뿐히 올라앉은 다음, 입술을 동그랗게 말았다. 사람의 귀에 들리지 않는 초음파가 게브 8호의 입술 사이에서 흘러나왔다.

 잠시 후, 새까만 밤하늘에 갑자기 박쥐 한 마리가 나타나 게브 8호에게 날아들었다. 박쥐는 게브 8호의 검지에 다리를 걸고 거꾸로 매달려 출렁출렁 그네를 탔다.

 게브 8호가 거꾸로 매달린 박쥐를 머리를 손가락으로 긁어 주었다. 박쥐는 그 손길을 즐기듯 눈을 지그시 감았다.

 게브 8호가 다시 입술을 동그랗게 말고 휘파람을 불자 박쥐가 날개를 퍼덕이며 날아올라 로브 여인을 추적했다.

 로브 여인은 복잡하게 얽힌 골목을 빠르게 지나가는 중이었다.

 박쥐는 하늘에서 여인을 뒤쫓았다.

 게브 8호는 박쥐와 시야를 공유하며 눈을 까뒤집었다. 하얗게 변한 게브 8호의 눈에 골목 사이를 지그재그로 누비는 여인의 모습이 맺혔다.

 "감히 마이림 님으로 변장한 사특한 계집! 내 반드시 네 년의 꼬리를 붙잡고야 말리라."

 게브 8호의 입에서 '마이림'이라는 이름이 튀어나왔다.

 사실 지금 게브 8호가 추적하는 여인은 왕궁을 남몰래

떠난 진짜 마이림이었다. 하지만 게브 8호는 그 사실을 알지 못했다. 그는 저 여인이 가짜라고 오해했다.

복잡한 골목을 지나자 다시 번화가가 나왔다.

마이림은 번화가의 오거리 입구에서 대기 중이던 마차에 올라탔다.

마차의 문이 재빨리 닫혔다.

"이럇!"

마부가 채찍질을 하자 말들이 도로를 내달렸다.

그것도 하나가 아니라 다섯 대의 마차가 서로 다른 방향으로 동시에 질주했다. 다섯 대 모두 똑같이 생긴 마차들이었다.

"흥! 용을 쓴다, 용을 써."

멀리 떨어진 곳에서 게브 8호가 코웃음을 쳤다.

그 말이 떨어지기 무섭게 허공에서 박쥐가 퍼퍼펑! 터지면서 다섯 마리로 분화했다. 그러곤 다섯 마리 박쥐가 다섯 대의 마차에 하나씩 따라붙어 추적을 계속했다.

다섯 대의 마차는 거의 비슷한 시간에 멈춰 섰다.

물론 도착한 장소는 제각기 달랐다.

히이이힝!

말들이 달음박질을 멈추고 제자리에서 투레질을 했다.

다섯 대의 마차에서 10명의 여인이 내렸다.

마차 하나당 여자 2명.

모두 동일한 복장의 여인들이었다. 그녀들은 각기 다른 방향으로 걸음을 옮겼다.

허공의 박쥐가 다시 퍼엉! 터졌다. 한 개체당 둘로 분화한 박쥐들이 각자 하나씩 목표를 정해 추적을 계속했다.

열 마리의 박쥐!

10명의 타겟!

게브 8호의 흰자위에는 열 마리 박쥐가 내려다보는 10명의 타겟이 모두 맺혀 있었다. 10명의 여인들은 각자 다른 여관 건물로 들어갔다.

펑!

열 마리 박쥐가 다시 허공에서 폭발했다. 그러곤 박쥐가 있던 자리에 조그만 메뚜기 열 마리가 나타나 각자의 타겟을 끝까지 뒤쫓았다.

그중 한 곳.

주름이 자글자글한 노파가 램프를 치켜들고 여인을 맞았다.

"이 밤에 뉘시오?"

노파가 졸린 눈을 비비며 물었다.

"남는 방이 있나요? 이왕이면 건축한 지 46년이 넘은 오래된 방이면 좋겠어요."

"홀홀홀! 우리 여관에 그런 방이 딱 하나 남았는데, 그걸 어찌 아셨소? 홀홀홀홀!"

머리가 하얗게 센 노파가 입술을 오물거리며 웃었다. 노파는 나이가 얼마나 먹었는지 도저히 짐작하기 어려웠다.

여인은 그제야 로브를 벗었다. 로브 안에서 마이림의 기품 있는 얼굴이 드러났다.

"어라?"

노파는 램프를 치켜들고 여인의 얼굴을 확인했다.

"홀홀홀! 이건 내가 잘 아는 얼굴이구려. 홀홀홀홀! 어서 안으로 들어가소. 우리 영감이 좋아라 하겠네."

노파가 앞장섰다.

노파는 마이림을 여관 지하로 안내했다. 마이림과 함께 여관 안으로 들어온 메뚜기 한 마리가 풀쩍 뛰어올라 마이림의 옷자락에 달라붙었다.

포도주 창고로 보이는 지하에서 노파가 목청을 높였다.

"영감! 귀하신 옛 손님이 오셨소. 어서 이리 나와 보시구려."

그 말에 곧 반응이 나왔다.

"옛 손님?"

갈대처럼 깡마른 노인이 포도주 진열대 사이에서 모습을

보였다. 마이림과 맞닥뜨린 노인은 대뜸 무릎을 꿇었다.

"오오오! 아기씨!"

노인은 마이림을 '아기씨'라고 불렀다.

"오랜만이에요, 마프."

마이림이 노인을 향해 입꼬리를 살짝 끌어 올렸다.

먼 지붕 위.

게브 8호가 눈을 번쩍 빛냈다.

"마프? 귀에 익숙한 이름인데? 마프? 마프? 어디서 들었더라?"

한동안 고개를 갸웃거리던 게브 8호가 어느 순간 입을 쩍 벌렸다.

"마프라면 설마!"

게브 8호의 얼굴이 흥분으로 물들었다.

Chapter 3

"아기씨, 그냥 궁 안에 계시지 않고 왜 밖에 나오셨습니까?"

좁은 탁자를 사이에 두고 마프가 물었다.

마이림은 쓴웃음을 지었다.

"상황이 꼬였지 뭐예요. 내궁 조직과 외궁 조직을 연결해 주던 메네스가 그만 게브의 환관들에게 붙잡혔거든요."

"메네스, 그 아이가요? 허어! 이미 죽은 것으로 알려진 메네스가 어쩌다가 놈들에게 꼬리를 붙잡혔단 말입니까? 허어어!"

마프가 탄식을 했다.

마이림은 고개를 절레절레 흔들었다.

"나도 모르겠어요. 그가 어쩌다가 그런 실수를 했는지! 아마도 지난 20년간 무탈했던 탓에 메네스가 방심을 했을 지도 모르죠. 그러다 환관들에게 우연히 정체가 발각돼서 붙잡혔을 수도 있고, 아니면 내부에 배신자가 있을 수도 있고……."

마이림이 말꼬리를 흐렸다.

마프의 안색이 딱딱하게 굳었다.

"배신자! 설마 조직의 결속이 흐트러졌습니까?"

마프의 목소리는 가래가 끓는 것처럼 거칠었다.

마이림이 머리를 가로저었다.

"확실하진 않아요. 그냥 운이 나빴을 수도 있죠. 하지만 내부에 배신자가 있을 가능성도 완전히 배제할 수는 없어요. 그래서 내가 친히 왕궁을 나온 거예요. 이번 기회에 외궁 조직의 결속을 다시 한 번 점검해야겠어요."

"아기씨, 소신이 돕겠습니다. 아기씨의 외궁 조직은 소신이 기틀을 잡은 곳! 만약 그 안에서 배신자가 나왔다면 이 또한 소신의 죄일 것입니다. 그러니 소신에게 기회를 주소서!"

마프가 단호한 결의를 내비쳤다.

포도주를 내오던 노파가 퉁명스레 쏘아붙였다.

"흥! 이 영감이 아직 정신을 못 차렸구먼."

"자넨 끼어들지 마."

마프가 노파를 향해 눈을 흘겼다.

하지만 노파는 물러서지 않았다. 마이림 앞에 탁 소리 나게 포도주를 내려놓고는 마프의 옆에 앉아 마이림을 똑바로 쳐다보았다.

"이보시오, 손님."

"올가와……."

마이림이 당황했다.

노파의 얼굴이 살짝 일그러졌다.

"올가와! 참으로 오랜만에 듣는 내 본명이구려. 여기 영감은 나를 항상 '자네'라고 부르고, 손님들은 나를 '주인 할멈'이라고 부르지. 그런데 옛 손님께서는 나를 '올가와'라는 본명으로 불러 주시니 이거 참 영광이오."

"올가와!"

"자네, 그만해."

마이림과 마프가 동시에 입을 열었다.

"그만하긴 뭘 그만해?"

올가와는 주름진 눈을 부릅떠서 마프를 노려보았다.

마프가 입을 꾹 다물자 올가와는 다시 마이림에게 시선을 돌렸다. 그 시선이 칼날과도 같아 이번엔 마이림이 움찔했다.

올가와가 우물우물 입술을 열었다.

"마이림 님, 마이림 님이 내 본명을 불렀으니 나도 옛 손님의 이름을 불러드려야 하겠소. 한데 내게 고분고분함을 기대하지는 마소. 마이림 님께서도 아시다시피 여기 이 마프 영감은 마이림 님의 명령이라면 목숨을 내던지던 사람이었으나, 나는 다르오. 난 군나르 왕국의 백성이 아니고, 토브욘 사람이니께."

"알아요, 올가와."

마이림이 미안한 표정으로 답했다.

"어허! 자네!"

마프가 부인 올가와에게 역정을 내었다.

하지만 올가와는 한 치도 물러서지 않았다. 그녀는 마이림을 똑바로 쳐다보고 가슴속에 품고 있던 말을 내뱉었다.

"마이림 님, 이제 그만 우리 늙은이들을 놓아주소."

"올가와!"

"어허!"

이번에도 마이림과 마프가 동시에 소리쳤다.

올가와가 턱으로 마프를 가리켰다.

"마이림 님도 봐서 알겠지만, 이제 저 영감탱이도 많이 늙었소. 과거에 군나르 님을 호위하며 왕궁을 휘젓던 초대 호위대장 마프가 아니란 말이오. 마이림 님께서 은퇴한 지 오래인 저 영감을 다시 끌어들인다면, 결국 저 영감은 칼 아래 피를 뿌리며 죽을 거란 말이오."

"음!"

마이림의 표정이 어두워졌다.

그러거나 말거나 올가와는 제 할 말을 계속했다.

"그리고 말이 나와서 말인데, 그간 우리 영감이 마이림 님을 위해서 많은 희생을 하였소. 호위대장으로 멋들어지 게 살아갈 양반이 마이림 님의 복수를 돕기 위해 모든 것을 버리고 외궁 조직을 만들지 않았소? 그 와중에 큰 상처를 입어 마정석에 금이 간 상태란 말이오. 마이림 님도 그 사실을 잘 알잖소. 그래서 영감이 은퇴를 하도록 놓아준 것 아니겠소? 그런데 왜! 왜 다시 여기를 찾아와서 멀쩡한 늙은이의 가슴에 바람을 넣는단 말이오?"

올가와는 한을 토하듯 말을 쏟아부었다. 그 말 한 마디 한 마디가 비수가 되어 마이림의 가슴에 꽂혔다. 마이림의 얼굴이 하얗게 변했다.

탕!

"어허! 그만하지 못해?"

듣다 못해 마프가 탁자를 내려쳤다.

올가와는 남편에게 얼굴도 돌리지 않았다. 그저 마이림에게 똑바로 두 눈을 고정한 채 고집스레 노려보았다.

"올가와……."

마이림이 입술을 꽉 깨물었다.

마프가 부인의 어깨를 붙잡았다.

"자네, 그만하라니까!"

하지만 마프의 손은 빈 허공만 휘젓고 지나갔다. 올가와는 어느새 옆으로 순간 이동하여 남편의 손을 피했다.

그 상태에서 올가와가 강하게 경고했다.

"마이림 님, 옛 손님으로 우리 집을 방문하는 것은 언제든지 환영이오. 이 늙은이가 가장 좋은 포도주를 내와 마이림 님을 대접하겠소. 하지만! 은퇴한 우리 영감을 다시 마이림 님의 복수에 끌어들이려고 하지는 마소. 그건 내가 못 참겠소. 이 올가와! 차가운 북방 토브욘과는 어울리지 않게 '불의 마녀'라 불리었소. 내 고약한 성격이 어디 얼마나 지독한지 한번 알아보고 싶으면, 마음대로 하소. 그 외궁 조 직인지 뭔지 내가 다 불을 싸질러 볼라니께."

"닥쳐!"

올가와의 말이 떨어지기 무섭게 마프가 손을 번쩍 들었 다. 가벼운 손짓 한 방에 단단한 탁자가 채 썰 듯 수십 조각 으로 갈라졌다. 마프의 오른손은 어느새 수십 개의 낫이 달 린 마물의 형태로 변해 있었다.

"영감!"

올가와의 눈이 가늘게 흔들렸다.

마프가 상처 입은 짐승처럼 거칠게 으르렁거렸다.

"그동안 자네 말이라면 무엇이든 들어주었어. 십몇 년 전에 은퇴를 하자고 졸랐을 때도 내가 자네의 말을 들어주 었어. 하지만 오늘 자네는 선을 넘었어. 외궁 조직! 그건 내 분신이나 마찬가지야. 하루아침에 잿더미로 변한 카디말 가문을 기억하기 위한 내 몸부림! 내 청춘! 내 모든 것이 외 궁 조직에 담겨 있어. 그런데 그걸 불 싸지른다고? 엉?"

"영감!"

이번엔 올가와의 눈빛이 당혹스럽게 물들었다.

마프가 수십 개의 낫으로 변한 팔을 들어 자신의 목에 가 져다 대었다.

"자! 그렇담 내가 먼저 죽어 주지. 자네가 외궁 조직에 불을 싸지르는 꼴을 보기 전에, 내가 먼저 죽어 주겠다고."

날카로운 낫이 마프의 피부 속으로 파고들었다. 쭈글쭈글한 그의 목주름을 타고 핏물이 또르륵 흘러내렸다.

"영감! 그만하소!"

당황한 올가와가 손을 뻗었다.

"마프! 그만둬요."

마이림도 놀라서 두 주먹을 꽉 움켜쥐었다.

마프가 올가와를 향해 으르렁거렸다.

"자네, 어쩔 거야?"

불의 마녀 올가와가 남편에게 싹싹 빌었다.

"영감, 내가 잘못하였소. 그러니 그만 흥분을 가라앉히고 그 흉한 물건부터 치우소. 내 뭐든 영감의 말을 따를 것인즉, 제발 그것부터 치우소."

마프는 낫을 거두지 않고 올가와에게 다짐을 받았다.

"메네스는 내가 가르친 제자야. 그 아이가 붙잡혀 갔다면 나라도 나서서 외궁 조직을 추슬러야 해. 그러니 자네는 내 행동을 막지 마. 다른 건 다 해도 되지만 이것만큼은 나도 양보할 수 없어."

"알겠소, 알겠소. 내 알겠으니 그 흉한 것부터 목에서 치우소."

올가와는 울상이 되어 발을 동동 굴렀다.

마프는 올가와의 항복을 받아 낸 뒤에야 낫을 치웠다.

"영감!"

올가와가 후다닥 달려와 앞치마로 마프의 목에서 흐르는 피를 닦아 주었다. 올가와의 주름진 눈가에 눈물이 글썽거렸다.

"하아!"

짠한 노부부의 모습을 보면서 마이림은 한숨을 내쉬었다.

'내 복수를 돕느라 여러 사람이 힘들구나! 과연 이게 잘하는 짓일까?'

마이림은 심정이 복잡했다.

Chapter 4

게브 5호가 무릎걸음으로 다가와 하라간에게 두 장의 종이를 올렸다.

"말씀하신 내용입니다."

"음."

하라간은 침대에 비스듬히 누워 종이를 받아 들었다. 그중 첫 번째 종이엔 마프에 대한 정보가 요약되어 있었다.

— 이름: 마프

— 성별: 남성

— 소속: 호위대

— 직위: 초대 호위대장

— 가문: 카디말

— 결합 마물: 부카치 [해구 2층 레벨]

— 주특기: 사마귀의 앞발과 유사한 낫을 123개 소환, 이마에서 쏟아지는 푸른빛으로 상대를 마비시킴

— 성격: 충성심과 책임감이 강하며 후배 양성에 관심이 많았음

— 가족 관계: 부인 없음, 형제 없음, 자식 없음

— 별첨: 카디말 가문이 역적모의를 도모하다가 멸족을 당했을 때 그 책임을 지고 자결함

하라간이 게브 5호를 바라보았다.

"마프가 자결했다고?"

"네. 46년 전, 카디말 일족의 참사가 마무리된 후, 여러 사람들이 보는 앞에서 직접 배를 가르고 자결했습니다. 나중에 그 소식을 들으시고는 위대하시고 또 위대하신 분께서도 크게 탄식을 하셨다고 하옵니다. 어쨌거나 마프는 위

대하시고 또 위대하신 분께서 직접 임명하신 초대 호위대
장이었으니까요."

게브 5호는 당시 상황을 상세하게 고했다.

"그래?"

하라간이 시큰둥하게 고개를 끄덕였다.

마프에 대한 보고서를 옆으로 던져 놓고, 하라간은 두 번
째 종이를 읽었다.

　　— 이름: 올가와

　　— 성별: 여성

　　— 별칭: 불의 마녀

　　— 소속: 토브욘 왕국에서 파견한 첩자

　　— 직위: 토브욘의 첩자들 가운데 우두머리로 추
정

　　— 가문: ?

　　— 결합 마물: ?

　　— 주특기: 불과 관련된 마법에 능통함. 그녀
의 손에 죽은 게브의 요원이 192명, 일반 병사가
3,995명, 일반 백성 15,900명 이상

　　— 성격: 지랄 맞음

　　— 가족 관계: 밝혀진 바 없음

— 별첨: 50년 전 왕궁에 침투해 토브욘의 첩자로 암약하다가 정체가 발각되자 도주. 당시 추격에 나선 게브와 호위대 소속 무사들에게 큰 피해를 입혔음. 60일간의 긴 추격전 끝에 라인 강 상류에서 사살.

"올가와라는 여자는 50년 전에 사살되었다고?"

하라간이 다시 물었다.

게브 5호가 냉큼 고개를 끄덕였다.

"그렇습니다. 당시 위대하시고 또 위대하신 분의 명을 받들어 게브와 호위대가 협력하여 불의 마녀를 뒤쫓았습니다. 결국 추격을 뿌리치지 못한 올가와는 라인 강 상류에서 협공을 받아 사살되었습니다."

"그녀가 정말 사살된 것이 맞나?"

하라간의 눈매가 가늘어졌다.

게브 5호는 고개를 갸웃거렸다.

"분명히 맞습니다. 기록에 의하면, 당시 수십 명이 넘는 목격자가 지켜보는 가운데 호위대장의 낫이 마녀의 심장을 부쉈다고 하옵니다."

하라간이 눈을 번쩍 빛냈다.

"오호라! 호위대장의 낫이 마녀의 심장을 부쉈다고?"

"그러하옵니다."

"당시 호위대장은 마프였고?"

"50년 전 일이니 마프가 맞을 것이옵니다."

게브 5호의 대답에 하라간이 무릎을 치며 웃었다.

"아하하하! 아하하하하!"

"하라간 님, 어찌하여 웃으시는지요?"

게브 5호가 어리둥절해서 여쭸다.

하라간은 한동안 배꼽을 잡고 웃다가 상체를 일으켰다.

"하하하하! 재미있군, 재밌어. 정말 사람의 앞날은 알 수가 없다니까. 아하하하하! 그나저나 잘되었어."

"무엇이 잘 되었단 말씀이시옵니까?"

"이 둘 말이야……."

하라간이 게브 5호에게 종이 두 장을 휙 던지며 말했다.

"지금 함께 있으니까 게브에서 체포해."

"네에?"

게브 5호가 눈을 동그랗게 떴다.

하라간은 입가에 짙은 미소를 머금었다.

"그 2명, 죽지 않았어. 아직 살아 있다고."

"네에에? 쿨럭! 쿨럭!"

깜짝 놀란 게브 5호가 기침을 해 댔다.

Chapter 5

군나르의 초대 호위대장 마프!

50년 전 왕궁을 발칵 뒤집었던 토브욘의 첩자 올가와!

이 둘의 생존 소식이 몇몇 사람들의 귀에 들어갔다. 군나르도 이 놀라운 소식을 들은 몇 명 가운데 하나였다.

군나르는 즉시 호위대장 무무를 호출했다.

무무가 달려오자 군나르는 마프의 생존 소식을 전했다.

"무무, 네가 직접 마프에게 다녀와라."

"충심으로 명을 받들겠나이다!"

무무가 오른 주먹을 왼쪽 가슴에 붙이고 대답했다.

군나르가 그런 무무를 묘하게 바라보았다.

"무무."

"말씀하소서."

"마프는 한때 네 스승이었지?"

무무가 순순히 고개를 끄덕였다.

"그렇사옵니다."

"그런데 네 손으로 마프를 잡을 수 있겠나?"

의심이 섞인 목소리였다. 무무가 살짝 고개를 들었다. 군나르의 불덩이 같은 눈이 무무를 보고 있었다. 무무는 황급히 다시 고개를 숙이며 대답했다.

"위대하시고 또 위대하신 분이시여, 제 충성심을 물으시는 것이시라면 답은 하나입니다. 제게는 스승의 은혜보다 위대하신 분에 대한 충성심이 더 우선이옵니다. 그러니 명에 따라 마프를 붙잡아 올 것입니다."

"흐음!"

군나르가 손가락으로 탁자를 톡톡 두드렸다.

무무가 빠르게 말을 이었다.

"만약 제 실력으로 그를 잡을 수 있겠느냐고 물으시는 것이시라면, 그래도 답은 하나입니다. 저는 위대하시고 또 위대하신 분의 명을 죽음으로 받들 것이옵니다."

무무의 단호한 대답이 군나르를 흡족케 만들었다.

"좋다. 네가 호위대를 이끌고 가서 마프를 잡아라."

"충!"

무무는 절도 있게 고개를 숙인 다음, 뒷걸음질로 웃전에서 물러났다.

무무가 방에서 나가기 전, 군나르가 중얼거렸다.

"나는 아직도 믿기지가 않는구나. 마프는 충성스러운 자였어. 그런 마프가 자결로 죽음을 위장한 다음 남몰래 도망을 쳤다니! 죽은 것으로 알려진 그가 아직까지 살아 있었다니! 허허허허!"

"송구하옵니다."

무무가 뒷걸음질을 멈추고 고개를 푹 숙였다.

어쨌거나 마프는 무무의 스승이었다. 자결한 것으로 알려진 마프가 살아 있다는 말에 무무는 하늘이 무너지는 듯한 충격과 배신감을 느꼈다.

방의 저 안쪽 끝에서 군나르가 말을 이었다.

"오늘 아침에 하라간이 청을 올리더구나. 마프를 잡는 일에 게브의 환관들을 동원하겠다는 청이었다. 나는 그 아이의 요청을 들어주었어. 그러니 지금쯤 게브의 총관이 직접 나섰겠지. 늙었다는 핑계로 엉덩이가 무거워진 게브 3호와 4호도 마프의 생존 소식에 자리를 박차고 일어설 모양이다."

"게브의 환관들이 움직였사옵니까?"

무무의 눈에서 번쩍 빛이 쏟아졌다.

환관들로 이루어진 비밀 감찰 조직 게브는 무무가 이끄는 호위대와 오랜 라이벌 관계였다. 무무는 호위대의 초대 대장이었던 마프가 게브의 환관들에게 붙잡혀 비참하게 끌려가는 모습을 볼 자신이 없었다.

군나르가 무무의 속마음을 알아주었다.

"나는 가능하면 네 손으로 마프를 잡아 오기 바란다. 마프도 환관들 손에 붙잡히는 것보다 네게 잡히는 것이 더 나을 게야."

"황공하옵니다."

대답을 하는 무무의 목소리가 가늘게 떨렸다.

그 위에 군나르의 냉혹한 경고가 떨어졌다.

"그렇다고 게브를 방해해서는 안 돼! 환관들과 내분을
일으켰다가는 내가 아니라 하라간 그 아이가 너희를 용서
하지 않을 게다. 너희 호위대는 결코 하라간의 눈 밖에 나
선 안 된다. 지금은 너희가 나를 따르지만, 장차 너희가 모
실 주인은 하라간이다."

"저희도 잘 알고 있사옵니다. 이번 작전에 사적인 감정
으로 게브를 방해하진 않을 것이옵니다. 다만, 기회가 주어
진다면 반드시 저희의 손으로 마프를 잡겠사옵니다."

무무가 자신 있게 외쳤다.

군나르는 물끄러미 그 모습을 바라보다가 그만 나가 보
라는 손짓을 했다.

무무는 떨리는 마음을 추스르고 조용히 물러났다.

방에 홀로 남은 군나르는 손가락으로 탁자를 톡톡 두드
렸다.

"마프가 살아 있었다고? 자결을 하는 척 나를 기만하고
여태 살아 있었어? 무려 46년이 넘도록 이 군나르를 속였
어? 그가 왜? 그깟 가문 때문에?"

46년 전, 마프의 가문 카디말이 역적모의를 하다가 발각되어 멸문을 당했다. 당시 군나르의 노여움은 크고도 깊었다. 카디말의 모든 구성원들이 그 노여움을 풀지 못하고 목이 잘렸다.

하지만 마프는 예외였다.

마프는 군나르의 호위대에 입대할 당시에 가문을 버리겠노라고 선언했다.

"저의 모든 사적인 소유물과 사적인 관계를 버리고 저자신을 위대하시고 또 위대하신 분께 온전히 바치겠나이다."

이것이 마프의 맹세였다. 그런 마프가 "혈족의 죄를 함께 받겠다."며 자결했을 때, 군나르는 크게 탄식했다.

"그런데 그런 마프의 행동이 거짓이었다고? 나를 기만하고 지금까지 숨어서 살아왔다고? 마프! 네가 감히!"

군나르의 입술이 위로 솟구치면서 송곳니와 어금니가 하얗게 드러났다. 군나르의 눈은 줄기줄기 뜨거운 기운을 쏟아 내었다.

그러던 한순간!

군나르가 퍼뜩 고개를 들었다.

"카디말! 카디말 가문!"

이미 46년 전의 일이라 군나르도 잠시 잊고 있었다. 한데 가만히 되새겨 보니 카디말은 마이림의 시댁이었다. 당시 군나르는 카디말의 후계자에게 딸 마이림을 시집보냈었다. 그러다 카디말의 세력이 너무 팽창해 왕가에까지 위협이 되자 군나르가 직접 나서서 카디말의 모든 혈족을 쓸어버렸다. 그 와중에 군나르의 사위, 즉 마이림의 남편도 죽었다.

남편이 죽기 전, 마이림이 펑펑 울면서 군나르의 다리에 매달렸다.

"아버님! 제발 그이를 살려 주시어요. 그이의 팔다리를 자르고, 혀를 뽑고 눈알을 터뜨려도 좋아요. 그이는 그런 벌을 받아 마땅한 사람이에요. 하지만 제발 저를 봐서라도 그이의 목숨만은 살려 주시어요. 저희가 멀리 나가서 살게요. 아버님의 눈이 미치지 않는 먼 곳으로 떠나서 살 테니 제발 그이의 목숨만 살려 주시어요. 으흐흐흑!"

마이림은 남편을 살리기 위해 정말 필사적이었다.

하지만 군나르는 마이림의 청을 무시했다. 군나르는 왕가에 위해가 된다면 그 어떤 참혹한 짓도 벌일 수 있는 무서운 사람이었다.

군나르의 명에 의해 마이림이 탑에 갇혔다.

그사이 카디말 가문은 멸족을 당했다. 먼 친척 하나 남기지 못하고 모조리 죽었다. 카디말의 후계자였던 마이림의 남편도 당연히 목이 잘렸다.

그리고 3년.

마이림이 화를 푸는 데 3년이 걸렸다.

시간이 한참 지나자 군나르는 자연스럽게 카디말 가문의 참사를 잊어버렸다.

그 오래된 옛 기억이 오늘 군나르의 뇌에 퍼뜩 떠올랐다.

"마프는 충성스러운 자였어. 그런 그가 죽음을 위장해서 내 곁을 떠났지. 그런데 인제 보니 그리 멀리 떠난 것도 아니야. 아예 타국으로 가 버린 것도 아니고, 이곳 수도 한구석에서 내 눈을 피해 숨어 지냈다고. 왜? 무엇 때문에? 여기에 남아서 무슨 일을 도모하려고?"

Chapter 6

마프.

가짜 마이림.

멸족한 카디말 가문.

군나르의 머릿속에서 이 세 가지 단어가 맴돌았다.

46년 전의 그 사건 이후, 군나르 왕실엔 몇 차례의 참사가 잇따랐다. 군나르의 핏줄들은 다양한 사고를 통해 하나

둘 죽었다. 군나르의 아들이 죽고, 손자가 죽었다. 증손자도 고꾸라졌다. 이제 군나르에게 남은 직계 혈통은 오직 하나, 하라간뿐이다.

"마프! 가짜 마이림! 카디말 일족! 그리고 복수!"

3개의 단어가 군나르의 머릿속에서 맴돌다가 자연스럽게 '복수' 라는 단어로 연결되었다. 군나르의 얼굴이 푸들푸들 떨렸다.

"하라간! 하라간! 하라간! 놈들이 하라간을 노리고 있어! 감히 우리 하라간을!"

콰앙!

군나르를 중심으로 강한 폭발이 터졌다. 묵직한 나무 탁자가 50미터를 날아가 방 저편의 문짝을 와그작 부숴 버렸다. 차를 우려내는 다기들이 와장창 깨져 그 파편이 천장과 벽에 꽂혔다. 군나르의 주변 공기는 무섭게 들끓었다.

"으헉!"

"위대하시고 또 위대한 분이시여!"

환관과 시녀들이 화들짝 놀라 방문 앞으로 달려왔다.

군나르는 그들에게 눈길조차 주지 않았다.

최근 군나르는 하라간이 마이림을 너무 심하게 압박하는 것 같아 마음이 언짢았다. 한데 알고 보니 그 마이림이 가짜였다.

게다가 죽은 것으로 알려진 메네스도 살아 있었다. 거기서 끝나지 않고 이번엔 죽었다던 마프와 불의 마녀가 되살아났다.

'지금 뭐가 어떻게 돌아가는 것인지 모르겠구나!'

군나르는 이 모든 것들이 혼란스러웠다.

하지만 그 와중에도 한 가지 사실만은 놓치지 않았다.

"하라간! 내 새끼를 지켜야 해. 그 어떤 일이 있어도! 설사 그 와중에 마이림, 그 애를 버리는 한이 있더라도 하라간, 내 새끼만큼은 꼭 지켜야 해!"

하라간의 눈에 오직 군나르만 보이듯이, 군나르의 눈에도 오직 하라간만 보였다. 다른 것들은 다 눈에 들어오지 않았다. 심지어 친딸인 마이림도 군나르의 눈에서 벗어났다. 결심이 서자 군나르의 온몸에서 섬뜩한 흑색의 기운이 뿜어져 나왔다.

"하라간! 이 할아비가 다 치워 주마. 네 앞길에 방해가 되는 것들은 이 할아비가 남김없이 치워 주겠어. 하나도 남김없이! 털끝 하나 남기지 않고 모두!"

넘실넘실 뻗어 나가는 군나르의 기세가 환관들과 시녀들의 목을 휘감았다.

"케켁!"

"아으으! 위대하시고 또 위대하신 분이시여!"

환관과 시녀들이 목을 붙잡고 픽픽 쓰러졌다.

군나르의 호위대장 무무가 호위대 솔샤르들을 이끌고 왕궁을 나설 즈음, 하라간은 조그만 소녀를 묘한 눈으로 바라보는 중이었다.

소녀의 이름은 아뮤넷.

나이는 여덟 살.

귀여운 꼬마 소녀 아뮤넷은 하라간이 보는 앞에서 꿀을 발라 구운 조그만 밀케이크를 얌얌거리며 먹고 있었다.

'거참!'

하라간은 인형처럼 생긴 이 소녀가 참으로 신기했다.

아뮤넷이 고개를 살짝 들고 하라간을 곁눈질했다.

이 모습 또한 지극히 사랑스러워 하라간은 피식 웃을 수밖에 없었다.

"허허!"

"헤헤헤!"

하라간이 웃자 아뮤넷도 따라 웃었다.

하라간이 물었다.

"잘 먹고 잘 웃으니 보기는 좋구나. 넌 내가 무섭지 않으냐?"

"무섭긴 왜 무서워요. 이렇게 예쁜 오빠인데요."

아뮤넷이 아무렇지도 않게 대답했다.

하라간이 다시 물었다.

"그래도 환경이 바뀌면 긴장도 되고 그렇잖아. 그동안 24층 궁에서 할머니와 함께 살다가 갑자기 여기로 와서 낯설고 두렵지 않아?"

아뮤넷이 종알종알 대답했다.

"헤에, 쫌 낯설긴 해요. 하지만 이 건물도 깨끗해서 괜찮아요."

"깨끗해서?"

"네. 저는 더러운 걸 싫어하거든요."

가짜 마이림 사건 이후 아뮤넷은 하라간의 거처로 자리를 옮겼다. 하라간은 '진짜 마이림 님이 돌아오실 때까지 내가 아뮤넷을 보호하겠다.'는 핑계를 대며 이 꼬마 소녀를 곁에 두었다. 말은 이렇게 둘러대었지만 사실 하라간은 아뮤넷을 인질로 붙잡은 것이다.

아뮤넷의 어머니는 마이림의 양녀였다. 그런데 8년 전에 아뮤넷을 낳다가 죽었다. 양녀를 친딸처럼 아꼈던 마이림은 아뮤넷을 손녀로 삼아 온갖 정을 다 쏟아부었다. 하라간이 아뮤넷을 인질로 잡은 것도 바로 이런 이유 때문이었다. 이 꼬마 소녀만 붙잡고 있으면 결국 마이림이 이곳에 돌아올 것이라는 예측 때문.

처음에 하라간은 아뮤넷이 침울해하거나 반항을 할 것이라고 예상했다.

그런데 의외로 아뮤넷은 이곳에서 잘 지냈다. 먹는 것도 잘 먹고, 잠투정도 없고, 마이림을 찾으며 귀찮게 보채지도 않았다.

'여덟 살짜리가 어떻게 이러지?'

하라간은 아뮤넷이 신기했다.

그러는 사이 아뮤넷은 접시를 싹싹 비웠다.

"더 줄까?"

하라간의 물음에 아뮤넷은 손으로 배를 탕탕 두드려 보였다.

"아뇨. 이렇게 배가 볼록한걸요. 이러다 아뮤넷의 배가 터지겠어요."

"하하, 그래? 그럼 그만 먹어야지."

하라간이 손짓을 하자 시녀가 조심스레 다가와 아뮤넷의 접시를 치웠다.

아뮤넷은 탁자에 팔꿈치를 대고 손에 턱을 괸 다음 하라간을 물끄러미 바라보았다.

하라간이 물었다.

"왜? 내 얼굴에 뭐라도 묻었니?"

아뮤넷이 뺨을 복숭앗빛으로 물들이며 도리질을 했다.

"아뇨. 오빠가 너무 예뻐서요."

"허어! 그거 별로 칭찬은 아닌 것 같은데?"

"아뇨! 절대, 절대 칭찬이에요. 헤에에. 그런데요, 하라
간 오빠. 아뮤넷이 부탁이 하나 있거든요."

"부탁? 뭔데?"

하라간이 고개를 갸웃거렸다.

"오빠 머리카락, 제가 한번 빗겨드리면 안 되나요?"

아뮤넷은 엉뚱하게도 하라간의 머리카락을 빗겨주고 싶
다고 청했다.

Chapter 7

"응?"

하라간의 눈이 의문으로 물들었다.

"네가 내 머리카락을 빗겨 주겠다고? 왜? 그런 일은 여
기 시녀에게 맡기면 되는데."

"하지만 아뮤넷도 한번 해 보고 싶어요. 아뮤넷은 머리
카락을 정말 잘 빗기거든요. 할머니도 늘 그 점을 칭찬해
주셨어요. 착한 아뮤넷이 머리카락도 정말 잘 빗겨 주는구
나! 아뮤넷은 머리카락 빗기는 일에는 우리 왕국 최고야,

라고 말씀하셨죠."

아뮤넷은 종알종알 이야기보따리를 풀어놓았다.

하라간은 어느새 아뮤넷의 말에 빠져들었다.

"허! 마이림 님이 그렇게 말씀하셨어?"

"네. 그래서 날마다 아뮤넷이 할머니의 머리카락을 빗겨
드렸어요. 그런데 지금은 할머니가 없으니까 하라간 오빠
가 제 보호자잖아요. 아뮤넷은 이제부터 오빠 머리카락을
빗겨드리고 싶어요."

아뮤넷이 간절한 표정으로 하라간을 올려다보았다.

하라간도 아뮤넷을 빤히 바라보았다. 아뮤넷을 바라보는
하라간의 눈빛이 번쩍 빛을 토했다.

"히잉!"

그 시선이 따가웠는지 아뮤넷이 어쩔 줄 몰라 했다. 그녀
는 두 손으로 자신의 뺨을 감싼 뒤 발가락을 꼼지락거렸다.

"왜요? 안 되나요?"

아뮤넷이 조심스럽게 물었다.

하라간이 고개를 가로저었다.

"아니. 빗겨 줘도 되는데, 조금 전 그 말 다시 한 번 해
볼래?"

"무슨 말이요?"

아뮤넷이 물었다.

하라간은 손가락을 빙글빙글 돌려 태엽을 감는 시늉을 했다.

"조금 전에 했던 그 말. 다시 이야기해 봐. 할머니가 없는 동안에 누가 아뮤넷의 보호자라고?"

"아! 그거요. 할머니가 안 계신 동안에 당연히 하라간 오빠가 아뮤넷의 보호자죠. 헤헤헤!"

아뮤넷이 쑥스럽게 웃었다.

하라간은 좀 더 자세히 캐물었다.

"아뮤넷, 왜 그런 생각을 했지? 왜 내가 네 보호자라고 생각한 거야?"

"그야…… 할머니가 그렇게 말씀하셨으니까요."

아뮤넷의 입에서 의외의 대답이 나왔다. 하라간은 진심으로 놀랐다.

"마이림 님이 그런 말씀을 하셨어?"

"네에. 할머니께서 제게 몇 번이나 되풀이해서 강조하셨는걸요. 절대 그럴 리는 없겠지만, 만약에 할머니가 아뮤넷의 곁을 잠시 비우게 된다면, 그때는 하라간 오빠가 아뮤넷의 보호자라고요. 그러니까 만약에 그런 일이 발생한다면 할머니에게 해 준 것처럼 오빠의 머리카락도 빗겨 주고 오빠에게 잘하라고, 할머니께서 그렇게 말씀하셨어요."

"허!"

하라간은 기가 막혔다.

그러면서도 다른 한편으로는 '마이림이 정말 대단한 사람이구나!' 라는 생각이 들었다. 마이림과 하라간은 정치적으로 엇갈린 관계였다. 둘 중 한 명은 언젠가 맞부딪쳐서 쓰러질 수밖에 없고, 결국 마이림이 그 패배자가 될 거라고 하라간은 생각했다.

마이림도 어쩌면 그런 생각을 했을지도 모른다. 그녀는 '그런 일이 벌어질 경우 세상에서 아뮤넷을 살릴 수 있는 사람은 오직 하라간밖에 없다.' 고 판단했을 것이다. 그래서 평소에 아뮤넷에게 "만약 할머니가 우리 아뮤넷의 곁을 잠시 비우게 된다면, 하라간 오빠가 아뮤넷의 보호자야. 그러니 하라간 오빠에게 가서 할머니에게 해 준 것처럼 머리카락도 빗겨 주고 잘해야 해."라고 세뇌를 해 놓았을 것이다.

"거참!"

하라간은 팔짱을 끼고 아뮤넷을 바라보았다.

따가운 시선이 부끄러웠는지 아뮤넷이 몸을 배배 꼬았다. 아뮤넷이 일부러 연기를 하는 것은 분명 아니었다.

'이 꼬마 아가씨는 정말 나에 대한 적대감이 눈곱만큼도 없구나!'

마이림은 하라간을 죽이려고 들었다. 사막 도시 키약에

서 벌어졌던 암살 시도엔 분명 마이림이 관계되어 있었다.

마이림이 하라간의 죽음을 원한다면, 분명 마이림 주변 측근들에게도 그 악감정이 전달되었을 것이다. 실제로 티티이를 비롯한 마이림의 측근들은 하라간을 적으로 인식했다.

그런데 아뮤넷에게게만은 그런 악감정이 전달되지 않았다.

이건 모두 아뮤넷을 위해서였다. 하라간과 싸워서 마이림이 패배할 경우, 그래서 마이림이 죽게 생겼을 때 아뮤넷을 살릴 방법이 무엇인가?! 오직 하라간의 자비를 구하는 수밖에 없다. 마이림은 분명히 그렇게 생각했을 것이다.

"허어, 그것참!"

하라간은 거듭 입맛을 다셨다.

원래 하라간은 감성적인 것과는 거리가 먼 사람이었다. 하지만 이 순간만큼은 왠지 모르게 마음이 짠했다.

'군나르 님의 눈에 나만 보이는 것처럼, 마이림의 눈에도 아뮤넷만 보이나 보구나.'

냉정하던 하라간의 마음이 살짝 녹았다. 하라간은 아뮤넷에게 인심을 쓰기로 했다.

"좋아. 오늘 내 머리카락을 아뮤넷에게 맡겨 볼까?"

"진짜요?"

아뮤넷의 얼굴이 활짝 펴졌다.

"에헤헤헤!"

아뮤넷은 눈밭에 나간 강아지처럼 폴짝폴짝 뛰어와 하라간의 뒤에 섰다.

"거기, 빗과 거울 좀 가져오너라."

하라간이 손가락을 까딱거렸다.

"네, 하라간 님."

시녀 둘이 빠르게 움직였다. 시녀 한 명은 둥근 빗을 대령했고, 다른 시녀는 커다란 거울을 들고 하라간의 앞에 섰다.

아뮤넷이 의자에 폴짝 뛰어올라가 하라간과 높이를 맞춘 다음, 콧노래를 흥얼거리며 머리카락을 빗겼다.

하라간은 거울 속의 아뮤넷을 향해 엄지를 치켜세웠다.

"이야! 아뮤넷, 정말 머리카락을 잘 빗기는구나. 이거 앞으로도 우리 아가씨에게 종종 부탁해야겠는걸!"

"헤헤헤! 그죠? 아뮤넷, 정말 잘하죠? 에헤헤헤!"

아뮤넷의 입가에서 웃음기가 떠나지 않았다.

만약 마이림이 이 모습을 보았다면 무척 서운했을 것이다. 지금 아뮤넷은 마이림의 머리카락을 빗겨 줄 때보다 훨씬 더 신나 보였다.

Chapter 1

군나르 왕국의 수도 북부.

리안 강 상류로 올라가는 길목에 낡은 사원 하나가 자리
했다. 언제 건축되었는지 모를 사원은 낡은 정도를 넘어서
거의 폐쇄된 상태나 마찬가지였다. 사람들의 발길이 끊긴
탓에 신관들도 남아 있지 않았다.

으스스한 바람이 부는 초저녁, 뿌연 모래 먼지를 뚫고 타
고 체격이 좋은 사내 한 명이 사원 입구에 나타났다.

사내의 키는 195 센티미터.

몸뚱어리는 바위처럼 단단해 보였고, 피부는 햇볕에 그
을려 짙은 갈색을 띠었다. 사내는 얼굴엔 하얀 가면을 썼는

데, 가면 사이로 드러난 눈이 푸르스름한 빛을 뿌렸다. 하얀 가면 정중앙엔 '7'이라는 숫자가 박혀 있었다.

"내가 좀 늦었나?"

사내는 주변을 한 바퀴 둘러본 다음 사원 안으로 성큼 들어갔다.

흙을 쌓아서 만든 담을 지나자 탁 트인 공간이 나왔다. 빈 공터엔 무너진 돌기둥들이 불규칙하게 널려 있었다.

하얀 가면의 사내가 공터 중앙을 향해 발을 옮기려는 순간, 3미터 높이의 원형 돌기둥 위에서 싸늘한 음성이 떨어졌다.

"이봐, 7호. 내가 지각 싫어하는 거 알지?"

사내가 고개를 힐끗 들었다.

돌기둥 위, 하얀 가면을 쓴 여자가 팔짱을 끼고 서 있는 모습이 보였다. 여자의 가면엔 '6'이라는 숫자가 자리했다.

"6호……."

7호 사내의 입에서 저음의 목소리가 흘러나왔다.

"흥! 네가 꼴찌니까 빨리 오기나 해."

6호 여자는 냉랭하게 쏘아붙인 뒤, 무너진 돌기둥을 박차고 뛰어올라 공터 중앙으로 날아갔다.

7호 사내도 성큼성큼 그 뒤를 쫓았다.

공터 한복판.

오목하게 꺼진 평지에 네모 반듯한 돌판 9개가 원을 그리며 늘어서 있었다. 1부터 9까지 숫자가 적혀 있는 돌판들이었다. 돌판 위에는 하얀 가면을 쓴 사람들이 서 있는 모습이 보였다.

6호 여자는 6번 돌판에 사뿐히 내려앉았다.

7호 사내는 7번 돌판에 올라서서 주변을 둘러보았다.

'흐음! 역시 이번에도 1, 2, 3번 돌판은 비었군.'

7호는 텅 빈 돌판을 서늘한 눈으로 훑어보다가 고개를 옆으로 돌렸다.

4번 돌판 위, 등이 꾸부정한 꼽추가 지팡이를 짚고 묵묵히 서 있는 모습이 7호의 눈에 들어왔다. 7호는 4호를 향해 고개를 까딱였다.

[7호, 오랜만이군.]

4호 꼽추가 고개를 흔들흔들하며 인사를 받았다. 쇠판을 긁는 듯한 4호의 목소리가 7호의 뇌에 직접 전달되었다.

7호는 시선을 옆으로 돌렸다.

5번 돌판도 빈 상태.

'엉? 5호가 없어?'

이건 의외였다. 7호가 고개를 갸웃거렸다. 평소 이 비밀스러운 모임을 주도하는 자는 5호였다. 5호가 조직원들을 소집하고, 안건을 내놓았으며, 회의를 주도했다.

　한데 오늘은 5호의 모습이 보이지 않았다.

　[5호가 아니라면 누가 우리를 소집했지?]

　7호가 6호의 뇌에 이런 질문을 전달했다.

　6호가 어깨를 으쓱했다.

　[나도 몰라. 묻지 마.]

　답을 듣지 못한 7호가 반대편으로 고개를 돌렸다.

　8번 돌판의 주인은 키가 150센티미터에도 미치지 않는 조그만 여자였다. 얼굴에 가면을 쓰고 있어서 나이를 짐작할 수는 없었다.

　[8호, 누가 우리를 소집한 거야?]

　7호가 물었다.

　[몰라.]

　8호의 대답도 6호와 마찬가지였다.

　7호의 눈이 얼핏 9번 돌판에 멎었다.

　그곳도 주인이 없이 텅 빈 상태였다. 7호는 지금까지 단 한 번도 9호를 본 적이 없었다. 그저 9라는 숫자가 적힌 돌판이 있으니 9호가 존재할 것이라고 짐작할 뿐이었다. 마찬가지로 7호는 지금까지 1호를 만나 본 적도 없었다. 1호에 대해서도 그저 말로만 들었을 뿐이다.

　7호가 4호에게 물었다.

"우리가 모인 이유가 뭡니까?"

이번엔 뇌파로 질문을 한 것이 아니라 입을 직접 열었다. 말을 빙빙 돌리는 것을 싫어하는 7호의 성격답게 질문도 직설적이었다.

조직원들의 시선이 4호에게 쏠렸다. 다들 오늘 모임에 대해서 궁금하게 여겼다.

4호 꼽추는 입을 여는 대신 지팡이를 들어 한곳을 가리켰다.

'뒤쪽?'

사람들의 고개가 지팡이가 가리킨 곳을 향해 돌아갔다.

어둑한 공터 뒤편에서 4명이 동시에 모습을 드러냈다.

얼굴에 가면을 쓰고 오른손에 램프를 든 노파!

깡마른 체격에 피부가 쭈글쭈글한 노인!

휘황찬란한 고급 의상을 걸친 무섭게 뚱뚱한 사내!

마지막으로 몸이 늘씬한 여인!

램프를 든 노파가 몸을 날려 3번 돌판에 올라섰다. 깡마른 노인은 2번 돌판을 향해 천천히 걸었다. 뚱뚱한 사내는 9번 돌판의 주인이었으며, 마지막 여인은 1번 돌판을 차지했다.

"억! 1, 2, 3호! 거기다 9호까지!"

7호의 입에서 가래 끓는 소리가 나왔다.

이건 뜻밖이었다.

'몇십 년 전에 은퇴를 선언한 2호와 3호가 나타났다고? 게다가 그동안 한 번도 모습을 보이지 않았던 1호와 9호까지 모습을 드러냈단 말이지?'

'이거 뭔가 중대한 일이 터졌구나!'

6호와 7호가 서로를 마주 보았다. 무슨 일인지는 모르겠지만 분명 좋은 일은 아닐 듯했다. 7호는 눈을 찌푸렸고, 6호와 8호는 입술을 굳게 다물었다.

공터에 침묵이 감돌았다.

2호의 카랑카랑한 목소리가 그 침묵을 깼다.

"다들 모였군."

2호는 조직원들을 눈으로 쭈욱 훑은 뒤 곧바로 안건을 이야기했다.

"오늘 조직원들을 모이라고 한 이유는 하나다. 그동안 느슨해졌던 조직력을 바로잡고 체계를 정비하기 위해서다."

"흐음!"

6호와 7호가 동시에 팔짱을 꼈다. 그들은 2호에 대한 불만을 몸짓으로 드러냈다. 반면 4호와 8호는 아무런 의사도 표현하지 않았다. 그저 돌아가는 상황을 묵묵히 지켜만 보았다.

"6호! 7호! 감히 항명을 하겠다는 것이냐?"

2호가 사람을 꿰뚫을 듯한 눈빛으로 6호와 7호를 노려보았다.

2호의 정체는 마프!

오래전 군나르를 섬겼던 초대 호위대장이 바로 이 비밀 조직의 2호였다.

6호가 2호에게 따져 물었다.

"어르신께서는 이미 16년 전에 은퇴를 선언하셨지요. 그후로 저희들이 어르신의 뒤를 이어 조직을 이끌어 왔습니다. 그런데 오늘 다시 현역으로 복귀한 이유가 뭡니까?"

6호의 질문은 다분히 도발적이었다.

2호가 화를 내려고 하는데, 3호가 먼저 나섰다.

"이년이 어디서 주둥이를 놀렷!"

3호의 모습이 사람들의 시야에서 갑자기 사라졌다. 그러곤 6호 바로 앞에 나타나 다짜고짜 램프를 휘둘렀다.

화르륵!

램프 안에서 시뻘겋게 일어난 화염이 6호를 덮쳤다.

"칫!"

6호가 민첩하게 허공으로 점프했다.

하지만 3호가 내뿜은 불은 커다란 뱀처럼 똬리를 틀었다가 용수철처럼 솟구쳐 6호를 집어삼켰다.

핏! 핏! 핏!

6호가 허공에서 세 번이나 방향을 틀었다.

불의 뱀은 그런 6호를 집요하게 추격하며 아가리를 쩍 벌렸다. 그 속에서 화염 한 덩이가 쏘아져 나와 사방에 뜨거운 열기를 발산했다.

Chapter 2

"치잇!"

견디다 못한 6호가 7호의 등 뒤로 숨었다.

화르르륵!

램프에서 시작된 불의 뱀이 허공에서 급격히 몸을 틀어 7호와 6호를 함께 공격했다.

"어르신, 그만하시죠!"

7호가 진심으로 화를 냈다. 단지 입으로만 화내는 시늉을 한 것이 아니라 커다란 손을 들어 가슴 앞에서 세차게 박수를 쳤다.

꾸왕—!

7호의 손바닥은 어느새 커다랗게 시커먼 징으로 변해 있었다. 그 양손이 맞부딪치자 엄청난 폭음과 함께 충격파가 사방으로 휘몰아쳤다.

불의 뱀이 그 강력한 파동을 견디지 못하고 꺼질 듯이 출렁거렸다.

"7호! 네놈이!"

3호가 버럭 소리쳤다.

2호의 정체는 마프!

3호의 정체는 불의 마녀 올가와!

서열은 마프가 더 높지만, 사람들은 마프보다 불의 마녀 올가와를 더 무서워했다. 실제로 무력도 올가와가 더 강했다.

게다가 올가와는 성격이 지독하기로 유명했다. 올가와의 머리카락이 발갛게 발열하면서 허공으로 치솟았다. 그 머리카락 한 올 한 올마다 불이 붙어 화르륵 타올랐다. 올가와의 손에 들린 램프는 어느새 길쭉하게 늘어나 시뻘건 화염을 줄기줄기 뿜어냈다. 램프를 든 올가와의 팔뚝 전체가 화염에 휩싸여 벌겋게 달아올랐다.

올가와가 용암처럼 변한 손을 들어 7호를 지목했다. 그녀의 손끝은 어느새 4갈래로 갈라져 있는데, 그 한 갈래 한 갈래마다 20미터 길이의 불의 채찍이 형성되어 살아 있는 뱀처럼 꿈틀거렸다. 그 뜨거운 열기가 멀리 떨어진 곳까지 영향을 미쳤다. 그러니 열기를 집중적으로 받는 7호는 말할 것도 없었다. 7호의 의복은 바삭하게 타들어 가 흩어지기 시작했고, 피부는 벌겋게 익어 버렸다.

"크읔!"

7호가 어금니를 꽉 물었다.

7호 뒤에 숨었던 6호가 옆으로 튀어나왔다. 6호의 손톱은 어느새 40 센티미터 길이로 길게 자랐고, 그 손톱 끝에서 차가운 냉기가 폴폴 풍겼다.

"어르신, 정말 이럴 건가요?"

6호가 올가와를 향해 이빨을 드러냈다.

올가와의 입이 마귀처럼 찢어졌다.

"오호호호! 6호, 많이 컸구나! 감히 내게 이빨을 드러내다니! 오호호호훗!"

[치잇! 저 마녀, 늙어서도 성깔이 여전하네.]

6호가 7호의 뇌에 이렇게 한탄을 했다.

[끄응!]

7호는 한숨 소리를 냈다. 올가와의 괴악한 웃음을 듣는 것만으로도 두 사람은 몸속의 피가 굳는 기분이었다.

올가와가 둘을 향해 불의 채찍을 휘두르려는 순간, 4호가 입을 열었다.

"그만 진정을 하시지요."

"뭣? 너 지금 뭐라고 했어?"

올가와의 무시무시한 눈이 4호를 향했다.

4호는 활처럼 굽은 등을 더욱 꾸부정하게 구부리며 지팡이로 돌판을 땅땅땅! 두드렸다.

"어르신, 잠시 화를 삭이시라고 했습니다."

4호 꼽추는 올가와의 활활 타오르는 눈을 정면으로 받아내었다.

올가와가 입매를 고약하게 비틀었다.

"오호호홋! 4호, 너도 많이 컸구나. 감히 내게 그런 무례한 소리를 허다니. 많이 컸어."

올가와가 4호를 향해 한 발 내디뎠다.

4호는 조용히 말을 이었다.

"제가 어찌 감히 어르신께 무례를 범하겠습니까? 단지이 자리에는 고귀하신 분들이 계시니 조금 자중해 달라고부탁을 드리는 것뿐이지요."

"고귀한 분? 누구? 1호?"

올가와가 거침없이 말했다. 꼭지가 돈 올가와는 1호, 즉마이림도 눈에 들어오지 않았다. 말을 하면서 점점 더 열이뻗쳤는지 올가와의 왼손도 화르르륵 용암으로 변해 버렸다. 올가와가 밟는 땅이 흐물흐물 녹아 벌겋게 변했다.

"자네, 그만해."

보다 못해 2호가 나섰다. 2호(마프)는 세상에서 올가와를 말릴 수 있는 몇 안 되는 사람들 가운데 하나였다.

남편의 말에 올가와가 잠시 행동을 멈췄다.

그때 4호가 다시 입을 열었다.

"물론 1호 님께서도 고귀한 분이시지요. 하지만 이 자리에 모인 조직원들 모두가 만만치 않게 중요하다는 사실을 알아주시기 바랍니다. 저기 있는 6호! 어르신들도 아시다시피 6호야말로 카디말의 혈통을 이어받은 유일한 핏줄입니다. 비록 카디말의 직계 혈통은 46년 전에 모두 끊어졌으나 6호가 그 방계 혈통을 이어받아 카디말의 옛 영화를 되살리고 있지요."

"으음!"

"흠!"

카디말 가문이 거론되자 마이림과 마프가 동시에 신음을 흘렸다.

4호가 말을 계속했다.

"게다가 7호! 어르신들이 활동할 당시엔 카디말의 은혜를 입은 상인들이 남몰래 우리 조직을 도왔습니다. 하지만 세월이 흘러 지금은 카디말의 은혜를 직접 받은 노인들은 다 죽었지요. 지금 상인들을 규합해 조직의 자금을 대는 사람이 누구입니까? 바로 7호입니다. 7호가 없으면 조직의 돈이 모두 메말라 버립니다."

4호는 7호의 공을 치켜세웠다. 하지만 사람들의 귀에는 "지금 외궁 조직의 자금줄을 장악한 사람이 바로 7호다." 라고 선포하는 것처럼 들렸다.

이어서 4호가 8호를 가리켰다.

"그리고 8호!"

사람들의 시선이 8호에게 쏠렸다.

"그녀가 누구를 대표하는지 되새겨 주시기 바랍니다. 그리고 우리 조직의 설립 목적도 다시 한 번 되새김질해 주시기 부탁드립니다. 8호가 이끄는 암살 조직 덕분에 지난 수십 년간 우리는 군나르 님의 핏줄들을 하나둘 제거했습니다."

4호의 입에서 폭탄선언이 튀어나왔다.

Chapter 3

"어르신, 현실을 똑바로 보십시오. 8호가 이끄는 암살 조직 덕분에 지난 수십 년간 우리는 군나르 님의 핏줄들을 하나둘 제거했단 말입니다."

"으으음!"

마프는 칼로 가슴을 후벼 파는 듯한 고통을 느꼈다. 억울하게 멸족을 당한 카디말 가문의 복수를 위해서! 마이림을 위해서! 그동안 마프는 군나르에게 씻지 못할 죄를 지었다. 그것도 온갖 범죄자들과 외세까지 끌어들여 최악의 반역질을 해 왔다.

군나르의 혈통을 하나씩 제거할 때마다 마프는 참기 힘든 죄책감을 느꼈다. 지금까지 마프는 오직 마이림을 위해서 그 죄책감을 외면했는데, 오늘 4호로부터 직접적인 지적을 듣자 참기 힘든 고통이 가슴을 압박했다.

마프가 고개를 숙인 사이 4호는 올가와에게 시선을 돌렸다.

"3호 어르신, 군나르 왕국 내에서 감히 왕의 혈통을 암살할 수 있었던 힘! 그 저력! 그게 어디서 나왔습니까? 3호 어르신께서는 누구보다 더 잘 아시겠지요?"

"큼!"

올가와가 입술을 고집스레 다물었다.

차마 올가와가 내뱉지 못했던 말을 4호가 대신 내뱉었다.

"토브욘의 도움이 아니었다면 어림도 없었을 것입니다."

토브욘이라는 명칭이 나오자 마이림과 마프의 얼굴이 동시에 일그러졌다.

토브욘!

북부의 아홉 군주 가운데 한 명!

모든 솔샤르들의 지배자!

군나르와 어깨를 나란히 견줄 수 있는 막강한 존재!

저 먼 북해를 다스리는 왕 중의 왕!

얼음과 빙하의 제왕!

이게 바로 토브욘이다. 이 모든 화려한 수식어들이 오로지 토브욘의 위대함을 칭송하기 위해 만들어졌다.

4호는 바로 그 토브욘을 입에 담았다.

"크으음!"

토브욘의 이름이 거론되자 올가와가 눈에 띄게 움찔했다. 마이림이나 마프와 달리 올가와는 토브욘 왕국에서 파견한 첩자 출신이었다. 올가와가 세상에서 가장 두려워하는 존재가 있다면, 그게 바로 토브욘일 것이다.

4호가 지팡이 끝으로 8호를 가리켰다.

"3호 어르신께서 무책임하게 은퇴하신 이후로 저기 있는 8호가 토브욘에서 파견된 암살자들을 이끌고 있습니다. 다시 말해서 8호는 3호 어르신의 후계자나 마찬가지입니다."

올가와와 8호의 시선이 허공에서 맞부딪쳤다. 올가와가 가늘게 손을 떨었다.

4호가 피를 토하듯 외쳤다.

"카디말 일족의 피를 물려받은 6호! 왕국 내 상인들을 규합해서 우리 조직의 자금을 충당하는 7호! 토브욘의 파견 부대를 이끄는 8호! 이들 한 사람 한 사람이 우리 조직의 기둥입니다. 다들 없어선 안 될 사람들이란 말입니다."

"끄으음!"

올가와의 입에서 거듭 신음이 새어 나왔다.

쇠를 긁는 듯한 4호의 목소리가 사람들의 마음속으로 파고들었다. 자부심을 느낀 6호와 7호, 8호는 좀 더 완강한 태도로 올가와에게 맞섰다.

반면 올가와가 내뿜는 불길은 눈에 띄게 약해졌다.

그때 마프가 반격에 나섰다.

"헛소리!"

마프가 발을 구르자 둔중한 충격과 함께 땅바닥에 금이 쩍 갔다.

사람들의 시선이 모두 마프에게 쏠렸다.

마프는 하얀 가면 속에서 으스스하게 외쳤다.

"4호! 네가 뱀처럼 교활하게 혓바닥을 놀리는구나! 네 말대로 6호는 카디말의 유일한 혈통이고, 7호는 조직 운영에 필요한 자금을 대고, 8호는 조직에 필요한 무력을 제공할 테지. 그리고 아마 4호 네가 조직의 정보를 담당할 것이다. 하지만 그게 뭐? 그딴 것이 뭐가 중요하단 말인가? 정보와 자금과 무력과 명분! 이딴 것들은 모두 1호 님을 위한 것이다. 홀로 존귀하신 1호 님을 위해서 쓰일 도구에 불과하단 말이다."

"으음!"

"어떻게 그런 말을!"

오만할 정도로 지독한 마프의 독설에 사람들이 주먹을 꽉 움켜쥐었다.

마프는 그들의 반발에 정면으로 맞섰다.

"다들 알겠지만 이 조직은 내가 만들었다. 내가 조직을 결성한 이유? 모두 1호 님을 위해서다. 이 조직이 존재해야 할 유일한 이유? 그것도 오직 1호 님에게 도움이 되기 때문이다. 우리 조직에서 존귀하신 분은 오직 1호 님뿐! 1호 님만이 홀로 존귀하시고, 홀로 고귀하시다. 그런데 감히 너희들이 그 절대 명제를 잊어버렸단 말이냐? 좋다! 그렇다면 오늘 내가 너희들을 모두 도륙한 다음 조직을 다시 세우리라!"

거침없이 포효를 터뜨린 마프가 손을 쭉 뻗었다. 그의 양손이 수십 갈래로 갈라져 날카로운 낫으로 변했다.

"건방진 것들!"

불의 마녀 올가와도 다시 마음을 다잡고 화염을 일으켰다. 여덟 가닥의 기다란 불의 채찍이 허공에서 횡횡횡 회전했다.

4호가 마프에게 언성을 높였다.

"어르신! 1호 님만이 홀로 존귀하다고 하셨습니까?"

"그렇다."

"틀렸습니다. 이 자리에는 1호 님만큼 존귀하신 분이 또 계십니다."

"헛소리!"

마프는 그 말을 믿지 않았다.

마이림은 군나르의 친딸이다.

'이곳 북부에서 아홉 군주의 직계 혈통만큼 존귀한 존재는 있을 수가 없다. 하라간 님이 갑자기 툭 튀어나오지 않는 이상, 이 자리에서 감히 마이림 님과 신분을 견줄 만한 사람은 없어.'

마프는 이렇게 자신했다.

하지만 그 자신이 곧 무너졌다.

"흥! 뭐가 헛소리란 말이냣?"

냉기가 풀풀 풍기는 음성과 함께 건장한 체격의 남자가 하늘에서 뚝 떨어져 내렸다.

반짝반짝 빛나는 대머리!

백곰 가죽으로 만든 조끼!

조끼 사이로 드러난 울퉁불퉁한 근육!

남자의 눈썹은 하늘로 치켜 올라가서 오만한 인상을 주

었다. 양쪽 팔뚝엔 두꺼운 황금 팔찌를 둘렀으며, 키는 190
센티미터가 넘었다.

그 뒤를 이어 165 센티미터 정도의 키에 몸에 착 달라붙
는 의상을 착용한 여자가 지상에 착지했다. 여인은 민망한
복장 위에 하얀 밍크코트를 두르고 있었다.

'이것들이 갑자기 어디서 나타났지?'

마프의 시선이 슬쩍 하늘로 향했다.

쿠콰콰콰콰—!

까마득한 상공, 구름 사이로 거대한 배가 둥실 떠 있는
모습이 보였다. 배 밑바닥에 장착된 4개의 추진 기관이 눈
부시게 푸른빛을 발광하며 그 존재감을 드러냈다.

"마력함!"

"토브욘의 마력함이다!"

마프와 올가와가 동시에 소리쳤다.

대머리 사내가 오만한 눈길로 올가와를 노려보았다.

"허! 마력함을 알아보고도 무릎을 꿇지 않는단 말인가?
올가와! 다 늙어서 겁대가리를 상실했구먼!"

대머리 사내는 가면 속 올가와의 정체를 정확히 꿰뚫어
보았다.

올가와의 몸이 사시나무처럼 떨렸다.

"누, 누구……?"

"꿇어라, 올가와! 나는 위대하시고 또 위대하신 분의 직계 혈통! 모든 마법과 얼음과 빙하의 제왕이신 분의 핏줄! 토브욘의 왕족 가림이다!"

대머리 사내가 오만하게 외쳤다.

"헛! 토브욘의 왕족!"

올가와의 입에서 헛바람이 새어 나왔다.

"토브욘!"

다른 사람들도 입을 쩍 벌렸다.

Chapter 4

"아아아! 위대하시고 또 위대하신 분의 핏줄! 제가 감히 존귀하신 가림 님을 뵙습니다."

토브욘 왕국 출신인 8호는 어느새 대머리 사내 가림 앞에 엎드려 그의 발등에 공손하게 입을 맞추었다.

"ㅇㅇㅇ……."

올가와의 손이 덜덜덜 떨렸다.

"꿇어라, 올가와!"

가림이 한 번 더 명령했다. 그가 풍기는 위압감이 올가와의 어깨를 무겁게 짓눌렀다. 하지만 올가와는 주춤거리면서도 쉽게 무릎을 꿇지 않았다.

그러자 가림의 눈썹이 무섭게 치켜 올라갔다.

"올! 가! 와!"

한 마디 한 미디 끊어서 외치는 가림의 음성이 올가와의 귀에 때려 박혔다.

토브욘 왕국의 모든 솔샤르들은 토브욘 왕가에 절대 충성한다. 감히 왕족 앞에서 눈도 제대로 뜨지 못한다.

올가와도 예외는 아니었다. 비록 그녀가 오래전에 신분을 버리고 은퇴했다지만, 아직도 그녀의 머릿속에는 토브욘에 대한 경외와 두려움이 가득했다.

털썩!

마침내 올가와가 가림 앞에 무릎을 꿇었다.

가림은 그제야 시선을 돌려 마이림을 바라보았다. 타오르는 듯한 가림의 눈빛이 마이림의 눈에 틀어박혔다. 가림이 뿜어내는 기세는 마이림의 숨통을 조였다.

"우웃!"

마이림이 호흡 곤란에 빠졌다.

"그만두시오."

마프가 재빨리 마이림의 앞을 막아섰다.

"후욱! 후욱!"

덕분에 마이림의 숨통이 다시 트였다.

반면 마프의 개입으로 장내의 긴장감은 더욱 고조되었다.

"으하하! 지금 네가 감히 내게 무기를 겨눈 것이냐? 귀족 솔샤르 따위가 감히 왕족인 내게?"

가림이 입꼬리를 고약하게 비틀었다.

"가림 님, 저 무례한 자를 제게 맡겨 주십시오."

가림의 뒤에 서 있던 밍크코트 여자가 앞으로 나섰다. 보드라운 코트가 그녀의 등 뒤로 스르륵 흘러내리고, 그녀의 어깻죽지에선 뾰족한 마물의 다리 4개가 솟구쳤다. 각각 2개의 관절을 가진 다리는 딜컥딜컥 소리를 내며 그 끝을 마프에게 겨눴다. 마물 다리의 끝에 녹색 광채가 영롱하게 맺혔다.

그게 전부가 아니었다. 가림에게 무릎을 꿇던 8호가 벌떡 일어나 마프를 향해 손바닥을 내밀었다. 8호의 손바닥에 하얀빛이 모여들었다.

"8호!"

마프가 충격을 받았다. 마이림과 올가와도 큰 충격에 휩싸였다.

하지만 더 큰 충격이 뒤를 따랐다. 4호가 어느새 8호의 옆에 서서 마프를 노려본 것이다. 7호도 잠시 망설이다가 4호를 거들었다.

4호, 7호, 8호가 마이림을 버리고 가림의 편에 섰다. 이한 방에 전세가 확 기울었다.

마프의 눈이 노여움으로 물들었다.

"이이익! 네놈들이 감힛! 존귀하신 분의 은혜도 모르고 반역을 해?"

"흥! 그러는 어르신은 군나르 님의 은혜도 모르고 그 핏줄을 제거해 왔지 않습니까?"

4호가 마프의 아픈 곳을 찔렀다.

마프는 입만 벙긋거릴 뿐 뭐라고 반박하지 못했다.

"이노옴!"

그 뒤에서 마이림이 두 주먹을 바르르 떨었다.

그때 가림이 끼어들었다.

"올가와! 이쪽으로 와라!"

가림은 올가와에게 명령을 내렸다. 만약 올가와가 가림의 편에 선다면, 그건 마프에게 치명타나 다름없었다.

올가와의 눈이 당혹으로 물들었다.

"자네!"

마프가 올가와를 똑바로 바라보았다. 마프와 올가와는 수십 년간 살을 맞대고 산 부부였다. 올가와가 마프를 향해 발을 한 걸음 떼었다.

그 즉시 가림의 호통이 떨어졌다.

"올가와!"

"흡!"

"네 혈관 속에 흐르는 피를 물려준 분이 누구인지 잊었나? 네가 감히 위대하시고 또 위대하신 분! 얼음과 빙하의 제왕이신 그분의 뜻을 거역할 셈이더냐?"

얼음과 빙하의 제왕 토브욘!

그 위대한 존재를 떠올린 순간 올가와는 단 한 발자국도 움직일 수 없었다. 마음은 마프에게 가 있는데 몸이 말을 듣지 않았다.

"자네!"

"올가와! 어서 이쪽으로 와요!"

마프와 마이림이 안타깝게 소리쳤다.

"크흑!"

올가와는 끝내 발을 떼지 못했다. 그녀는 마치 세뇌라도 당한 사람처럼 그 자리에서 꼼짝을 못 했다.

이번엔 마프가 6호를 불렀다.

"6호! 이쪽으로 오너라."

6호는 카디말 혈족.

마프도 카디말 출신.

두 사람은 혈연관계였다. 또한 마이림과 마프가 이 외궁 조직을 결성한 이유는 바로 카디말 가문의 복수를 하기 위함이었다. 6호는 그 사실을 누구보다도 더 잘 알았다.

"6호!"

7호가 6호를 애타게 불렀다.

6호는 몇 번이고 7호를 돌아보다가 마지못해 마프의 옆에 섰다. 6호의 손톱이 40 센티미터 길이로 자라나 차가운 냉기를 뿌렸다.

한쪽 편엔 가림! 밍크코트 여자! 4호! 7호! 그리고 8호!

다른 편엔 마이림! 마프! 6호! 9호!

이렇게 둘로 나뉜 외궁 조직은 서로를 향해 무서운 눈빛을 던졌다. 올가와는 양측 사이에서 굳은 몸을 풀기 위해 애를 썼지만 뜻대로 되지 않았다.

4호가 가림을 믿고 큰소리를 쳤다.

"1호 님! 그리고 2호 어르신. 이제 그만 뜻을 굽히시지요. 이미 전세는 기울었습니다."

"뭐랏?"

전세가 기울었다는 말에 마프의 눈빛이 날카로워졌다.

4호가 마프를 설득했다.

"여기서 우리끼리 서로를 못 잡아먹어 으르렁거릴 필요가 어디 있겠습니까? 2호 어르신께서 한번 생각해 보십시오. 그동안 우리 조직은 서로 화합하고 힘을 하나로 모아 군나르 님의 핏줄을 제거해 왔지 않습니까? 그 결과 이제 하라간, 단 한 명만 남았습니다. 하라간만 제거하면 이제 군나르 왕국을 물려받을 사람이 없습니다. 1호 님도, 2호 어르신도 그 순간을 위해 지금까지 달려오신 것 아닙니까? 46년 전 카디말의 혈통이 완전히 끊겼듯이! 카디말의 모든 남자들이 다 죽었듯이! 군나르 일족도 똑같이 만들어 주겠다! 이것이 우리 조직의 설립 목적이 아닙니까?"

"큭!"

"아아!"

마프와 마이림이 동시에 휘청거렸다.

Chapter 5

"다시 한 번 말씀드리겠습니다. 46년 전 카디말의 혈통이 완전히 끊겼듯이 군나르 일족도 똑같이 만들어 주겠다! 이것이 우리 조직의 설립 목적이 아닙니까? 제 말이 틀렸습니까?"

4호의 지적은 틀리지 않았다.

마이림이 내궁 조직을 만든 이유? 마프가 외궁 조직을 결성한 이유? 모두 군나르에게 복수하기 위해서였다. 46년 전 카디말 가문의 대가 끊긴 것처럼, 군나르의 대도 완전히 끊어 버리겠다는 것이 마이림의 의지였다.

하지만 그 결과가 무엇인가?

앞뒤 가리지 않고 목적을 이루기 위해 달려온 결과가 무엇인가?

외부 세력인 토브욘까지 끌어들인 결과가 무엇인가?

"아아! 내가 무슨 짓을 한 거야!"

마이림은 머리를 해머로 두들겨 맞은 사람처럼 휘청거렸다.

"크으윽!"

마프의 충격은 더 컸다.

북부에서 솔샤르들이 왕족에게 갖는 충성심은 말로 표현하기 어려울 정도로 깊고 넓었다. 그들의 충성심은 세뇌라고 불러도 좋을 만큼 절대적이었다. 당장 올가와가 좋은 예였다. 그녀는 자신의 목숨보다 더 남편을 사랑하지만, 토브욘이라는 이름을 듣는 순간 손가락 하나 까딱할 수 없었다. 토브욘 왕족 앞에서 몸이 말을 듣지 않는 것이다.

마프도 마찬가지였다. 그의 가슴 깊은 곳에는 군나르에 대한 충성심이 넘쳐 났다. 지금까지 마프는 군나르를 배신했다는 크나큰 죄책감을 마이림에 대한 충성심으로 상쇄시켜 왔다.

'마이림 님은 그분의 친딸! 내가 목숨을 바쳐 마이림 님

을 돕는 것이 어쩌면 그분에 대한 충성이 될지도 몰라.'

마프는 지난 몇십 년간 이런 말도 안 되는 위안으로 죄책
감을 덮으며 살았다.

그런데 4호의 적나라한 말이 마프에게 충격을 주었다.

자기 위안! 위선! 회피! 외면!

4호는 그동안 마프가 습관처럼 해 온 이 모든 것을 부정
하며 날 것 그대로의 언어로 외궁 조직의 설립 목적을 되새
겨 주었다.

"으으읏!"

마프가 두 손으로 자신의 머리를 감쌌다. 살기로 번뜩이
던 마프의 낯은 어느새 스르륵 줄어들어 자취를 감추었다.

그 모습을 보면서 가림이 히죽 이빨을 드러내었다.

4호가 지팡이를 콱 내리찍으며 말했다.

"물론 어르신들의 공로는 인정합니다. 2호와 3호 어르신
이 우리 조직을 탄생시켰죠. 우리가 그걸 부정하는 건 아닙
니다. 어르신들은 우리 조직을 낳은 아버지, 어머니와 같습
니다. 하지만 부모가 자식의 인생을 평생 쥐고 흔들지 못하
듯이, 이제 어르신들도 한발 물러날 때가 되었습니다. 이미
오래전에 은퇴하시지 않았습니까? 그런데 왜 인제 와서 다
시 간섭을 하십니까? 어르신들이 물러서 있더라도 우리가
하나로 똘똘 뭉쳐서 잘할 겁니다. 어르신들 앞에서 맹세합

니다. 우리는 이 조직의 목적이 무엇인지 잊지 않겠습니다. 수단과 방법을 가리지 않고 하라간의 명줄을 끊어 놓는 것! 그리하여 군나르 혈족의 대를 완벽하게 끊어 놓는 것! 이것이 우리의 목표 아닙니까? 위대하시고 또 위대하신 분! 얼음과 빙하의 제왕의 이름으로 말입니다!"

"아아아!"

마이림이 손으로 이마를 짚었다.

"크윽!"

마프는 입술에서 피가 터지도록 꽉 깨물었다.

두 사람은 혼란에 빠져 허우적거렸다.

"후후후!"

그 모습을 가림이 팔짱을 끼고 흐뭇하게 지켜보았다.

그때였다.

슈와아아앙— 콰쾅!

하늘에서 어마어마한 폭음이 울렸다. 땅에서 쏘아진 시커먼 기둥이 토브욘의 마력함 아래쪽을 뚫고 들어갔다.

콰콰콰콰!

마력함의 네 귀퉁이에 자리한 추진체가 요란한 빛을 뿌리며 균형을 잡았다.

하지만 또다시 날아온 시커먼 기둥이 마력함의 측면 하단부를 들이받으며 충돌했다. 거무튀튀한 색깔에 길이가

20미터가 넘는 기둥은 마치 살아 있는 생명체처럼 아가리를 쩍 벌려 마력함을 갉아먹기 시작했다. 그 충격에 마력함 전체가 기우뚱 기울었다.

"벌리스터!"

"노덴스다!"

사람들이 기겁해서 소리쳤다.

연해 3층 레벨의 마물 노덴스!

이 결합형 마물은 20명의 솔샤르가 한 몸이 되어야 비로소 만들어진다. 최강의 공성 병기 노덴스에게 한 방 얻어맞으면 어지간한 성벽도 단숨에 허물어지기에 남부 연합 사람들은 벌리스터형 공성 병기 노덴스를 가장 두려워했다.

그 노덴스가 이곳 폐사원에 등장했다.

사람들이 입을 쩍 벌린 가운데 시커먼 마물 화살 세 대가 하늘로 솟구쳤다. 신호탄처럼 꼬리에 불꽃을 매단 마물 화살은 빙글빙글 회전하면서 날아가 마력함 밑바닥을 콰콰 콱! 뚫어 버렸다. 그중 한 대는 마력함의 추진 기관을 그대로 부수며 우그적우그적 씹어 먹었다.

잇단 충격에 토브욘의 마력함이 추락하기 시작했다.

"어떤 놈이냣?"

가림이 분노를 터뜨렸다.

자욱한 모래 먼지를 뚫고 무사들이 모습을 드러냈다. 무사들은 가림과 마이림 일행을 둥글게 포위하며 다가섰다.

마프는 눈을 가늘게 좁혀 상대의 정체를 가늠했다. 그러다 한 사람의 얼굴을 알아보고는 입에서 가래 끓는 소리를 냈다.

"무무!"

"호위대가 이곳에 나타나다니!"

마이림도 덩달아 탄식을 흘렸다.

토브욘의 마력함을 격추시킨 장본인은 바로 군나르의 호위대였다. 척척척! 발을 맞춰 접근하는 호위대원들 사이에 무무가 자리했다.

"무무!"

마프가 무무의 이름을 불렀다.

마프는 무무를 가르친 스승이었다. 옛 제자를 바라보는 마프의 눈이 안타까움으로 물들었다.

무무는 그런 마프의 눈빛을 모르는 척했다. 솔직히 무무는 마프의 정체를 까발리고 싶지 않았다.

'스승님! 정말 살아계셨군요. 왜? 도대체 왜 살아계셨습니까? 왜 위대하시고 또 위대하신 분을 기만하신 겁니까? 왜 세상을 속이고 이런 더러운 자들과 손을 잡으신 겁니까? 그래도 다행입니다. 가면으로 얼굴을 가리고 계시니 정말 다행입니다. 제 손으로 보내드리겠습니다. 스승님의

정체가 드러나기 전에 이 제자의 손으로 직접 보내드리겠습니다.'

무무가 아랫입술을 꽉 깨물었다.

가림이 중간에 끼어들었다.

"군나르 왕실의 호위대인가? 나는 위대하시고 또 위대하신 얼음과 빙하의 제……."

"다 죽여랏!"

무무가 가림의 말을 끊었다.

"타핫—!"

"와아아아—!"

군나르의 호위대가 일제히 마물을 끌어내 전투에 임했다.

4호가 지팡이로 땅을 쾅 찍었다.

"이런 빌어먹을! 함정이었구나!"

"함정!"

"크윽! 1호 님이 우릴 속였단 말이오?"

4호의 말에 7호와 8호가 잡아 죽일 듯이 마이림을 노려보았다.

"1호 님! 2호 님!"

6호도 마이림과 마프에게 불신 가득한 눈빛을 던졌다.

하지만 내분을 일으키기도 전에 무무의 공격이 시작되었

다. 무무는 왼손으로 오른손 손목을 꽉 붙잡은 다음, 오른손 주먹으로 땅을 콰앙! 내리찍었다.

무무의 주먹이 팔뚝까지 땅속에 박혔다. 그러자 대지 밑에서 무무의 마물이 무섭게 일어났다.

Chapter 6

우두두둑! 콰드드득!

무무의 주변 땅거죽이 가뭄에 바짝 마른 황무지처럼 쩍쩍 갈라졌다. 사방으로 금이 간 그 땅거죽 속에서 밤색의 뿌리 같은 것이 후두둑 튀어나왔다.

경험이 많은 4호가 무무의 마물을 알아보았다.

"젠장! 기툼이다! 모두 피햇!"

기툼!

해구 2층 레벨의 무시무시한 마물!

껍질이 무쇠보다 더 단단하고, 땅속을 자유롭게 오가며, 형태도 다양하게 변형시킬 수 있는 기툼은 정말 상대하기 어려운 마물이었다.

북부에서는 보통 연해 레벨의 마물과 결합을 하면 일반 솔샤르, 해구 레벨의 마물과 결합하면 귀족 솔샤르라고 구분하는데, 귀족이라고 해서 다 같은 수준은 아니었다. 해구 1층 레벨과 2층 레벨은 그야말로 무력이 하늘과 땅 차이여서 해구 1층 레벨 수십 마리가 달라붙어도 2층 레벨 하나를 당해 내지 못했다.

"크윽! 기툼이라니!"

4호의 말에 7호의 안색이 하얗게 질렸다. 7호는 발바닥을 통해 땅이 우드드드 진동하는 것을 느꼈다. 이런 진동이 느껴질 때는 이미 늦었다. 7호 발밑에서 나무뿌리처럼 생긴 마물이 우드득 솟구쳐 7호의 온몸을 칭칭 휘감았다.

"크왁!"

7호는 양손을 징 모양으로 변형시켜 힘차게 후려쳤다.

바위를 분쇄할 만큼 강한 음파가 터져 나무뿌리를 공격했으나, 계란으로 바위 치기였다. 7호의 공격은 뿌리의 껍질을 조금 부순 것으로 그쳤다. 그사이 밤색의 마물 뿌리가 7호의 온몸을 휘감아 와드득 조였다.

"끄아아악!"

7호가 찢어져라 비명을 질렀다.

7호와 결합한 마물 피핏이 기툼에게 벗어나기 위해 발버둥 쳤다. 피핏은 음파 공격을 주력으로 삼는 마물로 연해 3층이 주 서식처였다. 그보다 두 단계나 더 레벨이 높은 기툼 (해구 2층 레벨) 앞에서 도무지 기를 펴지 못했다.

"끄악! 도와줘!"

7호가 다급히 도움을 청했다.

하지만 아무도 7호를 도와주지 못했다. 지금 무무의 공격을 받은 사람은 7호만이 아니었다. 4호, 6호와 8호도 7호와 거의 동시에 기둥의 공격권 안에 들어왔다.

몸이 가벼운 6호는 어느새 허공 10미터 높이로 점프했다. 짙은 밤색을 띤 마물 뿌리가 6호의 발밑까지 쫓아와 그녀의 발목을 휘감으려 들었다.

"이크!"

깜짝 놀란 6호가 허공에서 한 번 더 점프해서 기둥의 공격을 아슬아슬하게 피했다.

4호는 지팡이로 땅을 힘껏 후려쳤다. 지팡이에서 터진 주홍색 빛이 원반 모양을 만들며 기둥의 공격을 막았다.

밤색 뿌리는 주홍색 원반 표면을 따라 쫙 퍼졌다가 우회하며 4호를 향해 악착같이 달려들었다.

"지독한 것!"

4호가 손을 휘젓자 주홍색 원반 5개가 톱니바퀴처럼 날아가 나무뿌리를 공격했다. 기둥은 4호의 원반 공격을 무시한 채 공격에 집중했다.

"큭! 안 되겠다."

견디다 못한 4호가 옆으로 몸을 피했다.

그러자 그 자리에서 또 다른 나무뿌리가 솟구치며 4호를 집어삼켰다.

"으헉!"

단단한 뿌리가 자신의 발목을 휘감아 땅속으로 잡아끌자 4호는 기겁했다.

4호가 결합한 마물 오레곤은 주홍색 원반을 날리는 것이 주특기였다. 오레곤의 주 서식지는 연해 3층! 7호의 마물 피핏보다는 훨씬 강했지만, 기룸과 맞서 싸울 정도는 아니었다.

눈 깜짝할 사이에 4호는 허리까지 땅속으로 끌려들어 갔다.

"크흡! 살려 줘!"

4호가 미친 듯이 손을 휘저었다.

8호도 상황이 어렵긴 마찬가지였다.

8호의 마물은 일리아!

연해 3층에서 주로 발견되는 이 마물은 하얀빛으로 상대를 현혹하는 것이 주특기였다. 그러다 보니 일리아와 결합한 솔샤르들은 첩자나 암살자로 많이 키워졌다. 적진에 침투해서 적의 주요 인물들을 현혹할 때 일리아보다 더 적합한 마물은 찾기 힘들었다.

대신 일리아는 물리적인 파괴력이 거의 없었다.

8호가 손바닥을 활짝 폈다.

그 손바닥 안에서 사람의 눈처럼 생긴 마물이 껌뻑껌뻑 눈꺼풀을 움직였다. 그러다 화악! 흰빛을 내뿜었다.

하지만 그것으로 끝!

시력이 완전 퇴화되고 촉각과 감각만 남은 기툼에게는 일리아의 현혹이 통하지 않았다. 기툼은 꿈틀 움직여 8호를 물러서게 만든 다음, 땅속에서 새로운 뿌리를 일으켜 8호를 칭칭 휘감았다.

"꺄악!"

8호가 발작하듯 비명을 질렀다.

"그만둬!"

마침내 마프가 나섰다.

마프가 결합한 마물은 부카치!

해구 2층 레벨의 부카치야말로 기툼과 맞서 싸울 만한 마물이었다. 마프의 손이 쭉쭉 분열해서 123개로 나뉘었다. 그 123개의 손이 모두 사마귀의 앞발과 비슷한 낫의 형태를 갖추었다. 게다가 낫 하나하나의 크기가 2미터가 넘었다.

마프의 이마에선 휘황찬란한 푸른빛이 뿜어져 나왔다. 그 빛이 얼마나 강렬했던지 가면의 윗부분이 녹아서 구멍이 뻥 뚫릴 정도였다.

스서서성!

123개의 낫이 허공을 베었다.

마프에게 접근하던 나무뿌리가 썩썩 잘려 진득한 액체를 뿌렸다.

기툼이 마프의 발밑으로 이동해 마프를 땅속으로 잡아끌었다.

그 전에 마프의 이마에서 쏘아진 빛이 일직선으로 날아가 땅속 깊숙한 곳까지 지져 버렸다.

기툼이 움찔하며 물러섰다.

하지만 그 와중에도 기툼은 4호의 목 부근까지 땅속으로 잡아끌었고, 7호를 완전 집어삼켜 허리를 뚝 부러뜨렸다. 8호도 칭칭 휘감아 땅속으로 잡아끄는 중이었으며, 동시에 6호에 대한 추격도 집요하게 계속했다.

"그만 멈추라니까!"

마프가 버럭 소리를 질렀다. 마프는 어금니를 꽉 물고 나무뿌리를 공격했다.

그 날카로운 공격에 기툼이 움찔 물러났다.

기툼의 주인 무무는 마프와 직접 맞서 싸우지 않았다. 마프의 마물 부카치는 살 떨릴 정도로 날카로운 낫을 지녀 무무도 쉽게 공격할 수 없었다. 대신 무무는 수십 가닥의 뿌리를 번갈아 가며 조정해 마프의 시선을 분산시키는 데 성공했다. 그렇게 마프가 발이 묶인 사이 다른 사람들은 무무의 마물 기둠의 공격을 받아 큰 위험에 빠졌다.

이건 누가 봐도 마프의 패배였다.

"큭!"

마프의 얼굴이 시뻘겋게 변했다.

무무가 마프와 4호, 6호, 7호, 8호를 동시에 상대하는 동안, 군나르의 호위대는 가림을 맡았다.

가림의 마물은 왑타!

해구 2층 레벨의 마물답게 왑타의 위력은 무시무시했다. 가림이 주먹을 내지를 때마다 그의 주변 10미터 반경이 쩡쩡! 얼어붙었다. 허공에선 날카로운 창처럼 생긴 빙하가 뚝뚝 떨어져 호위대 무사들을 내리찍었다.

이른바 '빙하의 창'이라 불리는 공격이었다.

하지만 이에 맞서는 호위대의 실력도 만만치 않았다. 호위대 무사들은 대부분 연해 3층 레벨에 불과했지만, 그들이 손발을 맞춰 하늘에서 떨어지는 빙하를 막고 멀리서 마물 화살을 날리자 가림도 쉽게 포위망을 뚫지 못했다.

"헉! 헉! 이런 제기랄!"

가림은 연속해서 빙하를 날리느라 호흡이 점점 가빠졌다.

Chapter 7

"가림 님! 제가 돕겠습니다."

밍크코트를 벗어 던진 여자가 가림을 도왔다. 그녀의 어깻죽지에 돋아난 뾰족한 마물의 다리 4개가 사방팔방으로 녹색 광선을 쏘아댔다.

그녀가 결합한 마물은 막버퍼!

케토의 진화형이 막케토.

버퍼의 진화형이 막버퍼.

버퍼는 한 번에 하나의 불덩이를 쏘는 마물인데, 막버퍼로 진화하면 4개의 다리에서 4개의 녹색 광선을 동시에 뿜어냈다.

막버퍼의 주 서식지는 연해 3층.

이 정도면 나름대로 강력한 마물이긴 하나, 군나르의 호위대에 큰 타격을 주기엔 미흡했다. 한데 의외로 막버퍼의 활약이 가림에게 큰 도움이 되었다.

쭈왕! 쭝! 쭝! 쭝!

일직선으로 쏘아진 녹색 광선이 호위대 무사들의 시력을 잠시 마비시켰다. 바로 이어서 가림이 만들어 낸 빙하의 창이 호위 무사들의 머리 위로 떨어져 그들의 두개골을 빠갰다.

뻐버벅!

"크악!"

가림의 앞을 가로막았던 무사들이 비명을 지르며 고꾸라졌다. 조금 전까지만 해도 호위 무사들은 서로 힘을 합쳐 빙하의 창을 잘 막아 냈었다. 한데 녹색 광선 때문에 시력이 마비되자 제 타이밍에 방어를 하기 힘들었다.

"안 되겠다. 포위망을 늦춰라."

호위대의 부관이 서둘러 부하들을 뒤로 물렸다.

군나르의 호위 무사들이 간격을 벌리며 후퇴하자 포위망이 느슨하게 풀렸다. 그사이 가림은 한숨 돌릴 시간을 벌었다.

"후욱! 후욱!"

손으로 무릎을 잡고 호흡을 가다듬는 가림의 눈에 올가와가 들어왔다. 지금 올가와는 정신을 차리지 못하고 멍하게 서 있는 중이었다.

"올가와! 뭐 하고 있나?"

가림이 버럭 호통을 쳤다.

"어엇?"

올가와가 퍼뜩 정신을 차렸다.

가장 먼저 올가와의 눈에 들어온 것은 무무와 사투를 벌이는 남편의 모습이었다.

"영감!"

올가와는 시뻘건 화염의 채찍을 무려 8개나 뽑아내어 전투에 끼어들었다. 횡횡 날아간 화염이 나무뿌리를 불태웠다.

"큭!"

무무가 입술을 깨물었다.

그가 결합한 마물 기톰은 나무의 성질을 지녔다.

반면 올가와의 마물은 불에 해당했다.

무무와 마프, 올가와, 이들 세 사람은 모두 해구 2층 레벨의 마물과 결합을 했지만, 서로 물고 물리는 관계였다. 무무의 마물 기톰은 마프의 마물 부카치를 비교적 수월하게 고립시킬 수 있었다. 하지만 올가와가 내뿜는 화염 앞에서는 제대로 힘을 쓰지 못했다. 반면 마프의 마물 부카치는 유독 불에 강해 올가와를 무서워하지 않았다.

그래도 만약 셋이 끝까지 싸운다면 올가와가 가장 강할 것이다. 시뻘겋게 타오르는 불의 채찍 8개가 20미터 길이로 늘어나 허공을 횡횡 맴돌자 온 세상이 불타오르는 것처럼 느껴졌다. 하늘을 향해 휘말려 올라간 올가와의 머리카락은 화르륵 타올라 열기를 더해 주었다.

"큽!"

결국 무무가 한발 물러섰다. 뜨거운 열기가 땅속 깊은 곳까지 파고들어 기틈을 괴롭힌 탓이었다.

그사이 6호가 한숨 돌렸다. 지금까지 계속 허공에서 도망 다니던 6호는 땅에 철퍽 엎드려 "우웨에엑!" 구역질을 했다.

땅속으로 끌려들어 갔다가 겨우 기어 나온 4호와 8호는 벌러덩 드러누워 가쁜 숨을 몰아쉬었다. 4호는 굽은 등이 둘로 부러져 하반신을 움직이지 못했고, 지팡이도 잃어버린 상태였다. 8호도 오른팔이 산 채로 뜯겨 나갔고 허리가 부러져 손가락 하나 까딱하지 못했다.

가장 심하게 공격을 받은 7호는 아예 땅속에서 기어 나오지도 못했다. 아마도 7호는 저 깊숙한 땅속 어딘가에 박혀 이미 숨이 멎은 듯했다.

"제기랄! 후욱! 훅!"

4호가 하늘을 향해 욕을 뱉었다.

"7호! 7호!"

7호가 보이지 않자 6호의 얼굴도 파랗게 질렸다. 서로 아옹다옹했지만 사실 6호와 7호는 서로를 마음에 담은 상태였다.

"으으으! 으아아아아!"

6호가 두 주먹을 불끈 쥐고 하늘을 향해 악을 썼다. 그녀의 목에 핏줄이 터질 듯이 돋았다.

투웅!

가림이 발을 굴렀다.

가벼운 발걸음 한 방에 가림의 몸이 옆으로 30 미터나 이동했다. 그렇게 수평 이동한 가림이 무무를 향해 기습적으로 손을 뻗었다.

너무나 갑작스러운 공격에 무무가 기겁했다.

꽝!

격렬한 폭음과 함께 무무의 몸이 15 미터 저편으로 튕겨 나갔다. 무무는 빙판으로 변한 땅 위를 세 번이나 굴러 겨우 몸을 바로잡았다. 무무의 눈썹엔 하얗게 서리가 어렸고, 상체엔 얼음이 잔뜩 박혀 온몸의 근육이 뒤틀렸다.

"크윽!"

무무가 가슴을 움켜잡았다.

가림이 오만하게 무무를 내려다보았다.

"흥! 건방진 새끼! 감히 위대하시고 또 위대하신 분의 직계혈족인 나를 이렇게 망신 주다니! 내 오늘 너의 목을 잘라 위대하신 분의 위엄을 보일 것이니라."

"크읏!"

무무는 억지로 일어나려고 했다.

하지만 다리가 후들거려 일어설 수 없었다. 마물 기툼도 무무의 뜻대로 움직이지 않았다. 그도 그럴 것이, 기툼의 본체는 올가와의 화염에 의해 반쯤 타 버린 상태였고, 그 위에 가림의 빙하 공격까지 직격을 당해 거의 파손을 당했다. 아마도 무무가 몇 달은 드러누워서 치료를 받아야 기틀도 다시 정상으로 돌아올 것이다.

가림이 무무를 향해 저벅저벅 걸었다.

"대장님!"

호위대 부관이 재빨리 무무의 곁으로 달려왔다. 호위대 무사들도 가림을 막기 위해 사방에서 몰려들었다.

번쩍!

이 순간을 기다렸다는 듯이 녹색 광선이 터졌다.

"악!"

휘황찬란한 빛에 호위 무사들의 시력이 순간적으로 마비되었다.

그사이 가림이 손을 휘저었다. 허공에 돋아난 빙하의 창이 대지를 향해 콰콰콰콱! 내리찍혔다. 이 한 방에 무무의 부하들이 떼죽음을 당할 판이었다.

제5화
온실 속의 화초

Chapter 1

콰콰콰콰!

녹색 광선이 터지고, 바로 이어서 호위대 무사들의 머리 위로 빙하가 떨어졌다.

가림이 기분 좋게 입꼬리를 말아 올렸다.

"건방진 하루살이들! 네놈들의 대갈통들을 모조리 쪼개 주마!"

가림이 내뿜는 숨결에 대지가 꽁꽁 얼어붙었다.

군나르의 호위대 무사들은 땅에 발바닥이 달라붙어 움직이지 못했다. 그들의 머리 위로 날카롭고 무거운 빙하의 창이 우두둑 작렬했다.

곧이어 귀청을 찢는 굉음이 터졌다. 얼음 가루가 사방으로 휘날렸다. 사람들은 강한 충격파에 강타를 당해 휘청거렸다.

"이건 또 뭐야?"

가림이 으드득 이빨을 갈았다.

가림의 입장에서는 군나르의 호위대를 몰살시킬 좋은 기회였다. 한데 엉뚱한 자의 방해를 받아 그 좋은 기회를 날렸다. 가림이 만들어 낸 빙하의 창이 호위 무사들의 머리통을 빠개 놓는 대신 허공에 돋아난 둥근 솥에 가로막힌 것이다.

무수히 쏟아지는 빙하가 커다란 무쇠솥에 맞부딪쳐 부서지고 깨지는 모습은 실로 장관이었다. 뿌옇게 솟구친 얼음가루가 가라앉고, 그 사이로 어깨에 거대한 솥을 짊어진 사내의 모습이 드러났다.

놀랍게도 사내의 어깨엔 비현실적으로 거대하게 부푼 4개의 근육질 팔뚝이 달라붙어 있었다. 게다가 그 굵은 팔뚝을 비롯하여 온 가슴에 청동으로 빚은 듯한 비늘이 빼곡히 돋아나 빛을 반사했다. 사내는 얼굴에 짙은 스모키 화장을 했고, 귀에는 메추리알 크기의 귀걸이를 착용했다. 사내의 키는 그리 크지 않았다. 체격도 남자치고는 비교적 왜소했다. 한데 왜소한 몸에 통나무처럼 굵은 4개의 팔이 매달려 있어 무척 기형적으로 보였다.

이 괴사내의 정체는 게브의 총관.

"총관!"

무무가 반갑게 소리를 질렀다.

총관이 무무를 비웃었다.

"흥! 이거 잘난 척하던 호위대의 꼴이 말이 아니군!"

"뭣? 이 새끼! 누가 너더러 도와 달래?"

무무가 발끈했다.

총관이 거듭 핀잔을 주었다.

"내가 도와주지 않음? 이미 너희 호위대 놈들은 얼음에 맞아 머리통이 빠개졌을 게다. 고마운 줄이나 알아라."

"뭐야? 이런 쌍!"

호위대장과 총관이 툭탁거리자 가림이 눈을 찌푸렸다.

"넌 또 뭐냐?"

가람은 찢어 죽일 듯한 눈빛으로 총관을 노려보았다.

총관은 대답 대신 무기를 휘둘렀다.

총관의 무기는 직경 12 미터가 넘는 거대한 무쇠솥!

총관은 청동빛 비늘로 뒤덮인 4개의 팔로 무쇠솥의 다리 4개를 붙잡고 머리 위로 번쩍 들었다가 힘차게 내리꽂았다.

"이런 무식한 놈!"

물소 대여섯 마리를 너끈히 담을 법한 커다란 솥이 날아들자 가림이 기겁했다.

가림은 무쇠솥을 향해 연달아 주먹을 내질렀다. 가림이 주먹질을 할 때마다 그의 앞쪽 공기가 쩌쩌쩡! 얼어붙었다.

하지만 묵직한 무쇠솥은 그 정도 한기에는 꿈쩍도 안 했다.

무쇠솥이 땅바닥을 후려쳤다.

과앙—!

대지가 출렁이고, 강한 충격파가 사방으로 퍼져 나갔다.

"크윽!"

가림과 밍크코트 여자도 동시에 뒤로 휘말려 몇 미터를 후퇴했다.

그사이 게브의 총관이 허공으로 풀쩍 뛰어올랐다.

4개의 팔을 머리 위로 힘껏 들었다가 그대로 콰아앙—!

4개의 손으로 꽉 움켜쥔 무쇠솥이 가림이 서 있던 자리를 그대로 강타했다.

과아아앙—!

또다시 엄청난 충격파가 터졌다. 단순히 파동에 휩쓸렸을 뿐인데 가림의 몸이 휘청거리고 피부가 찢겼다.

'충격파만 해도 이 정도인데 만약 저 무쇠솥에 정통으로 얻어맞는다면?'

생각만 해도 끔찍했다.

"젠장! 어디서 이런 괴물이 나타난 거야?"

가림이 욕을 내뱉는 사이, 게브의 총관은 옆으로 빙글 돌아 오른쪽 어깨에 매달린 2개의 팔을 풀스윙했다.

그 공격이 어찌나 빨랐던지 순간적으로 무쇠솥이 쭈욱 늘어나는 것처럼 보였다.

피하기엔 이미 늦은 상태!

"치잇!"

가림은 옆에 있던 밍크코트 여자를 붙잡아 재빨리 인간 방패로 삼았다.

그 위에 무쇠솥이 작렬했다. 어육 터지는 소리와 함께 여자의 온몸이 으스러졌다. 여자는 비명도 제대로 지르지 못하고 즉사했다.

대신 가림은 옆으로 10미터 정도 물러날 시간을 벌었다.

"어딜 도망가느냐?"

총관이 다시 점프를 하면서 4개의 팔을 머리 위로 번쩍 들었다. 그다음 가림을 향해 그대로 무쇠솥을 내리찍었다.

이번엔 가림도 피하지 않았다.

"요 건방진 놈! 내가 감히 누군 줄 알고!"

가림은 무섭게 날아드는 무쇠솥을 향해 두 주먹을 곧게 뻗었다.

콰르르! 콰르르르—!

가림의 양쪽 팔뚝을 중심으로 강한 소용돌이가 발생했다. 두 줄기의 소용돌이는 무쇠도 얼릴 듯한 가혹한 냉기를 품고 날아가 총관을 가격했다.

원래 가림이 서 있는 위치에서 총관의 몸을 직접 공격하는 것은 불가능했다. 12미터 크기의 거대한 무쇠솥이 총관의 몸을 가려 준 덕분이었다. 이 무식하게 큰 무쇠솥은 공격과 방어를 동시에 수행하기에 적합한 무기였다.

한데 가림이 내뻗은 냉기의 소용돌이는 일직선으로 날아가지 않았다. 강한 회전력을 바탕으로 허공에서 둥글게 휘며 무쇠솥을 피해 우회했다.

뻐버벙—!

공기가 압축했다가 터지는 폭음과 함께 총관의 의복이 갈가리 찢겨 나갔다.

지금 옷이 찢긴 것이 문제가 아니었다. 줄곧 가림을 몰아붙이던 총관이 이 한 방에 공격의 주도권을 빼앗겼다.

"크윽!"

총관은 이를 악물었다. 빼앗긴 주도권을 되찾으려면 쉴 새 없이 상대를 몰아붙여야 하건만, 몸이 뜻대로 움직이지 않았다. 가림의 공격에 얻어맞는 순간 총관의 피가 얼어붙었고, 근육은 딱딱하게 경직되었으며, 숨도 제대로 쉬어지지 않았다.

그나마 청동 비늘이 충격을 완화시켜 준 덕분에 몸에 구멍이 뚫리지는 않았다. 비늘이 없었다면 가림의 공격 한 방에 골로 갈 뻔했다.

"여기서 아예 끝장을 내 주마."

한번 주도권을 쥔 가림은 무섭게 달려들었다. 그가 총관을 향해 주먹질을 하자 휘류류류— 회전하면서 날아온 냉기의 소용돌이가 총관의 가슴팍을 후려쳤다.

뻐버벙!

이 한 방으로 총관은 즉사!

가림은 그렇게 될 것이라고 믿었다.

한데 또다시 방해자가 끼어들었다. 뒤에서 달려온 게브 8호가 총관의 머리를 타 넘으며 그 앞으로 뚝 떨어진 것이다.

게브 8호는 등장과 동시에 검은 방패를 소환해 가림의 주먹 끝에서 시작된 냉기의 소용돌이를 막았다. 거친 폭음과 함께 소용돌이가 굴절되어 튕겨 나갔다.

게브 8호의 몸 주변에 빙글빙글 위성처럼 돌아가는 2개의 방패를 보면서 가림이 으르렁거렸다.

"젠장! 이번엔 막레르냐?"

Chapter 2

게브 8호와 결합한 마물은 막레르!

그것도 보통 막레르가 아니라 특이종 막레르다. 방패는 2개에 투창 42개를 가진 특이종 막레르!

게브 8호는 가림의 공격을 막아 내자마자 곧바로 공격으로 전환했다. 사방으로 쫙 흩어져서 날아간 검은색 투창들이 가림을 향해 빠르게 모여들었다.

콰르르— 콰콰콰콰콰—!

42줄기의 소용돌이가 발생하면서 주변 공기가 요동쳤다.

이 투창 공격만으로도 정신이 없는데 여기에 더해서 게브의 총관까지 끼어들었다. 총관은 얼어붙은 근육을 억지로 움직여 무쇠솥을 번쩍 들더니 가림을 향해 그대로 집어던졌다.

무거운 쇳덩이가 날아오는 위압감이 마치 산이 무너져 내리는 듯했다.

뒤로 물러나려고 해도 그곳에선 이미 게브 8호의 투창이 날아오는 중이었다.

"이런 씨팔!"

가림의 입에서 거친 욕이 튀어나왔다.

가림이 위험에 빠지자 올가와가 끼어들었다.

올가와는 오래전에 토브욘 왕국을 등지고 은퇴한 상태.

하지만 눈앞에서 토브욘의 왕족이 위기에 빠지자 차마 두고 볼 수 없었다.

"멈춰라!"

올가와의 입에서 포효가 터졌다. 불의 채찍 여덟 가닥이 배배 꼬이면서 하나의 날카로운 창으로 변했다. 올가와는 그 창을 뻗어 게브 총관의 옆구리를 찔렀다.

화르르륵!

강한 열기가 창보다 더 먼저 뻗어 왔다.

올가와의 공격을 피하기엔 총관의 몸이 아직 부자연스러웠다. 그의 근육엔 얼음이 잔뜩 끼어 뻣뻣했고, 피도 잘 돌지 않았다.

"안 돼!"

게브 8호가 황급히 방패를 날려 총관을 보호했다. 그러느라 투창에 대한 통제력을 잠시 잃을 수밖에 없었다.

가림은 그 짧은 틈을 놓치지 않았다. 온몸에 얼음 방패를 두르고 데굴데굴 굴러서 투창 사이로 빠져나온 것.

물론 그 와중에 가림도 큰 피해를 입었다. 창에 긁혀 등에 X자로 긴 상처가 남았고 오른팔은 뼈가 드러날 정도로 움푹 뜯겼다.

"크윽! 이 천한 잡것들이 감히 내 몸에 상처를 입혀?"

자존심이 상한 가림이 악귀처럼 얼굴을 일그러뜨렸다. 그사이 올가와는 불의 창을 마구 찌르며 게브 8호를 집중 공격했다.

그때 또 다른 솔샤르가 끼어들었다.

"불의 마녀!"

"네 상대는 우리다."

얼굴에 주름이 쭈글쭈글하고 몸집이 비대한 쌍둥이 노인이 싸움터에 난입했다. 게브 3호와 4호의 등장이었다.

두 똥보 환관들은 등장과 함께 온몸을 데굴데굴 굴러 올가와를 덮쳤다. 그들의 몸은 어느새 암석처럼 딱딱하게 변형되어 있었는데, 그 위에 뾰족한 가시 수천 개가 돋아나 섬뜩한 느낌을 주었다. 그 상태에서 고속으로 회전하면서 달려들자 마치 가시로 뒤덮인 커다란 성게가 날아오는 것 같았다.

"캬아! 생식기도 없는 똥땡이 고자 놈들! 잘 만났다."

흥분한 올가와가 두 똥보 환관을 향해 미친 듯이 불의 채찍을 휘둘렀다.

과거 게브 3호와 4호는 올가와의 부하들을 가장 많이 찢어 죽인 원수들이었다. 올가와는 채찍을 휘두르는 수준을 넘어서 자신의 몸 전체를 불덩이로 변화시켰다.

게브 3호와 4호가 불덩이 속으로 달려들어 온몸으로 올가와를 들이받았다.

퍼엉!

화염으로 변한 올가와의 몸이 크게 터졌다가 다시 모여들어 사람의 형체를 갖추었다.

올가와를 뚫고 지나갔던 게브 3호와 4호가 이번엔 백스핀(Back Spin: 반대 방향으로 회전)을 걸며 다시 올가와에게 달려들었다.

기이이잉! 기이잉!

무시무시한 소리와 함께 게브 3호와 4호가 또다시 올가와의 몸을 관통했다.

온몸이 불덩이가 된 올가와가 여덟 줄기 불의 채찍을 휘두르는 모습도 대단했지만, 그 엄청난 열기를 무시한 채 달려드는 게브 3호와 4호도 보통은 아니었다.

게브의 총관과 8호는 그사이 한숨을 돌렸다.

가림이 그 꼴을 두고 보지 못했다. 가림은 게브 8호를 향해 미끄러지듯 다가오더니 그대로 왼쪽 주먹을 휘둘렀다. 그의 주먹 끝에서 냉기의 소용돌이가 쏘아졌다.

게브 8호는 날렵하게 점프해 적의 공격을 피한 다음 가림을 향해 42줄기의 투창을 날렸다.

게브의 총관도 가만히 있지 않았다.

"후우움!"

총관은 숨을 힘껏 들이쉰 다음, 거대하게 부푼 4개의 팔을 뻗어 무쇠솥을 다시 움켜잡았다. 그러다 무언가를 보고는 화들짝 놀라 뒤로 몸을 뺐다.

"피해! 마력함이 추락한다!"

총관이 버럭 소리를 질렀다.

올가와를 향해 달려들던 게브 3호와 4호가 휘리리릭 회전 방향을 바꿔 30미터 밖으로 피신했다. 가림과 맞서 싸우던 게브 8호도 옆으로 굴러 몸을 뺐다.

"젠장!"

가림도 서둘러 피신했다.

마력함의 추락을 가장 늦게 발견한 사람은 올가와였다. 온몸이 불덩이로 변하면서 판단력이 흐려진 올가와는 추락하는 마력함을 보고도 멀뚱멀뚱 서 있었다.

"안 돼!"

호위대 무사들과 싸우던 마프가 올가와를 향해 악을 썼다.

그때 이미 토브욘의 마력함은 올가와의 머리 위 40미터 지점까지 추락 중이었다.

구와아아앙!

하늘을 비행하는 거대한 마력함이 올가와를 향해 무섭게

떨어져 내렸다.

"안 돼애애애—!"

마프는 전력을 다해 몸을 날렸다. 호위 무사들이 휘두른 무기가 자신의 몸을 훑고 지나가는 것도 무시한 채, 뾰족한 창이 배를 쑤시며 파고드는 것도 일체 무시한 채, 마프는 젖 먹던 힘까지 쥐어짜서 올가와를 향해 달려들었다.

"영감?"

올가와가 마프를 발견했다. 불덩이가 된 올가와의 정신이 잠깐 돌아왔다.

올가와는 그제야 하늘이 시커멓게 변했다는 사실을 깨달았다. 고개를 든 올가와의 눈에 검은 연기를 뿜으며 추락하는 거대한 마력함의 모습이 맺혔다.

"아악!"

올가와가 입을 쩍 벌렸다.

"피햇!"

미친 황소처럼 달려온 마프가 올가와를 향해 양손을 강하게 뻗었다.

투웅—

올가와가 마프의 손에 맞아 멀리 튕겨 나갔다. 만약 그녀의 몸이 불덩이였다면 이렇게 튕겨 나가지 않았을 터인데, 정신이 돌아오면서 올가와의 몸도 다시 사람으로 변했다.

마프가 올가와를 힘껏 밀었다.

직후 엄청난 굉음과 함께 마력함 본체가 대지에 내리꽂혔다. 올가와가 서 있던 바로 그 지점에 콰콰콰콰쾅!

Chapter 3

더 큰 사태는 그 후에 벌어졌다.

마력함이 폭발하면서 거대한 에너지의 폭풍이 주변 수십 미터를 휩쓸며 팽창했다. 멀리 피했던 총관과 게브 8호, 그리고 환관들과 호위대 무사들이 기겁을 했다. 그들은 더더욱 멀리 거리를 벌렸다.

"으아아악!"

가림도 미친 듯이 달려 폭발의 사정권을 벗어났다.

눈 깜짝할 사이에 100 미터 크기로 부푼 에너지 덩어리는 사람의 귀로는 들을 수 없는 굉음과 함께 터져 나갔다.

"크왁!"

"아아악!"

폭발에 휘말린 호위대 무사들과 환관들이 데굴데굴 굴러 저 멀리 처박혔다.

강한 폭발에 이어 무시무시한 상승기류가 발생했다. 폐

사원의 돌기둥들이 상승기류에 휘말려 하늘로 쭈우욱 딸려 올라갔다. 솔샤르들도 그 여파에 휘말려 하늘로 솟구쳤다. 뭉게뭉게 치솟은 먼지구름이 버섯 모양이 되어 온 하늘을 덮었다.

이어서 콰앙!

2차 폭발과 함께 하늘로 떠올랐던 돌기둥과 사람들이 수백 미터 밖으로 튕겨 나갔다.

"아아아악!"

불의 마녀 올가와도 그 폭발에 휘말려 하늘을 날았다.

게브의 총관과 호위대장 무무는 폐사원 담벼락 뒤에 바짝 엎드려 폭발을 피했다. 앙숙이던 두 사람이 이때만큼은 서로를 꽉 끌어안았다.

게브 3호와 4호는 신속하게 땅속으로 파고들어 목숨을 건졌다. 둔해 보이는 외모와 달리 이들 쌍둥이 노인들은 머리가 민첩하게 돌아갔다.

가림도 가까스로 목숨을 건졌다. 비록 등판이 화끈거리고 오른팔이 너덜너덜 으깨졌지만 목숨을 건진 것만도 다행이었다.

"크윽! 두고 보자!"

가림은 이를 악물고 모래 먼지 사이로 뛰어들었다. 마력함이 추락하고 아군을 모두 잃은 상황에서 그 혼자 이곳에 남아 봤자 아무런 의미가 없었다.

다행히 가림은 운이 좋았다. 사방에 모래 먼지가 자욱하게 피어올라 가림의 도주를 눈치챈 사람이 없었다. 추격자도 보이지 않았다.

대신 가림도 방향을 가늠하기 어려웠다. 온 사방이 다 뿌옇게 흐려 있기 때문이었다.

"이런 지긋지긋한 사막!"

가림은 씹어 뱉듯이 뇌까렸다.

하지만 지금은 화를 내고 있을 때가 아니었다. 추격자가 따라붙기 전에 여기서 최대한 멀리 벗어나야 했다. 가림은 낮은 자세로 발걸음을 재촉했다. 그렇게 폐사원에서 벗어나 500미터 밖으로 몸을 피하자 비로소 가림의 가슴이 진정되었다.

"휴우우! 이젠 안전하겠지."

가림이 막 안도의 한숨을 내쉬었을 때, 그의 얼굴 위로 긴 그림자가 드리웠다.

"어딜 그렇게 가시나?"

구멍이 숭숭 뚫린 암석 위, 여자보다 더 아름다운 사내가 여유롭게 뒷짐을 지고 빙글빙글 웃으며 서 있었다.

하라간이었다.

지금으로부터 35분 전.

군나르의 호위대가 마이림의 외궁 조직과 화끈하게 맞붙을 무렵, 하라간은 폐사원으로부터 5킬로미터가량 떨어진 절벽 위에서 전투를 내려다보고 있었다.

라티파와 레다, 융, 테티, 네페르. 이상 5명의 친위대원들이 하라간의 곁을 지켰다. 친위대원들 가운데 우세르만 빠졌다.

원래 하라간은 이곳에 나타나면 안 되는 인물이었다. 군나르가 하라간에게 "전투가 벌어지는 곳 근처에도 가지 말거라."라고 신신당부한 까닭이었다.

군나르는 혹시라도 하라간이 다칠까 봐 걱정했다. 거기에 더해서 군나르는 하라간의 손에 마이림이 죽을까 봐 우려했다.

군나르는 가능하면 하라간과 마이림이 직접 검을 맞대고 싸우는 일이 없기를 바랐다. 둘 중 한 명을 고르라면 마이림을 버리고 하라간을 선택할 테지만, 그래도 친혈육끼리 피바람을 일으키는 꼴을 보고 싶지는 않았다.

군나르가 하라간을 왕궁에 묶어 놓은 가장 큰 이유는 이것이었다.

한데 하라간이 군나르의 명을 어겼다. 그는 친위대원들을 이끌고 왕궁을 벗어나 게브의 환관들과 합류했다.

그 전에 하라간은 군나르에게 한 통의 손 편지를 올렸다.

할아버님의 명령을 어기는 저를 용서해 주십시
오. 제 손으로 직접 처리해야 할 일이 있어 어쩔 수
없습니다. 대신 할아버님께 맹세를 하겠습니다. 이
번 전투에서 제가 마이림 고모할머니께 직접 손을
쓰는 일은 없을 것입니다. 물론 위험에 뛰어들지도
않겠습니다.

할아버님을 사랑하는 증손자,
하라간 올림

이상이 하라간이 쓴 편지의 내용이었다.

군나르가 이 편지를 받아 볼 즈음, 하라간 일행은 폐사원
에 도착했다.

그때 이미 전투는 시작된 상태.

하늘에선 토브욘의 마력함이 커다란 마물 화살에 맞아
기우뚱 기울었고, 지상에선 화염의 채찍이 홍홍 날아다녔
다. 땅거죽도 펑펑 뒤집혔다.

하라간은 약속대로 전투에 참여하지 않았다. 대신 유리
를 갈아서 만든 렌즈를 눈에 대고 절벽 위에서 구경만 했을

뿐이다.

그 바람에 친위대원들도 덩달아 전투에 끼지 못했다.

"아아, 제길! 나도 저기에 끼고 싶어."

싸움이 점점 치열해지자 친위대원들은 몸이 달아올랐다. 특히 레다가 안절부절못했다. 그녀는 당장에라도 폐사원으로 달려가고 싶어 했다.

하지만 하라간이 허락하지 않았다.

그러는 와중에 전투는 점점 더 뜨겁게 불타올랐다. 불의 마녀 올가와가 실력을 드러내자 호위대장 무무가 위기에 처했다. 거기에 더해서 토브욘의 대머리 왕족까지 힘을 보태자 군나르의 호위대는 더더욱 곤경에 빠졌다.

"라티파, 깃발을 들어."

드디어 하라간이 명을 내렸다.

라티파가 황금빛 깃발을 들어 세차게 휘둘렀다.

"하라간 님의 명이 떨어졌다. 모두 나가서 싸워라."

절벽 아래쪽에서 대기 중이던 환관들이 하라간의 신호에 맞춰서 전쟁터에 뛰어들었다. 게브의 총관이 가장 먼저 달려 나가 무무의 목숨을 구했다.

게브 8호가 바로 그 뒤를 쫓았다.

지원 병력이 끼어들자 전투는 새로운 양상으로 변했다. 은퇴를 했던 게브 3호와 4호까지 나서자 전력 차이는 보다 확실하게 벌어졌다.

그즈음 토브욘의 마력함은 4개의 추진체를 모두 잃고 추락하기 시작했다. 마력함에서 토브욘의 솔샤르들이 등에 커다란 망토를 두르고 뛰어내렸다. 양팔과 양다리에 망토를 묶고 탈출하는 솔샤르들의 모습은 마치 날다람쥐 같았다.

숫자는 대략 60명 선.

이 정도의 병력이 전투에 끼어들면 아군이 피해를 입을 것이 뻔했다.

"좀 도와줘야겠군."

하라간은 가볍게 손을 휘둘러 허공을 쓸어버리는 시늉을 했다.

그러자 5 킬로미터 위의 상공에서 엄청난 일이 벌어졌다.

콰득! 콰드득!

눈에 보이지 않는 투명한 무언가가 허공을 쓸고 지나간 것처럼, 토브욘의 솔샤르 한 부대가 통째로 사라진 것이다.

꽤 먼 거리라 하라간의 친위대원들은 저 상공에서 무슨 일이 벌어진 것인지 제대로 목격하지 못했다. 친위대원들 가운데 가장 강한 라티파와 레다만이 얼핏 무언가를 느꼈을 뿐이다.

"흡!"

"저것!"

라티파 자매가 동시에 헛바람을 들이켰다.

하라간의 손이 허공을 쓸어버린 직후, 5 킬로미터 밖 상공에 얼음이 쫙 얼어붙는 듯한 기분이 들었다. 마력함에서 탈출한 토브욘의 솔샤르들은 몸이 쩌저쩡 굳었고, 바로 이어서 그들의 몸뚱어리가 엄청난 괴력에 의해 콰드득 갈려나갔다.

이 한 방으로 60명이나 되는 토브욘 병력이 모두 사라졌다.

"엉? 이게 무슨 일이야?"

"뛰어내리던 자들이 어디로 사라졌지?"

하라간의 친위대원들은 눈을 비비고 다시 하늘을 보았다.

날다람쥐처럼 바람을 타고 낙하하던 토브욘 병력이 거짓말처럼 자취를 감추었다. 대신 거대한 마력함이 검은 연기를 내뿜으며 추락했다.

Chapter 4

"저! 저! 추락한다!"

네페르가 손가락으로 마력함을 가리켰다.

친위대원들이 휘둥그레진 눈으로 마력함의 추락을 지켜보았다.

기아아아앙—!

한번 추락하기 시작한 마력함엔 엄청난 가속도가 붙었다. 함선의 선두는 마찰열로 인해 이미 거대한 불덩이로 변했다.

활활 타오르는 함선이 하늘에서 떨어져 폐사원을 그대로 직격했다. 눈부신 폭발이 터지고 잠시 후 버섯 모양의 모래 먼지가 하늘 꼭대기까지 치솟았다.

"큽!"

"보지 마!"

친위대원들이 황급히 얼굴을 돌려 시력을 보호했다.

라티파와 레다도 두 눈을 질끈 감았다.

오직 하라간만이 시선을 돌리지 않았다. 하라간은 두 눈 똑바로 뜨고 마력함의 폭발 장면을 상세히 지켜보았나.

저 아래쪽에서 아군과 적군이 하나로 뒤섞여서 우당탕 나뒹굴었다. 행동이 빠른 몇몇은 바닥에 납죽 엎드려 폭발의 여파를 피했다.

하라간은 전장을 빠르게 훑었다.

저 멀리 가림이 도망치는 모습이 하라간의 눈에 포착되었다. 가림은 모래 먼지를 뚫고 낮은 자세로 도주 중이었다.

"푸홋! 요런 쥐새끼 같은 놈."

하라간이 입꼬리를 비틀었다.

하라간의 발은 어느새 절벽 밖으로 나가 있었다. 가볍게 한 걸음 내디뎠다 싶은 순간 하라간의 몸은 어느새 절벽 아래로 내려왔다. 거기서 또 몇 걸음을 내딛자 하라간은 가림의 코앞까지 접근했다. 하라간은 가림의 바로 옆, 구멍이 숭숭 뚫린 암석 위에 사뿐히 올라섰다.

그때까지도 가림은 상대의 접근을 눈치채지 못했다.

"휴우우!"

탈출에 성공했다고 여긴 가림이 안도의 한숨을 내쉬었다.

하라간이 가림에게 말을 걸었다.

"그냥 가려고?"

"으헉!"

깜짝 놀란 가림이 엉덩방아를 찧었다.

부릅뜬 가림의 눈에 암석 위에 서서 여유롭게 뒷짐을 진 사람이 보였다. 너무나 예뻐서 상대가 여자인지 남자인지 구분이 가지도 않았다. 가림은 몇 초 동안 하라간을 멍하게 바라보다가 얼굴을 붉혔다. 엉덩방아를 찧은 사실이 창피해서였다.

"넌 누구냐?"

벌떡 일어난 가림이 하라간을 추궁했다.

"나?"

하라간이 가림 앞으로 풀쩍 뛰어내렸다.

"나를 모른다고? 이거 황당하네."

"황당해?"

"황당하고말고. 이봐, 대머리. 나를 죽이려고 이 먼 군나르 왕국까지 온 거 아니었어?"

"내가? 널 죽이려고 여기에 왔다고? 네까짓 게 누군데?"

가림이 험악하게 인상을 썼다. 그러다 무슨 생각을 했는지 펄쩍 뛰어 뒤로 물러섰다.

"서, 설마 네가 하라간? 컥!"

가림이 말을 끝내기도 전, 그의 목덜미가 하라간의 손에 붙잡혔다. 하라간과 접촉한 순간 가림은 온몸의 피가 싸늘하게 얼어붙는 느낌을 받았다.

"케켁!"

가림이 발버둥 쳤다.

아니, 발버둥 치려고 생각만 했을 뿐 실제로 가림은 발버둥 치지 못했다. 피가 얼어붙고, 근육이 얼어붙고, 신경 다발이 모두 꽁꽁 냉동되어 아무런 움직임도 보일 수 없었다.

하라간이 가림의 목을 붙잡아 아래로 끌어 내렸다.

하라간의 키는 174 센티미터.

군나르 왕국 17세 소년들의 평균 신장에 조금 못 미치는 수치였다.

반면 가림은 193 센티미터나 되는 거구였다. 하라간은 이 차이가 마음에 들지 않아 상대의 목을 꽉 틀어쥐고 아래로 끌어 내렸다.

가림의 몸이 강제로 굽어져 하라간의 눈높이보다 아래쪽으로 내려왔다. 하라간은 그 상태에서 가림의 얼굴을 요리조리 뜯어보았다.

"흐응. 사막 도시 키약에서 보았던 그 녀석과 생김새가 비슷하네. 하얀 털 조끼에 황금 팔찌를 착용한 점도 똑같고."

"케켁! 켁!"

가림이 두 눈을 부릅떴다.

하라간은 혼자서 묻고 혼자서 대답했다.

"왜? 키약에서 실종된 사람을 잘 알아? 생김새가 비슷한 걸 보니 서로 형제였어? 너 혹시 그 실종자를 찾아서 여기까지 온 거냐? 이야, 이거 표정을 보니 내 말이 맞네. 그지?"

"케엑! 케엑!"

"둘 중 누가 형이야? 혹시 네가 동생?"

"......"

"아님 형?"

"큭!"

"아하! 네가 형이었구나. 그런데 이걸 어쩌나? 네 동생은 이미 이 세상 사람이 아닌데."

"커컥!"

동생이 죽었다는 말에 가림이 퍼덕거렸다. 그의 눈알엔 시뻘겋게 핏발이 곤두섰다.

Chapter 5

하라간이 허리를 굽혀 가림의 귀에 입을 대고 으스스하게 속삭였다.

"여하튼 여기까지 찾아오느라 수고했어. 덕분에 네 동생에게 했던 약속을 쉽게 지킬 수 있게 되어서 다행이야."

"크윽?"

가림의 눈에 의문이 어렸다. 하라간이 그의 동생과 어떤 약속을 했다는 것인지 가림은 짐작할 수 없었다.

사막 도시 키약에서 하라간은 토브욘의 왕족에게 이렇게 약속했었다.

"네 형제도 온실 속의 화초로 만들어 줄게. 내가 앞으로 토브욘의 핏줄들을 하나씩 다 쳐 죽여서! 단 한 명만 이 세상에 남겨 놓으면! 그 남은 한 명은 왕위를 물려받기 위해 경쟁할 필요가 없잖아? 마치 나처럼 온실 속의 화초가 되는 거지. 내가 꼭 그렇게 만들어 줄게."

당시 하라간의 말을 들은 토브욘의 왕족은 기겁을 하며 발버둥 쳤다. 그리고 지금은 그의 형 가림이 하라간에 손에 붙잡혀 똑같은 꼴이 되었다.

"자! 이제 약속을 지켜야지."

하라간의 매끄러운 손이 가림의 왼쪽 가슴으로 뻗었다.

그의 손끝이 닿기도 전, 가림의 가슴이 쩍 갈라져 뻘건 근육이 드러났다. 이어서 그 근육마저 끊기고 갈비뼈가 뿌드득 으스러져 좌우로 활짝 열렸다.

그렇게 가슴이 쩍 벌어졌건만 전혀 피가 흐르지 않았다. 가림의 혈관 속 피가 모두 얼어 버린 탓이었다.

"아으! 아으으!"

가림이 이를 악물었다.

하라간의 손이 가림의 가슴속으로 쑥 들어와 하얗게 빛나는 마정석을 움켜잡았다.

"아윽!"

콰직!

호두 껍데기 깨지는 소리와 함께 가림의 마정석이 으스

러졌다. 그 즉시 가림과 결합한 마물이 무섭게 일어났다.

우선 가림의 피부가 보랏빛 크리스털로 변하며 크게 부풀었다. 그렇게 가림의 몸이 계란형으로 부푼 상태에서 그의 두 팔도 변화를 시작했다. 우선 팔뚝의 관절이 5개로 늘어났다. 가림의 손가락은 창처럼 뾰족하게 솟았다. 가림의 목덜미에서도 보랏빛 크리스털 재질의 팔뚝이 하나 더 솟아나 우두둑 소리를 냈다.

이 마물의 정체는 왑타!

온몸이 크리스털로 이루어졌고, 3개의 팔을 가진 왑타는 해구 2층 레벨에 서식하는 무서운 포식자였다.

왑타의 특징은 '결빙'

왑타가 하라간을 향해 입을 쩍 벌린 순간 주변의 온도가 급강하했다.

이때 이미 가림은 소멸된 상태.

인간과 결합한 마물은 마정석이 깨지는 순간 통제를 잃고 인간의 몸뚱어리를 완전히 장악하게 마련이다. 그러곤 미친 듯이 날뛰다가 몇 분 안에 에너지가 고갈되어 신체 붕괴를 일으킨다.

가림도 예외일 수 없었다. 가림의 몸뚱어리는 마정석이 깨진 즉시 왑타에게 장악을 당했고, 영혼까지 완전히 소멸되었다.

꾸어억!

붕괴 직전에 놓인 왑타가 이성을 잃었다. 분노에 휩싸인
마물은 다짜고짜 하라간을 향해 15개의 손가락, 즉 15개의
창을 내리꽂았다.

그 창날이 가까이 접근하기도 전에 주변 공기가 쩌저정
얼어붙어 하라간을 꼼짝 못 하게 붙잡았다. 허공에선 빙하
가 결빙되어 하라간을 향해 와르르 쏟아졌다.

하라간의 붉은 입술이 살짝 열렸다.

"맛있는 마물을……."

하라간이 여기까지 말했을 때 날카로운 창날이 하라간
의 피부에 닿았다. 현기증이 날 만큼 뾰족한 15개의 창날
은 금방이라도 하라간의 하얀 피부를 찢고 피보라를 일으
킬 것 같았다.

하지만 실제로 나타난 현상은 정반대.

우둑! 와드드득!

철판도 숭숭 뚫어 버리는 왑타의 창 15개가 하라간의 피
부와 맞부딪친 순간 수수깡처럼 부서졌다. 보랏빛 크리스
털 파편이 사방으로 튀었다.

이어서 투명한 무언가가 왼쪽에서 오른쪽으로 지나가면
서 4미터가 넘는 크기의 왑타를 한입에 집어삼켰다.

왑타의 육중한 체구가 허공에 부웅 떠올랐다가 콰득!

단 한 방에 으깨져 세상에서 자취를 감추었다.

하라간이 기다란 속눈썹을 살포시 내리깔며 말을 마쳤다.

"잘 먹겠습니다."

해구 2층 레벨의 마물 왑타는 그렇게 파편 하나 남기지 못하고 소멸되었다.

약간의 시간이 흐른 뒤.

"하라간 님!"

"헉헉! 하라간 님!"

절벽을 우회해서 내려온 라티파와 레다가 하라간에게 가까이 다가왔다.

"하라간 님, 괜찮으십니까? 헉헉!"

나머지 친위대원들도 헐레벌떡 뛰어와 하라간의 안부를 물었다.

그즈음 사방에 자욱하던 모래 먼지도 어느 정도 가라앉았다. 하늘은 아직 뿌옇게 흐렸으나, 그래도 50 미터 이내의 사물을 분간할 정도는 되었다.

가장 먼저 눈에 띈 것은 사방에 흩어진 마력함의 잔해였다. 검게 그을린 잔해 사이로 폐사원의 돌기둥과 벽돌들이 어지럽게 널려 있었다.

그 잔해 사이에서 목숨을 건진 사람들이 하나둘 기적을

내었다.

"우웩! 우웨에엑!"

"에잇! 퉤퉤퉤!"

사람들 대부분은 폭발의 충격에 속이 뒤집혀 헛구역질을 했다. 또 몇 명은 입안에 잔뜩 먹은 모래를 토해 놓느라 정신이 없었다.

수북이 쌓인 모래를 뚫고 게브 3호와 4호가 다시 모습을 드러내었다. 담벼락 뒤에 몸을 숨겼던 게브의 총관과 무무도 주섬주섬 일어섰다.

게브 8호도 무사했다.

호위대장 무무는 피투성이가 되어 휘청거렸지만, 그래도 당장 죽을 것 같지는 않았다.

그때 찢어지는 비명이 사람들의 귀청을 후려쳤다.

"안 돼! 안 돼! 으아아아악!"

폭발이 시작된 중심부.

불의 마녀 올가와가 무릎을 꿇고 앉아 하늘을 향해 절규를 터뜨렸다.

"끄아악! 안 돼! 영감! 영감! 으아아아악!"

올가와의 절규는 너무나 처절하고 고통스러워서, 사람들은 멍하게 그 모습을 바라볼 수밖에 없었다.

마력함이 대지에 내리꽂히던 그 충돌의 순간, 마프는 무섭게 달려와 부인인 올가와를 구했다. 대신 운명의 신은 마프의 희생을 요구했다. 부인의 생명을 구한 대가로 마프는 수십 미터에 걸쳐서 움푹 꺼진 폭발의 중심부에서 뼈 한 조각, 피 한 방울 남기지 못하고 처참한 죽음을 맞아야 했다.

마프의 죽음에 호위대장 무무도 충격을 받았다.

비록 지금은 적으로 만났지만 한때 마프는 무무의 스승이었다. 그것도 그냥 스승이 아니라 아버지나 다름없는 분이셨다.

"스승님!"

무무가 폭발 중심부를 향해 털썩 무릎을 꿇었다.

"마프 님!"

호위대 무사들도 모두 고개를 숙이고 침통한 표정을 지었다.

호위대와 라이벌 관계인 게브의 환관들도 이 분위기를 깨지 않았다.

"쉿! 조용히 뒤처리를 해라."

게브의 총관은 입술에 검지를 대고는 눈짓을 보냈다.

"넵!"

명을 받은 환관들이 조용히 움직여 적 생존자들을 추포했다.

Chapter 6

"크으으윽!"

허리가 뚝 부러져 모래 속에 처박혀 있던 꼽추 노인이 가장 먼저 환관들에게 붙잡혀 끌려 나왔다. 이 꼽추는 마이림이 만든 외궁 조직의 4호였다. 환관들은 꼽추 노인의 얼굴에서 가면을 벗긴 뒤 팔다리를 밧줄로 꽁꽁 묶었다.

오른팔이 산 채로 뜯겨 나가고 배가 터져 정신을 잃은 소녀도 환관들에게 붙잡혔다. 그녀는 토브욘에서 파견한 암살단의 단주이자 외궁 조직의 8호였다. 환관들은 8호의 팔다리를 밧줄로 묶고 입에 재갈을 채웠다.

카디말 가문의 핏줄인 6호도 환관들에게 사로잡혔다. 깨진 가면 사이로 드러난 6호의 얼굴은 어딘지 모르게 마프와 닮아 있었다.

마프가 죽은 지금 6호는 세상에 홀로 남은 카디말 혈족이었다. 6호는 외상이 없이 비교적 멀쩡했는데, 대신 혼이 쏙 빠진 상태로 환관들에게 포박을 당했다. 사실 그녀가 받은 충격은 상당했다. 조금 전 가문의 어른인 마프가 죽었다. 그 전엔 마음속 연인인 7호를 잃었다. 6호는 연속해서 발생한 충격을 극복하지 못하고 반쯤 정신을 놓아 버렸다.

얼마 후 환관들이 땅속 깊숙한 곳에 처박혀 있던 7호를 찾아냈다. 엄밀하게 말해서 환관들이 아니라 그들이 끌고 온 사냥개들이 7호를 찾아낸 거였다. 사냥개들은 뾰족한 주둥이를 흙 속에 파묻고 발로 땅을 긁었다. 환관들이 그곳을 파서 7호를 꺼냈다.

예상대로 7호는 죽어 있었다.

"으흑!"

7호의 시체가 발견되자 6호가 울음을 터뜨렸다.

"헛! 이자는!"

환관들 가운데 한 명이 7호의 얼굴을 알아보았다.

총관이 물었다.

"왜? 아는 얼굴인가?"

"네. 이 인간은 수도에서 제법 이름이 알려진 상인입니다. 카리스마가 넘치고 의리가 있어 주변 상인들이 많이 따른다고 알려진 인물인데, 여기서 보게 될 줄은 몰랐습니다."

"흐음! 상인이란 말이지? 그렇다면 이 불온한 암조직들이 상계에 뿌리를 내렸을지도 모르겠군, 샅샅이 조사해서 이자와 관련된 인물들을 모두 추포하라."

총관의 명령은 서릿발 같았다.

"명을 받들겠습니다."

게브의 환관들이 발목을 착 붙이고 한목소리로 대답했다.

　그때 하라간이 가까이 다가왔다. 하라간은 뒷짐을 지고 휘적휘적 걸었다.

　아직도 주변엔 모래 먼지가 자욱하게 날아다녔다. 하지만 하라간의 의복 위에는 단 한 톨의 모래도 내려앉지 않았다.

　"하라간 님을 뵈옵니다."

　하라간을 발견한 게브 8호가 먼저 무릎을 꿇었다.

　"엇! 하라간 님을 뵈옵니다."

　게브의 총관이 재빨리 그 뒤를 이었고, 환관들과 호위 무사들이 모두 그 자리에 엎드려 하라간에게 머리를 조아렸다.

　피투성이가 된 호위대장 무무도 냉큼 달려와 하라간에게 예를 올렸다.

　"하라간 님, 호위대장 무무이옵니다."

　"음."

　하라간은 가벼운 고갯짓으로 사람들의 인사를 받았다.

　'하라간이라고?'

　예상치 못한 인물의 등장에 4호가 힘겹게 고개를 돌렸다.

마침 하라간도 4호에게 눈길을 주었다. 둘의 시선이 허공에서 짧게 마주쳤다.

"으헉!"

4호가 갑자기 몸서리를 쳤다. 하라간의 시선을 마주하는 순간 원인 모를 오한이 그의 몸을 엄습했기 때문이다. 하라간의 무덤덤한 눈빛이 어찌나 소름 끼쳤던지 4호는 척추가 부러진 고통도 잠시 잊을 정도였다.

하라간이 총관에게 다시 시선을 돌렸다.

"몇 명 놓쳤네?"

"송구하옵니다."

총관이 고개를 푹 숙였다.

하라간이 다시 물었다.

"몇 명이나 놓쳤는지는 파악했어?"

"그것이…… 아직 정확하게 집계를 하지 못했습니다."

총관이 솔직하게 잘못을 시인했다.

"셋."

하라간이 손가락 3개를 폈다. 그다음 첫 번째 손가락을 접으며 말했다.

"마프 곁에 서 있던 여자. 그녀가 이 비밀 조직의 우두머리처럼 보이더라고. 한데 지금은 감쪽같이 사라지고 없네?"

하라간이 거론한 여인은 외궁 조직의 1호, 즉 마이림이었다. 게브의 환관들은 가장 중요한 적 우두머리를 확보하지 못했다.

"죄송합니다. 모두 저희의 불찰이옵니다."

총관이 진땀을 흘렸다.

하라간이 두 번째 손가락을 접었다.

"이어서 맨 끝 돌판에 서 있던 뚱보. 화려한 옷을 걸치고 몸집이 뚱뚱한 녀석이 있었잖아? 그자도 사라졌다고."

하라간이 말한 뚱보는 외궁 조직의 9호였다. 마력함이 지상에 충돌하고 그 여파가 사방을 할퀴고 지나갈 때 9호는 1호와 함께 자취를 감추었다. 한데 환관들 가운데 그 누구도 둘의 도주를 눈치채지 못했다.

"송구하옵니다."

총관이 거듭 사죄했다.

하라간이 세 번째 손가락을 접었다.

"마지막으로 토브욘에서 온 대머리 왕족. 그놈도 보이지 않아."

"헉!"

총관이 화들짝 놀라 주변을 둘러보았다.

진짜로 토브욘의 왕족 가림이 사라졌다.

이건 보통 일이 아니었다. 비밀 조직은 군나르 왕국 내부

의 문제라 시간을 두고 해결할 수 있지만, 토브욘의 왕족은
처리가 좀 더 복잡했다.

'이곳 현장에서 그 대머리를 붙잡아야 토브욘 왕국에 항
의를 할 수 있는데, 그래야 매끄럽게 전후 처리가 가능한
데, 그 중요한 자를 놓쳐 버리다니! 이런 낭패가 있나!'

총관은 두 주먹을 꽉 움켜쥐었다. 이번 일은 정말 뼈아픈
실책이었다.

"서둘러 뒤쫓아라! 다른 사람은 몰라도 토브욘의 왕족만
큼은 꼭 생포해야 한다."

"넵!"

총관의 명령에 게브의 환관들이 바쁘게 움직였다. 추적
능력이 탁월한 게브 8호가 모래 먼지를 뚫고 가장 먼저 수
색에 나섰다.

'풋!'

게브 8호의 뒷모습을 바라보면서 하라간이 속으로 웃었
다. 게브 8호를 비롯한 환관들이 주변 황무지를 샅샅이 뒤
진다고 해도 가림을 찾기란 불가능했다. 가림은 이미 하라
간의 손에 제거된 상태. 그러니 환관들이 어디서 그의 흔적
을 찾겠는가.

주변을 대충 정리한 뒤 환관들은 불의 마녀 올가와를 향
해 조심스럽게 포위망을 좁혔다.

의외로 올가와는 저항하지 않았다.

"영감! 으흐흑! 영감! 모두 다 내 탓이오. 내가 토브욘에 대한 충성심을 버리지 못했기에 영감이 죽었소. 내가 영감의 편에 서서 어떻게든 탈출로를 뚫었어야 했는데, 내가! 이 멍청한 늙은 년이 일을 그르쳤소! 으허헝!"

올가와는 자신의 가슴을 주먹으로 텅텅 치며 자책하다가 그 자리에 풀썩 쓰러졌다. 게브의 총관이 직접 다가가 마녀의 손발을 쇠사슬로 묶었다.

올가와는 눈썹을 한번 거칠게 움직였을 뿐 딱히 대응하지 않았다. 남편이 죽은 뒤 올가와는 모든 것을 체념한 듯 보였다.

'휴우!'

잔뜩 긴장했던 총관이 속으로 한숨을 내쉬었다.

Chapter 7

드디어 올가와까지 체포되었다.

"빌어먹을! 다 끝났구나!"

마지막 희망이었던 올가와가 맥없이 생포되자 4호는 입술을 꽉 깨물었다. 외궁의 조직원들에게는 더 이상 탈출구가 남아 있지 않았다. 4호의 눈초리가 파르르 떨렸다.

게브의 환관들이 적을 포박하고 동료의 시체를 정리하는 사이, 라티파가 하라간에게 가까이 다가왔다.

"하라간 님."

하라간이 뇌파로 물었다.

[우세르에게서 연락이 왔나?]

[네, 하라간 님.]

라티파도 뇌파로 대답했다.

우세르는 하라간을 섬기는 6명의 친위대원들 가운데 한 명. 그는 지금 하라간의 특명을 받고 황무지 너머에서 매복 중이었다.

[하라간 님의 예상이 딱 들어맞았습니다. 조금 전 참새 두 마리가 우세르의 시야에 잡혔다고 합니다. 소녀, 하라간 님의 혜안에 정말 놀랐습니다.]

라티파가 하라간의 뛰어난 예측력을 칭송했다.

하라간이 고개를 가로저었다.

[내 예상이라니? 우세르를 매복시키자고 제안한 사람은 라티파, 너잖아.]

[아닙니다. 소녀는 그저 만일의 사태에 대비해서 퇴로를 미리 막아야 한다는 의견을 올렸을 뿐, 참새가 정확하게 어디로 날아갈지 예측하지 못했습니다. 오직 하라간 님이기

에 가능한 일입니다.]

라티파는 끝까지 의견을 굽히지 않았다.

[뭐 아무려면 어때? 후후.]

하라간은 그런 라티파를 향해 살짝 웃어 준 다음, 고개를 들어 폐사원 너머 리안 강 상류를 넘겨다보았다.

군나르 왕국의 수도를 관통하는 리안 강은 저 멀리 보이는 웅장한 산에서 시작해서 수천 킬로미터를 굽이굽이 흘렀다. 그러니까 뿌연 먼지 사이로 희미하게 보이는 저 산이 바로 리안 강의 근원인 셈이었다.

하라간은 그곳의 계곡 입구에 우세르를 심어 두었다.

'만약 마이림이 도망을 친다면 저곳밖에 길이 없어.'

하라간은 이렇게 판단했다.

그 의도가 딱 들어맞았다. 토브욘의 마력함이 추락할 무렵, 마이림은 9호의 부축을 받아 리안 강 상류로 도주했다. 우세르가 매복 중인 계곡을 향해 부리나케 달려가는 두 사람을 바라보면서 하라간은 희미하게 웃었다.

[우세르에게 전해. 참새가 놀랄 수 있으니 너무 가까이 접근하지 말라고 말이야. 그저 먼발치에서 조용히 뒤따르라고 해.]

[네, 하라간 님.]

라티파가 냉큼 대답했다.

하라간은 리안 강 상류에 시선을 고정한 채 생각에 잠겼다.

'사막 도시 키약에선 토브욘 녀석들뿐 아니라 어쌔신 무리까지 등장했었지. 그 수상한 놈들이 감히 나를 암살하려고 시도했어. 그런데 이번엔 토브욘 녀석들만 나타났단 말이야. 어쌔신은 왜 없을까? 그들은 과연 마이림 고모할머니와 어떤 관계일까?'

하라간은 토브욘의 왕족보다 어쌔신을 더 중요하게 생각했다. 사막 도시 키약에서 어쌔신들은 마정석의 기능을 봉인하는 특별한 마법진을 선보였다. 만약 이런 마법진이 전쟁터에 대규모로 설치된다면 솔샤르들에게 정말 큰 타격이 될 터, 하라간의 입장에서 이건 토브욘 왕국의 개입보다 훨씬 더 중대한 사건이었다.

하라간이 조금 전 마이림의 도주를 목격하고도 눈 감아준 것은 이 때문이었다.

'궁지에 몰린 마이림은 분명 그 어쌔신 조직을 찾아가게 될 거야. 아니더라도 내가 반드시 그렇게 만들고야 말겠어.'

마이림을 미끼로 삼아 어쌔신 조직을 낚는 것!

이거야말로 하라간이 군나르의 당부를 거역하고 이곳 폐사원을 방문한 진짜 목적이었다.

우세르는 키가 작고 뚱뚱한 소년이었다. 식탐도 심하고 얼굴에 주근깨도 많아 소녀들의 관심을 끌 만한 요소는 없었다.

하라간의 친위대원들 가운데 남자는 3명.

이 중 융과 테티는 키가 훤칠하고 잘생겨서 소녀들에게 인기가 높았지만, 우세르는 예외였다.

하지만 우세르는 개의치 않았다. 왜냐하면 그 또한 또래 여자들에게 관심이 없었기 때문이다. 우세르의 관심은 단 두 가지.

첫째, 먹을 것.

둘째, 파충류.

우세르는 마니아라고 불릴 만큼 파충류에 대한 관심이 높았다. 원래 우세르의 가문은 대대로 신을 섬겨 온 사제의 집안.

그런 혈통을 물려받은 덕분에 우세르도 영적 능력이 뛰어났다. 단, 우세르는 영적 능력은 온통 파충류에게 집중되었다.

"온다. 온다. 얌얌얌!"

바삭하게 구운 밀떡에 꿀을 찍어 먹으면서 우세르가 우물거렸다. 그가 몸을 숨긴 바위틈 아래로 리안 강 상류의 물줄기가 세차게 흘러갔다.

우세르는 물줄기 저 멀리서 접근 중인 두 사람의 기척을 느꼈다.

거리는 대략 10 킬로미터.

늘씬한 여인 한 명과 뚱뚱한 사내 한 명이 강물을 거슬러 빠르게 접근 중이었다. 우세르는 파충류의 눈을 통해 그들의 접근을 눈치챘다.

파충류와 교감하여 감각을 공유하는 것!

이것이 바로 우세르의 숨겨진 능력이었다.

우세르가 매복한 장소 남쪽 10 킬로미터 지점.

하얀 가면을 쓴 풍보 사내가 여자를 한 명 등에 업고 강물을 거스르고 있었다. 사내의 정체는 바로 외궁 9호였다.

리안 강 상류의 물줄기는 폭포수처럼 거세고 사나웠다. 그런데 9호는 놀랍게도 그 거센 물살을 거스르며 거침없이 질주했다. 9호의 육중한 몸이 땅을 박찰 때마다 물살이 좌우로 갈라졌다. 9호는 물 속 바위를 발로 박차며 한 번에 10 미터씩 쭉쭉 이동했다.

이끼 낀 바위틈에서 도마뱀 한 마리가 고개를 삐쭉 내밀었다. 도마뱀의 붉은 눈동자에 강물을 거스르는 9호의 모습이 맺혔다.

10 킬로미터 떨어진 곳에서 우세르가 이 영상을 공유했다. 도마뱀은 혓바닥을 날름거리며 지켜보다가 9호가 멀어

지자 다시 바위틈으로 몸을 숨겼다.

잠시 후 좀 더 상류 지역에서 또 다른 도마뱀이 사사삭 기어 나왔다. 이 도마뱀은 이전 도마뱀에 이어서 두 남녀의 영상을 우세르에게 전달했다.

Chapter 8

무수히 많은 파충류들이 우세르를 도왔다. 때로는 물뱀이 헤엄을 치면서 9호의 행방을 감시하기도 했다.

"온다. 온다. 점점 더 가까이 오고 있어. 얌얌! 그나저나 이거 참 맛있네. 얌얌얌."

우세르는 밀떡을 꿀꺽 삼키고 손가락에 묻은 꿀까지 쪽쪽 빨아먹었다. 그다음 슬금슬금 수풀 속으로 몸을 숨겼다.

이제 적과의 거리는 3킬로미터로 좁혀진 상태였다.

"조심해야지. 괜히 여기서 얼쩡거리다가 들키면 안 돼. 모처럼 하라간 님께 받은 명령을 그르칠 수는 없다고."

우세르가 몸을 숨긴 자리엔 조그만 도마뱀들이 폴짝폴짝 뛰어와 무리를 지었다.

약 3분 뒤.

마이림을 등에 업은 9호가 계곡 입구에 모습을 드러냈다.

낯선 인간의 침입에 도마뱀들이 사사삭 흩어졌다가 바위 틈과 풀숲 사이로 대가리를 내밀고 침입자를 경계했다.

9호는 날카로운 눈으로 주변을 둘러본 다음, 평평한 바위 위에 마이림을 내려놓았다.

"1호 님, 여기서 잠깐 쉬시지요."

9호의 등에서 내린 마이림이 그늘진 계곡 안쪽을 훑어보았다. 그다음 9호에게 걱정스레 물었다.

"추적은?"

9호가 납죽 엎드려 수면에 귀를 댔다.

잠시 후 9호가 고개를 들고 머리를 좌우로 흔들었다.

"뒤쫓는 자들은 없습니다. 최소한 5킬로미터 안쪽으로 추적하는 적들은 없습니다."

"확실한가?"

"확실합니다."

9호가 자신 있게 고개를 주억거렸다.

"휴우, 다행이구나."

마이림은 그제야 한숨을 돌렸다. 저 멀리 폐사원 방향을 바라보는 마이림의 눈이 안타까움으로 물들었다.

"마프! 올가와! 크으윽! 호위대와 게브에서 우리 모임을 어떻게 알고 덮쳤단 말인가!"

9호가 조심스레 자신의 의견을 피력했다.

"1호 님, 조직 내에 배신자가 있는 것이 분명합니다."

"배신자?"

"그렇습니다. 4호, 6호, 7호, 8호. 이들 가운데 분명 배신자가 있습니다. 그렇지 않고서는 이렇게 절묘한 타이밍에 기습을 당할 리 없습니다."

9호는 이렇게 주장했다.

그 주장에 일리가 있었다. 마이림도 9호와 같은 생각이었다. 오늘 폐사원에서 개최한 비밀 모임이 들통 난 것은 분명 배신자 때문인 것 같았다.

마이림이 눈썹 사이를 찌푸렸다.

"으으음! 토브욘의 왕족에게 정보를 누설한 자는 4호 아니면 8호가 분명해."

오늘 모임에서 4호와 8호는 감히 마이림을 배신하고 토브욘의 왕족 편에 섰다. 7호도 그쪽에 한 발 걸쳤다.

"그렇다면 과연 게브의 환관들에게 비밀을 누설한 자는 누구일까? 4호? 6호? 7호?"

딱히 짚이는 사람은 없었다. 하나하나 따져 보면 모두가 의심스러웠다.

"누군지 모르겠지만 가만두지 않겠다. 크으읏!"

마이림이 이를 갈았다.

그사이 9호는 가면을 벗고 계곡물로 세수를 했다. 가면

속에서 드러난 9호의 얼굴은 의외로 순박해 보였다.

게다가 놀랍게도 9호는 남자가 아니었다. 다들 체격이 건장하고 머리카락이 짧은 9호를 남자로 알고 있었지만, 그리고 9호도 남성복을 입어 사람들을 혼란시켰지만, 사실 9호는 여자였다. 그것도 시골 동네 아낙처럼 보이는 40대의 중년 아줌마였다.

도마뱀 한 마리가 사사삭 다가가 곁눈질로 9호의 모습을 살폈다.

"뭐야? 도마뱀이잖아."

흠칫했던 9호가 피식 웃었다.

놀란 도마뱀이 바위 틈새로 쏙 들어갔다.

얼굴에 묻은 물기를 소매로 슥슥 닦은 뒤, 9호가 마이림을 재촉했다.

"1호 님, 이제 다시 가시지요. 아직 안심할 수 없습니다."

"알았다. 산을 넘어 13번 안가로 가자."

마이림은 외궁 조직이 만들어 놓은 열세 번째 비밀 안가를 입에 담았다.

9호가 고개를 가로저었다.

"안 됩니다. 13번 안가는 배신자가 이미 알고 있는 곳이 아닙니까?"

딴은 그러했다. 4호, 6호, 7호, 8호도 열세 번째 안가의 위치를 알고 있었다. 마이림이 눈을 찌푸렸다.

"그럼 어디로 가지?"

"만약의 사태를 대비해서 제가 준비해 놓은 곳이 있습니다. 우선 거기로 가시지요."

"거기가 어딘데?"

"제법 먼 곳입니다. 대신 환관들의 손이 절대 미칠 수 없어 안전하지요."

9호가 말을 돌렸다.

"그러니까 거기가 어디냐고?"

마이림이 짜증을 냈다.

후웅—

그 순간 9호의 육중한 몸이 바람처럼 미끄러져 마이림의 코앞으로 다가왔다. 9호의 손이 마이림의 목덜미를 짚었다.

"네가 감힛! 끄으응!"

마이림은 곧 정신을 잃고 쓰러졌다.

9호가 마이림을 품에 안았다. 9호의 두툼한 손에 의해 하얀 가면이 벗겨지고, 마이림의 본 얼굴이 드러났다.

"어디 보자. 역시 1호가 마이림 님이셨군요. 마이림 님, 비록 이번에 군나르의 후계자 하라간을 제거하는 데 실패했지만, 그렇다고 마이림 님의 가치가 떨어진 것은 아니랍니다. 군나르의 친딸! 이 한 가지 사실만으로도 마이림 님의 가치는 충분하고도 넘치지요. 그러니 저와 함께 가 주셔야겠습니다. 오호호호!"

9호가 마이림을 둘러업었다. 통나무처럼 굵은 9호의 발이 세차게 흐르는 강물을 거슬러 상류로 향했다. 마이림은 9호의 넓은 등판에 축 늘어져 대롱대롱 흔들렸다.

사사사삭.

도마뱀 무리가 다시 바위틈에서 나와 9호의 뒷모습을 눈에 담았다. 우세르의 추적은 아직 끝나지 않았다.

강을 거슬러 계곡 안쪽으로 달려간 9호가 갑자기 방향을 꺾었다. 수풀이 짙게 우거진 계곡 그늘엔 눈에 잘 띄지 않는 동굴 몇 개가 자리했다.

9호는 그중 하나의 동굴로 망설임 없이 들어갔다.

동굴 안쪽에서 두 눈이 하얗고 몸길이가 1 센티미터도 되지 않는 조그만 동굴 도마뱀들이 마중을 나와 9호를 주시했다.

9호는 동굴 가장 안쪽까지 파고들어 얇은 석회암 벽을 부쉈다.

와르르 무너진 벽 안에서 둥근 테두리의 포탈이 나왔다.

"열쇠가 어디 있더라? 아, 여기다 뒀었지."

9호가 품에서 조그만 마정석을 꺼내 둥근 테두리에 끼워 넣었다. 잠시 후 포탈 전체가 웅웅웅! 진동했다. 둥근 테두리 안쪽엔 푸른빛이 형성되어 밝아졌다 어두워졌다를 반복했다.

그러다 어느 순간 포탈에서 푸른빛이 강렬하게 뿜어져 나왔다.

"드디어 포탈이 열렸군."

9호는 마이림을 업은 채 포탈 안으로 발을 들이밀었다.

화악!

동굴 전체를 태울 듯한 강렬한 빛이 터지고, 9호와 마이림이 감쪽같이 자취를 감추었다.

"이런!"

멀리 떨어진 곳에서 우세르가 낭패한 표정을 지었다.

"이 외진 곳에 공간 이동 포탈을 만들어 놓았을 줄이야! 크웃! 그나저나 추적에 실패했으니 하라간 님께 뭐라고 말하지? 에고고! 난 이제 죽었다."

우세르가 입술을 삐쭉거렸다.

제6화

퀸(Queen) 잉그리드

Chapter 1

"놓쳤다고?"

하라간이 황금빛 차광막 안에서 찻잔을 내려놓고 물었다.

우세르가 하라간의 앞에 무릎을 꿇었다.

"죄송합니다. 저들이 공간 이동 포탈까지 준비해 두었을 줄은 미처 몰랐습니다. 하라간 님의 명령을 이행하지 못한 저를 벌해 주십시오."

"포탈이 있었다고?"

"그렇사옵니다."

우세르가 땅바닥에 이마를 대고 말했다.

하라간이 라티파를 돌아보았다.

"라티파, 포탈이 어느 곳으로 연결되었는지 조사할 수 있을까?"

"가능합니다."

라티파가 자신 있게 대답했다. 비록 군나르 왕국은 포탈과 같은 마법 물품 제작 능력이 뒤처지기는 하지만, 대신 추적에 뛰어난 사람들이 많았다.

둘의 대화에 우세르가 조심스럽게 끼어들었다.

"하라간 님, 참으로 송구하오나 조사가 쉽지는 않을 것이옵니다."

"응?"

"그건 왜지?"

하라간과 라티파가 동시에 우세르를 쳐다보았다.

우세르는 이마에 흐르는 땀을 소매로 닦으며 아뢰었다.

"저들이 포탈을 사용해서 공간 이동을 한 직후, 그 포탈이 자동으로 폭발했사옵니다. 지금은 동굴 안에 잔해만 남은 터라……."

"포탈이 폭발했다고? 허 참!"

하라간은 어이가 없었다.

라티파도 발을 세차게 굴렀다.

"하라간 님, 참으로 독한 놈들이 아니옵니까? 그 귀한 포탈을 일회용으로 사용하고 폭발시키다니요! 대체 어떤 자들인지 붙잡아서 머릿속을 해부해 보고 싶습니다."

라티파의 말처럼 공간 이동 포탈은 여간 귀한 것이 아니었다. 특히 마법 물품 제작 능력이 뒤떨어지는 군나르 왕국에서는 포탈 하나가 중소형 도시 하나의 가격과 맞먹을 정도로 천문학적이었다.

그렇다고 해서 군나르 왕국이 북부의 타 왕국들에 비해서 낙후된 곳은 또 아니었다. 군나르 왕국은 단지 마법에서 뒤질 뿐, 의술과 독, 주술, 건축 분야는 북부 최고로 손꼽혔다.

하라간이 다시 물었다.

"라티파, 북부에서 마법 물품 제작에 뛰어난 곳이 어디어디지? 그 귀한 공간 이동 포탈을 일회용으로 사용하고 버릴 만한 곳 말이야."

"아! 그런 곳이라면…… 우선 토브욘 왕국이 있습니다."

토브욘은 마법 지식에 관해선 북부 최고로 손꼽히는 왕국이었다. 하늘을 비행하는 마력함! 땅속을 오가는 터널 웜(Tunnel Worm: 갱도 벌레)! 이 밖에도 무수히 많은 마법 수단과 도구들이 토브욘 왕국에서 제작되어 사람들을 깜짝 놀라게 만들었다. 라티파가 대뜸 토브욘 왕국을 지목한 것은 이 때문이었다.

하지만 하라간은 고개를 가로저었다.

"토브욘은 아니야."

만약 마이림을 납치한 자가 토브욘 출신이라면, 가림이
죽도록 내 버려 두었을 리 없었다.

라티파가 다시 머리를 굴렸다.

"토브욘 왕국을 제외하면, 마법 물품 제작에 능숙한 곳
이 둘 있습니다."

"그곳이 어디지?"

"북부의 중심지인 아르네 왕국! 그리고 동북부의 은둔
왕국인 룬드가 바로 그 둘입니다."

북부의 중심지 아르네 왕국!

동북부 산악 지역에 웅크리고 있는 룬드 왕국!

라티파는 이 두 곳을 지목했다.

"아르네와 룬드…… 아르네와 룬드……."

하라간은 두 왕국의 이름을 입안에서 굴렸다.

사실 마이림을 되찾는 것은 하라간에게 있어서 식은 수
프 먹기나 마찬가지였다. 하라간은 지금 당장에라도 괴뢰
의 몸뚱어리를 포탈처럼 사용해서 마이림을 이곳으로 불러
올 수 있었다. 마이림에게 이미 눈에 보이지 않고 만질 수
도 없는 거미줄을 붙여 놓았기 때문이다. 하라간은 사막 도
시 키얏에서 이 거미줄의 권능을 사용해서 토브욘의 대머
리 왕족을 소환했었다. 그러니 마이림이 하라간의 손아귀

에서 벗어나는 것은 불가능했다.

'문제는 다른 곳에 있지. 이제 봤더니 마이림 고모할머니는 어리석게도 다른 세력들에게 이용만 당하고 있었어. 고모할머니를 배후에서 조종하는 그 세력! 그놈들을 찾아야 해. 에효오! 이거 귀찮게 일이 점점 커지네.'

하라간은 속으로 한숨을 내쉬었다. 군나르를 위협하는 자들을 하루 빨리 정리하고 남부 연합으로 내려가 카일 스승의 복수를 해야 하는데, 어째 이번 사태가 하루아침에 해결될 것 같지 않았다.

그래도 할 수 없었다. 하라간은 군나르에게 해를 끼칠 만한 자들을 남겨 두고 남부 연합으로 내려갈 사람이 아니었다.

'그건 찜찜해서 안 돼. 우선 여기를 안정시키는 것이 먼저야.'

하라간이 의자에서 일어섰다.

"일단 왕궁으로 복귀한다. 뒷일은 차차 생각해 보지."

하라간이 발걸음을 옮기자 황금빛 차광막을 든 환관들이 부지런히 그 뒤를 뒤쫓았다. 친위대원들도 하라간에게 바짝 달라붙어 밀착 호위했다.

풀이 죽은 우세르가 친위대원들 가운데 가장 후미에 섰다.

"기운 내. 이번 일은 어쩔 수 없었잖아."

네페르가 우세르의 등을 두드려 주었다.

"응. 고마워."

말은 이렇게 했지만 우세르의 얼굴은 펴지지 않았다.

지금 우세르의 친할아버지, 즉 왕궁 대사제 아바는 가짜 마이림 사건에 연루되어 환관들에게 취조를 당하는 중이었다.

우세르는 이번 기회에 큰 공을 세워 하라간에게 잘 보이고 싶었다. 그러면 할아버지가 풀려나는 데 도움이 될 것이라 믿었다.

한데 놈들을 놓쳤으니 우세르의 계획은 물거품이 되었다.

"하아! 난 역시 쓸모가 없어."

우세르는 땅이 꺼져라 한숨을 쉬었다.

그때 우세르의 뇌에 하라간의 음성이 울렸다.

[수고했다, 우세르.]

[하, 하라간 님!]

우세르가 고개를 번쩍 들었다.

저 앞에서 걸어가는 하라간은 뒤도 돌아보지 않았다. 하지만 우세르의 뇌에는 하라간의 음성이 파고들었다.

하라간은 우세르를 격려해 주었다.

[이번 임무에 실패한 것은 아쉽지만, 그래도 넌 최선을 다했어.]

[하라간 님, 크흑!]

우세르가 소매로 눈가를 훔쳤다.

감격에 떠는 우세르의 뇌리에 하라간의 음성이 이어졌다.

[조금 전에 게브의 총관에게 물으니 대사제는 아무런 죄가 없다고 하더라. 왕궁에 복귀하는 대로 아바에 대한 취조를 마무리할 것이니 너무 걱정하지 말거라.]

[하라간 님! 흐흐흑! 참으로 황공하옵니다. 크흐흑! 하라간 님!]

행렬의 맨 꽁무니에서 우세르는 소리 죽여 울었다. 그러면서 하라간에 대한 충성심이 한층 더 깊어지는 우세르였다.

Chapter 2

뾰족한 산봉우리가 수도 없이 겹쳐진 동북부의 산악 지대.

만년설이 내려앉은 그 험준한 산악 한 귀퉁이에 고딕풍의 성이 우뚝 솟아 있었다.

아니, 이건 성이라고 부르기엔 너무나 규모가 컸다. 뾰족한 첨탑이 무려 1,000개가 넘었으며, 성벽은 산봉우리 몇

개를 통째로 감싸 안아 성이 아니라 거대한 대도시 같았다. 그 많은 첨탑 꼭대기엔 각기 다른 문양의 깃발이 휘날렸다.

수십만 명은 너끈히 수용할 법한 거대한 성채건만, 이 성으로 드나들 수 있는 길은 눈을 씻고 찾아봐도 없었다. 성벽의 삼면은 수십 미터가 넘는 깎아지른 절벽이었고, 북쪽엔 펄펄 끓는 용암의 강이 흘렀다. 그 용암에서 솟구치는 유황 안개가 뾰족한 첨탑들을 칭칭 에워싸 으스스한 분위기를 자아내었다.

굳이 찾아보자면 성문은 오직 하나.

성의 서쪽 낭떠러지 앞에 문이 하나 자리했다. 하지만 도개교가 올라가 있어 이 문으로 드나드는 것은 불가능했다.

유황 안개가 자욱한 성벽 위에는 철갑옷을 입은 병사들이 30미터 간격으로 늘어서 있었다.

성안 깊숙한 곳.

푸른빛이 화악! 터졌다.

빛 속에서 시커먼 그림자가 튀어나왔다.

그림자의 정체는 9호.

군나르 왕국에서 마이림을 납치한 9호가 공간 이동 포탈을 통해 이 먼 산악 지대에 모습을 드러낸 것이다.

포탈에서 빛이 터지자 온몸에 철갑옷을 두른 기사들이 주변으로 몰려들었다. 검을 뽑아 포탈에 겨누던 철기사들은 9

호가 나타나자 일제히 검을 거두고 한쪽 무릎을 꿇었다.

"아홉째 공주님을 뵙습니다."

"아홉째 공주님을 뵙습니다."

철기사들의 투구 안에서 웅웅거리는 목소리가 흘러나왔다.

9호는 가볍게 고개를 끄덕인 다음 손가락을 뻗었다.

지목을 받은 철기사가 냉큼 다가왔다.

9호는 철기사에게 마이림을 넘겨주었다.

"군나르의 친딸이다. 귀한 인질이니 잘 모셔라."

"명심하겠습니다."

철기사가 절도 있게 대답했다. 철기사는 아직 혼절해 있는 마이림을 두 손으로 안고 제자리로 돌아갔다.

9호가 다른 철기사에게 물었다.

"퀸께서는?"

"아직 용암성에 머물고 계시옵니다."

"하아! 아직도 그곳에 머무시는가?"

철기사의 대답에 9호가 안타깝다는 듯 얼굴을 찌푸렸다. 그러곤 손가락을 자신의 목에 넣어 확 잡아당겼다.

그러자 놀라운 일이 발생했다. 푸근하고 평범하던 중년 아줌마 9호의 얼굴 가죽이 확 벗겨지면서 금발에 눈부시게 아름다운 얼굴이 드러났다.

이것이 9호의 진짜 얼굴!

9호는 가슴에도 손을 넣어 좌우로 활짝 열었다.

무섭게 뚱뚱하던 몸도 모두 거짓이었다. 9호는 몸에 두른 가짜 살들을 벗어 던지고 본래의 글래머러스하고 늘씬한 몸매를 드러냈다.

철기사들은 9호의 환상적인 알몸을 보고도 아무런 반응이 없었다. 9호도 철기사들 앞에 나체를 드러내고도 아무렇지 않게 행동했다.

9호가 손가락을 딱 튕겼다.

땅바닥에서 은빛 갑옷이 츄라락 일어나 9호의 알몸을 감쌌다. 9호는 머리를 좌우로 흔들어 금발을 등 뒤로 풍성하게 늘어뜨린 다음, 철기사에게 명을 내렸다.

"용암성의 무녀들에게 전해라. 룬드 왕국의 아홉 번째 공주 아이다가 퀸을 알현하기를 청한다고."

"명을 받들겠습니다."

철기사가 웅웅 울리는 음성으로 대답했다.

9호의 본명은 아이다!

그녀는 대륙 동북부 산악 지대를 지배하는 룬드 왕국의 아홉 번째 공주이자 퀸(Queen: 여왕) 잉그리드의 친딸이었다.

아이다는 한 시간이 넘도록 철문 앞에서 대기했다.

공주라는 높은 신분도 이곳에선 아무런 소용이 없었다. 퀸을 알현하기란 이토록 힘들었다. 아이다는 불평하지 않고 철문 앞에 책상 다리를 하고 앉았다.

높이 10 미터, 폭 6 미터의 거대한 철문엔 지옥을 재현한 것 같은 끔찍한 조각들이 양각되어 있었다. 이 철문이 설치된 곳은 룬드 성 지하 광장.

아이다는 그곳에서 조각상이 된 것처럼 꿈쩍도 안 하고 기다렸다.

끼이이잉!

한참 만에 철문이 열렸다.

철문 안에서 손톱을 20 센티미터 이상 길게 기르고 머리를 풀어헤친 여인이 고개를 내밀었다. 여인은 철사로 두 눈을 꿰맸고, 목에는 쇠사슬을 차고 있었다. 의복은 전혀 걸치지 않아 가슴과 사타구니의 치부가 그대로 드러났다.

나체의 여인이 입을 열었다.

"퀸께서 알현을 허락하셨습니다. 아이다 공주님, 안으로 드시지요."

"음!"

아이다는 비로소 자리에서 일어섰다.

아이다의 키는 180 센티미터.

그녀의 늘씬한 몸매가 은빛 갑옷과 잘 어울렸다.

철문 안으로 들어가자 지하로 내려가는 나선 계단이 나왔다. 눈을 꿰맨 나체 여인이 앞장섰다. 아이다는 묵묵히 여인의 뒤를 쫓았다.

꽤 오랫동안 아래로 내려갔건만 계단은 끝나지 않았다. 대신 주변 온도가 점점 뜨거워졌다. 매캐한 유황 냄새가 코를 자극했다.

거기서 조금 더 내려가자 돌계단이 불덩이처럼 이글이글 달아올라 있었다. 놀랍게도 나체 여인은 그 뜨거운 돌계단을 맨발로 밟았다.

아이다도 흔들림 없이 계단을 내려갔다.

끝도 없이 계속될 것 같던 나선 계단이 어느 순간 평지로 변했다. 붉은 용암이 넘실거리는 평지엔 거대한 석주 99개가 하늘을 떠받칠 것처럼 줄을 지어 배치되어 있었다. 이 석주 하나하나가 성인 20명이 손을 맞잡아야 겨우 한 바퀴 두를 수 있을 만큼 굵고도 높았다. 이글거리는 용암의 강은 99개의 석주 사이로 천천히 흘렀다.

나체 여인이 용암 위로 발을 디뎠다.

치이이익!

놀랍게도 나체 여인의 발바닥이 용암에 닿을 때마다 그 주변이 차갑게 식어 얇은 돌판이 만들어졌다. 아이다는 그

위를 따라 이동했다.

40개, 50개, 60개……

아이다는 걸으면서 석주의 개수를 헤아렸다.

70개, 80개, 90개…….

그리고 마침내 99개.

아흔아홉 번째 석주에 도착한 나체 여인이 경건한 표정으로 무릎을 꿇었다. 그다음 하얀 두 팔을 앞으로 내밀고 용암 위에 납죽 엎드렸다. 기다랗게 풀어헤친 여인의 은빛 머리카락이 붉은 용암 위에 둥글게 퍼졌다.

Chapter 3

"퀸이시여, 아이다 공주님께서 알현하러 왔사옵니다."

나체 여인이 몽환적인 음성으로 아뢰었다.

"퀸이시여, 저 아이다입니다."

아이다는 나체 여인이 만들어 낸 얇은 돌판에 올라서서 무릎을 꿇었다.

잠시 후.

촤라라라락! 촤라라라락—!

비늘 부딪치는 소리와 함께 용암의 강 저편에서 거대한

것이 다가왔다. 뿌연 유황 연기를 뚫고 용암의 강을 건너온 거대한 존재는 하늘로 휘익 솟구쳐 아름드리 석주를 칭칭 휘감았다.

"오오오! 퀸이시여!"

아이다가 감격스러운 얼굴로 위를 올려다보았다.

나체 여인도 두 손을 가슴에 모으고 하늘을 우러러보았다.

촤라라라락!

기다란 몸통으로 석주를 칭칭 감은 존재는 얼핏 보기에 거대한 뱀처럼 보였다.

성인 남자 30명이 손을 잡고 둘러싸야 겨우 한 바퀴 감을 수 있을 정도로 굵직한 몸통에 붉은 비늘이 빽빽하게 돋은 뱀!

그 굵은 몸통이 석주를 몇 바퀴 감고 높이 치솟았다가 옆 석주를 다시 휘감으며 아래로 내려왔다. 석주 뒤쪽으로 붉은 날개가 활짝 펴졌다가 다시 접히는 광경이 연출되었다. 거대한 존재는 그렇게 4개의 석주를 몸으로 휘감은 다음에야 자세를 바로잡았다.

까마득히 높이 솟은 몸통 위쪽.

붉은 비늘로 뒤덮인 몸통이 점점 가늘어지다가 마침내 여자 허리처럼 잘록해졌다. 그곳부터 비늘의 개수가 점점 줄어들더니 그 위쪽으로는 사람의 피부가 드러났다.

뽀얗게 출렁거리는 가슴과 매혹적인 쇄골.

가느다란 팔.

등 뒤에 구불구불 늘어진 붉은 머리카락.

이 괴상한 존재는 상체는 인간 여성이고, 허리 아래는 거대한 뱀의 형상을 갖췄다. 하지만 뱀이라고 부를 수는 없는 것이, 몸통 중간에 그 크기를 헤아릴 수 없는 거대한 날개 4장이 매달려 천천히 펄럭거렸다.

슈우우와악!

존재의 머리가 저 높은 곳에서 빠르게 하강해서 아이다 앞에서 멈춰 섰다.

"오오오! 퀸이시여!"

아이다는 두 손을 가슴에 모으고 눈물을 글썽거렸다.

이 거대한 존재가 바로 퀸 잉그리드!

감격에 젖은 아이다와 달리 잉그리드는 아무런 감정도 내비치지 않았다. 그저 뾰족한 코를 실룩거려 아이다의 냄새를 맡고 아이다의 얼굴을 요리조리 뜯어보다가 관심을 잃은 듯 다시 저 높은 상공으로 솟구쳤다.

"퀸이시여!"

잉그리드가 멀어지자 아이다가 안타깝게 손을 뻗었다.

잉그리드는 몸통을 꼿꼿이 세우고 높은 상공에서 아이다를 굽어보았다. 그녀가 내뿜는 위압감에 아이다는 숨도 제

대로 쉬지 못했다.

아이다가 꽉 막힌 성대를 억지로 쥐어짜 아뢰었다.

"퀸이시여, 저 아이다이옵니다."

"나를 찾은 이유는?"

높은 상공에서 웅웅 울리는 음성이 들렸다.

"아!"

아무런 감정도 실리지 않은 그 싸늘한 음성에 아이다는 절망했다. 하지만 무너지려는 마음을 겨우 추스르며 대화를 이었다.

"군나르 왕국에 다녀온 보고를 드리기 위해서 감히 퀸의 휴식을 방해했나이다."

"계속하라."

군나르 왕국이라는 단어가 나오자 잉그리드는 비로소 관심을 보였다.

아이다가 조심스레 아뢨다.

"군나르의 친딸 마이림을 이곳으로 납치해 왔사옵니다."

"마이림? 그게 누구냐? 내가 원한 것은 이만이다."

퀸 잉그리드의 음성이 다시 싸늘하게 가라앉았다.

아이다가 안타깝게 고했다.

"퀸이시여! 이만은 이미 죽었사옵니다. 17년 전에 이미 죽었단 말이옵니다. 흐흐흑!"

냉철하던 아이다의 볼에 눈물이 흘렀다.

하지만 잉그리드는 그 말을 듣지 않았다.

"이만을 데려와라. 내 눈앞에 이만을 데려왓!"

잉그리드의 목소리가 갑자기 커지면서 99개의 석주가 우르르 뒤흔들렸다. 용암의 강이 철썩철썩 요동쳤다.

"아으으으! 퀸이시여!"

나체 여인이 바르르 떨었다.

아이다의 입술도 파랗게 질렸다.

퀸 잉그리드는 지금 정상적인 사고를 하지 못했다. 지난 20년간 퀸의 분노를 샀다가 죽은 자가 한둘이 아니었는데, 그 가운데는 아이다의 친언니들도 포함되어 있었다.

"퀸이시여!"

아이다가 황급히 말문을 열었다.

놀랍게도 수십 미터 상공에 위치하던 잉그리드의 상체가 어느새 아이다의 코앞까지 다가와 좌우로 요동쳤다. 게다가 잉그리드의 새하얀 손은 금방이라도 아이다의 목덜미를 잡아 뽑을 것처럼 접근한 상태였다.

"흡!"

아이다는 등골이 오싹했다. 그녀의 눈앞에서 잉그리드의 무심한 얼굴이 좌우로 천천히 왔다 갔다를 반복했다. 잉그리드의 새하얗고 아름다운 얼굴엔 어느새 붉은 핏줄이 거미줄처럼 뻗었다.

촤라락! 촤라라락!

잉그리드의 붉은 비늘이 무서운 소리를 내었다.

아이다는 오그라드는 가슴을 억지로 펴고 품속에서 구슬을 하나 꺼냈다.

이 유리구슬은 룬드 왕국의 마법사들이 만들어 낸 마법 물품이었다. 아이다는 이 유리구슬에 오늘 벌어졌던 전투 영상을 담아 왔다.

지금 아이다가 이 구슬을 꺼낸 이유는, 토브욘과 군나르 왕국의 솔샤르들이 싸우는 장면을 보면 잉그리드의 분노를 누그러뜨릴 수 있지 않을까 기대해서였다.

이 임기응변이 통했는지 잉그리드가 손을 아래로 내렸다.

아이다는 잉그리드 앞에서 유리구슬의 영상을 재생했다.

뜨거운 태양과 거친 황무지.

다 무너져 가는 사원.

하늘에 둥실 떠 있는 토브욘의 마력함.

솔샤르 사이에 벌어진 치열한 전투.

잉그리드는 이 모든 영상들을 무심하게 지켜보았다. 그러다 영상 한 귀퉁이에 살짝 스쳐 지나간 얼굴 하나를 발견했다.

"스톱!"

잉그리드가 갑자기 격한 반응을 보였다.

Chapter 4

잉그리드가 손가락을 까딱거리자 유리구슬 속 영상이 촤라락 되감겼다가 다시 재생되었다.

그렇게 영상에 집중하던 잉그리드는 갑자기 재생을 멈추고 유리구슬을 향해 엄지와 검지를 쭉 벌렸다. 그러자 영상 한 귀퉁이가 크게 확대되었다.

확대된 영상에 맺힌 것은 황금빛 차광막 아래 뒷짐을 지고 서 있는 사내였다.

바로 하라간!

유리구슬 안에는 하라간의 모습이 담겨 있었다.

잉그리드는 두 눈을 반짝이며 하라간을 뜯어보았다.

잉그리드보다도, 그리고 아이다보다도 훨씬 더 아름다운 하라간의 얼굴이 화면에 고정되었다. 고개를 갸웃거리던 잉그리드가 입술을 벌렸다.

"이만!"

"네?"

"이 여자가 이만이다. 그녀를 내게 데려오라."

"네에? 퀸이시여, 이자는 이만이 아니라 그녀의 아들인 하라…… 컥!"

아이다가 말을 하던 중에 비명을 질렀다. 잉그리드의 하얀 손에 그녀의 목덜미를 움켜쥔 탓이었다.

아이다의 발이 허공에 들렸다. 아이다가 벌벌 떨었다.

잉그리드가 얼굴을 가까이 들이밀었다.

"아니야. 이 여자는 이만이야. 그러니 가서 데려와. 이 영상 속의 여자, 이만을 내 앞으로 데려오라고."

누구의 명령인데 거역하겠는가.

"네, 넷. 데려오겠습니다. 퀸께서 명하신 대로 이 영상 속 계집…… 아니 이 인물을 퀸 앞에 대령하겠나이다."

아이다가 쥐어짜는 목소리로 대답했다.

촤라라라락!

그 대답이 마음에 들었는지 잉그리드는 아이다의 목을 놓아주었다. 그러곤 거대한 동체를 움직여 하늘 높이 솟구쳤다.

그렇게 아이다로부터 멀어진 퀸 잉그리드는 석주 4개를 칭칭 휘감은 몸뚱어리를 풀고 용암의 강에 다시 입수했다.

첨벙!

거대한 동체가 다이빙하자 뜨거운 용암이 사방으로 튀었다.

"하아아!"

뒤에 남겨진 아이다는 긴장이 풀려 그 자리에 철퍼 주저 앉았다.

아이다의 온몸은 땀으로 흥건했다.

룬드 왕국의 성채 깊숙한 곳.

쪼르륵!

호박색 액체가 투명한 크리스털 잔에 떨어졌다. 잔에 담긴 네모난 얼음 조각들이 호박색 액체에 잠겨 영롱하게 빛났다.

기다랗고 하얀 손이 다가와 술잔 위쪽을 잡았다. 호로롱, 호로롱 소리와 함께 술잔이 빙글빙글 돌았다. 술잔 속 얼음들은 호박색 액체와 섞여 어지럽게 회전했다.

"자! 한 잔 쭉 마셔."

술잔이 건네지고, 영롱한 목소리가 뒤따랐다.

아이다는 큰언니 시노브가 건네준 술잔을 말없이 받았다.

시노브는 자신의 술잔에 술을 채운 다음 호쾌하게 외쳤다.

"건배!"

챙그랑, 술잔이 부딪쳤다. 시노브는 목구멍을 활짝 열고 그 독한 술을 위에 털어 넣었다.

"캬아!"

시노브의 위 속이 뜨끈하게 달아올랐다. 룬드의 귀족들이 즐겨 마시는 이 곡물 증류수는 북부에서도 몇 손가락 안에 꼽히는 독한 술이었다. 그래서 체격이 건장한 기사들도 이 술을 마시면 한 방에 뻗기 일쑤였다.

한데 시노브는 거뜬히 술잔을 비웠다.

아이다는 그런 언니를 어이없다는 듯이 바라보았다.

시노브가 아이다의 어깨를 툭 쳤다.

"야! 뭘 그렇게 민망하게 쳐다보냐? 나 술 많이 세졌지?"

아이다가 피식 웃었다.

"그래. 몇 년 못 본 사이에 많이 늘었네. 이제 큰언니를 술로 이기지는 못하겠다."

"호호호. 천하의 아이다가 항복을 하는 거냐? 그렇지? 이제 날 이기지 못하겠지? 응?"

"그래. 항복! 완전 항복이야."

아이다가 익살스럽게 두 손을 들었다.

시노브는 깔깔거리며 웃다가 정색을 했다.

"성에 복귀하자마자 퀸을 알현했다며?"

"응."

아이다의 어깨가 푹 처졌다.

시노브는 아이다에게 다가와 어깨동무를 했다.

"아이다, 너 용기도 좋다. 감히 퀸께 알현을 청하다니. 그러다 죽으려고."

"쉿! 큰언니!"

아이다가 손가락을 입술에 대었다.

시노브는 어깨를 으쓱했다.

"뭐 어때? 내가 못 할 말을 했나? 그동안 우리 자매들 가운데 몇 명이 퀸께 죽었는데? 솔직히 까놓고 말해서, 둘째는 내가 죽였어."

"큰언니!"

시노브의 고백에 아이다의 안색이 창백해졌다.

시노브는 말을 멈추지 않았다.

"왜? 너도 이미 짐작하고 있었잖아. 우리 아홉 자매 가운데 둘째가 내 손에 죽었다는 사실을 말이야. 설마 몰랐다고 말하진 않겠지?"

"큰언니!"

"그리고 다섯째는 넷째 오스트란드에게 죽었지."

오스트란드는 룬드 왕국의 넷째 공주였다. 시노브는 그 오스트란드가 동생인 다섯째를 죽였다고 폭로했다.

"큰언니, 그만해."

아이다가 정색을 했다.

하지만 시노브의 터진 입을 막기엔 역부족이었다.

"얘가 어디서 내숭이야? 막내, 너도 여덟째를 죽였잖아."

"악! 큰언니!"

아이다의 얼굴이 하얗게 질렸다.

시노브는 재미있다는 듯이 빙글빙글 웃었다.

"어머나! 너 설마 내가 모를 줄 알았어? 네가 여덟째를 으슥한 창고로 유인해서 검으로 찔러 죽인 거, 그거 비밀인 줄 안 거야? 아하하하하! 아이다, 너도 참 순진하다."

친자매끼리 서로 죽고 죽인 사실을 폭로하면서 시노브는 해맑게 웃었다.

아이다는 잔뜩 당황해하다가 결국 시인했다.

"알았어, 알았어. 큰언니 말이 맞아. 내가 여덟째 언니를 죽였어. 하지만 내가 그 언니를 창고로 유인한 건 아니야. 오히려 여덟째 언니가 날 암살하려고 창고 안에 함정을 팠다가 거꾸로 내게 당했지."

"뭐, 그렇다고 치자."

"그렇다고 치는 게 아니라, 진짜로 그랬다니까. 여덟째 언니가 먼저 날 죽이려고 했다고. 어디까지나 난 정당방위였어."

아이다가 발끈했다.

시노브가 고개를 끄덕여 동의해 주었다.

"그래, 아이다. 네 말을 믿을게. 그리고 뭐 그게 큰 잘못도 아니잖아. 이곳 북부에서 군주의 후계자가 될 사람은 오직 한 명뿐! 나머지 형제자매들은 서로 죽고 죽이게 되어 있다고. 적자생존! 이건 옳고 그름의 문제가 아니야. 그저 우리 북부의 생존방식일 뿐이지."

시노브가 모처럼 그럴듯한 말을 했다.

"그래."

아이다는 고개를 끄덕여 큰언니의 말에 동의해 주었다.

Chapter 5

"하지만 문제는!"

시노브가 아이다에게 얼굴을 불쑥 들이밀었다.

"문제는?"

아이다는 눈을 동그랗게 뜨고 큰언니를 바라보았다.

시노브가 갑자기 아이다의 목을 끌어안고 입술을 포갰다.

"으읍!"

아이다가 밀쳐 내려고 했지만 시노브의 억센 완력을 당해 낼 수는 없었다. 시노브는 막냇동생 아이다에게 혀를 밀어 넣어 진하게 키스한 다음 다시 빙그레 웃었다.

"문제는 퀸이시지."

시노브의 입에서 폭탄선언이 나왔다.

퀸 잉그리드!

룬드 아르네 솔샤르의 부인이자 시노브와 아이다 자매의
모친!

원래 이곳 룬드 왕국은 룬드 아르네 솔샤르의 지배를 받
는 영토였다. 북부에서는 군주의 이름이 곧 왕국의 명칭으
로 사용되는데, 군나르 왕국의 군주는 군나르 아르네 솔샤
르, 토브욘 왕국의 제왕은 토브욘 아르네 솔샤르, 이런 식
이었다.

그러니까 룬드 왕국의 지배자는 당연히 룬드여야 했다.
만약 룬드가 죽고 그 후계자가 탄생했다면 왕국의 이름도
바뀌는 것이 정상.

그런데 현재 룬드 왕국을 다스리는 군주는 퀸 잉그리드
였다. 그것도 20년 전부터 줄곧 잉그리드가 이 동북부 산
악 지대를 장악했다.

전대 군주였던 룬드 아르네 솔샤르는 20년 전 잉그리드
의 손에 죽었다. 그리고 이 사실은 무려 20년간 외부에 알
려지지 않았다.

사실 잉그리드는 참으로 사랑스럽고 순종적인 여인이었

다. 군주인 룬드와 혼인한 잉그리드는 오랜 세월 남편을 내조하면서 아홉 명의 딸을 출산했다. 그리고 현모양처라는 말에 딱 맞게 딸들을 예쁘게 키워 내었고, 충심과 존경과 사랑으로 남편을 섬겼다.

그러다 20년 전에 파탄이 났다.

군주 룬드가 새로운 사랑에 빠진 것이다.

머나먼 서쪽, 군나르 왕국에 등장한 절대적인 미녀 이만!

그녀가 문제였다. 이만의 신적인 미모에 마음을 빼앗긴 룬드는 조강지처인 잉그리드를 죽이려고 들었다. 부인을 없애고 이만을 납치해서 새 부인으로 삼겠다는 것이 룬드의 생각이었다.

하지만 룬드가 몰랐던 것이 하나 있었다.

잉그리드가 룬드보다 더 강하다는 점!

결혼하기 전부터 잉그리드는 룬드보다 더 강했다. 잉그리드는 성인식 때 마해 가장 깊은 곳까지 잠수하여 심해 1층 레벨의 어마어마한 마물과 결합했다.

역사상 심해 레벨의 마물과 결합한 사람은 오직 욘 아르네 뿐이라고 알려져 있었다. 그런데 잉그리드는 모든 솔샤르들의 시조인 욘 아르네와 동일한 레벨에 도달한 것이다. 당연히 그녀는 북부의 아홉 군주 가운데 한 명인 룬드보다도 더 강했다. 하지만 잉그리드는 이 사실을 숨기고 모든 것을 남편 위주로 맞춰 주었다.

한데 룬드가 먼저 배신을 했다. 조강지처를 버리고 다른 여인을 사랑한 것으로도 모자라 잉그리드를 직접 죽이려고 든 것이다.

신념과도 같았던 사랑이 깨졌다!

평생을 섬겨 온 남편이 배신을 했다!

그 순간 잉그리드의 마음속 마물이 거세게 일어났다.

키르샤!

북부의 솔샤르들이 달리 '드래곤'이라 부르는 이 절대 마물은 북부의 아홉 군주 가운데 한 명인 룬드를 단숨에 찢어 버리고 그대로 삼켰다.

하루아침에 배신을 당하고 남편을 잡아먹은 잉그리드는 그때부터 용암의 성에 스스로를 가두고 깊은 침묵에 들어갔다. 용암이 내뿜어 내는 독한 유황에 취해 이성을 잃지 않고서는 견딜 수 없었기 때문이다.

문제는 그 후에 터졌다.

잉그리드가 낳은 아홉 명의 딸들 가운데 일곱째가 잉그리드의 손에 죽었다. 그녀는 절대 권력을 움켜쥔 잉그리드에게 잘 보이기 위해 허락도 받지 않고 용암성을 방문했다가 목숨을 잃었다.

얼마 후 자매들 가운데 외부 활동에 가장 적극적이던 여섯째가 잉그리드에게 불려 갔다. 잉그리드는 여섯 번째 딸에게 "군나르 왕국으로 가서 이만을 데려오너라."라는 명령을 내렸다.

여섯째는 즉시 그 명령을 따랐다. 이 기회에 잉그리드에게 잘 보이기 위해서였다.

하지만 결과는 실패.

당시 이만은 난산 끝에 하라간을 낳고 죽은 상태였다.

빈손으로 복귀한 여섯째가 잉그리드를 알현해 이만의 죽음을 고했다. 그 즉시 잉그리드가 달려들어 여섯째의 머리통을 뽑아 버렸다.

이것이 17년 전의 일이었다.

자매들 가운데 셋째는 10년 전에 죽었다. 그녀는 굳은 의지를 갖고 용암성에 내려가 퀸 잉그리드에게 바른말을 했다.

"퀸이시여, 퀸께서는 위대한 군주십니다. 살아서 드래곤이 되신 신인 이후로 퀸보다 더 위대하고 강맹한 군주는 없었사옵니다. 부디 군주로서의 역할을 내팽개치지 마십시오."

셋째 딸의 애절한 간청에도 불구하고 잉그리드는 아무런 반응을 보이지 않았다.

셋째가 주먹으로 자신의 가슴을 치면서 덧붙였다.

"퀸이시여, 퀸께서 군주가 되신 지 벌써 10년이 흘렀사옵니다. 이제는 룬드라는 낡은 국명을 버리고 잉그리드 왕국이라는 위대한 이름을 온 세상에 알리소서!"

"룬드?"

죽은 남편의 이름에 잉그리드가 반응했다.

잉그리드 앞에서 룬드를 입에 담는 것은 금기 중의 금기였다.

"헙!"

당황한 셋째가 두 손으로 자신의 입을 막았다.

하지만 한번 내뱉은 말을 다시 주워 담을 수는 없는 법. 셋째는 잉그리드의 손에 붙잡혀 몸이 좌우로 찢겼고, 이어서 부글부글 끓는 용암의 강으로 끌려 들어가 영혼까지 활활 타 버렸다.

이제 잉그리드의 딸은 단 3명만 남았다.

큰딸 시노브.

넷째 딸 오스트란드.

아홉째이자 막내인 아이다.

장차 룬드 왕국을 물려받을 3명의 공주는 퀸의 심기를 거스르지 않게 최대한 조심하면서 퀸을 대신하여 룬드 왕국을 통치했다.

무시무시한 퀸 덕분에 3명의 자매는 서로에게 겨누었던

칼도 거둬들였다.

"퀸께서 키르샤, 즉 드래곤이 되신 이상 후계자는 의미가 없어."

큰딸 시노브가 2명의 동생들 앞에서 이렇게 선언했다.

키르샤의 수명은 미지수.

키르샤가 얼마나 긴 세월을 살 수 있는지 아는 사람은 아무도 없었다. 오래전 욘 아르네가 하늘로 올라가 세상에서 모습을 감춘 이후로는 북부에 키르샤가 등장한 적이 없었던 까닭이었다.

"어쩌면 퀸께서는 나보다도, 그리고 너희들보다도 더 오래 사실 수도 있어. 그러니 우리끼리 후계자 자리를 다투는 것은 무의미하지."

시노브의 지적이 정확했다.

"큰언니 말이 맞아."

아이다가 시노브의 말에 동의했다.

"하아, 그렇다면 더 이상 우리 자매들끼리 경쟁해 봤자 아무런 의미가 없겠네."

오스트란드도 이의를 달지 않았다.

시노브가 두 동생에서 손을 내밀었다.

"그러니 우리 이제 불필요한 소모전은 하지 말자. 퀸께서 용암성에 머무시는 동안 우리가 힘을 합쳐 룬드 왕국을 통치해야 해. 내 말에 동의한다면 손을 잡아 줘."

"난 동의해."

"나도."

오스트란드 공주와 아이다 공주가 시노브의 손을 맞잡았다.

룬드 왕국에 '삼인 통치 체제'가 들어서는 순간이었다.

Chapter 6

삼인 통치 체제에서 시노브는 왕국의 행정과 인사, 그리고 재정을 담당했다. 오스트란드는 군병력을 통제하고 치안 유지에 주력했다. 막내 아이다는 외교 및 정보 분야를 움켜쥐었다.

권력의 한 축을 장악한 아이다는 곧바로 다음 행동에 나섰다.

북부는 철저한 약육강식의 세계!

북부에서 약하다는 것은 죄악이었다. 북부에서는 강자가 약자를 지배하고 병탄하는 것이 지극히 당연했다.

아이다의 눈에는 북부의 아홉 왕국 가운데 군나르 왕국이 가장 약해 보였다. 비록 그곳의 군주 군나르는 무시 못할 강자이지만, 군나르 왕국엔 후계자가 단 한 명뿐이라는 치명적인 약점이 존재했다.

'만약 내가 그 후계자를 제거할 수 있다면?'

그렇다면 장차 군나르 왕국은 자멸할 수밖에 없었다.

'그리고 만약 내가 그 후계자를 내 꼭두각시로 만들 수 있다면?'

그렇다면 장차 군나르 왕국은 룬드의 속국이 될 것이 뻔했다.

"이 좋은 기회를 놓칠 수는 없지."

이렇게 판단한 아이다는 좀 더 적극적인 행동에 나섰다.

마침 룬드 왕국은 군나르 왕국 내부에 상당수의 조직원을 침투시켜 놓은 상태였다. 원래 이 조직원들은 오래전 룬드가 이만을 납치하기 위해 심어 놓았던 자들인데, 아이다는 다른 용도로 이들을 활용했다.

그 결과 아이다는 마이림과 은밀한 연결 고리를 만드는 데 성공했고, 결국 오늘 마이림을 룬드 왕국으로 납치해 왔다.

아이다가 노렸던 원래 목표는 하라간이지만, 꿩 대신 닭이라고, 마이림도 꽤 쓸모가 많을 것 같았다.

그런데 오늘 퀸으로부터 난감한 명령을 받았다.

"군나르 왕국의 이만을 내게 데려오너라."

퀸 잉그리드는 아이다에게 이렇게 명령했다. 퀸은 '이 만'이라고 이야기했지만 사실은 하라간을 잡아 오라는 소리였다.

퀸은 이성적이지 않았다.

퀸은 인내심이 그리 많지 않았다.

퀸은 자식에 대한 애틋함을 모두 잃어버렸다.

만약 아이다가 굼뜨게 행동한다면 하라간을 잡아 오기도 전에 그녀의 머리통이 퀸 잉그리드의 손에 뽑혀 나갈 것이다.

답답해진 아이다는 큰언니 시노브를 찾아가 상담을 받았다.

"우선 이거부터 받아."

시노브는 막냇동생에게 술부터 한 잔 권했다.

이상이 오늘 오후에 벌어진 일이었다.

아이다에게 진한 키스를 마친 뒤 시노브는 술잔을 들고 소파에서 일어났다.

"문제는 퀸이시지."

시노브의 입에서 큰일 날 소리가 튀어나왔다.

"큰언니! 입조심해."

아이다가 펄쩍 뛰었다.

하지만 시노브는 대수롭지 않게 넘어갔다.

"아이다, 만약에 네가 이만을 쏙 빼어 닮은 하라간이라는 녀석을 여기에 데려온다고 치자. 물론 그게 그리 쉬운 임무는 아닐 거야. 군나르가 눈에 불을 켜고 있으니까 말이야. 군나르의 보호막 아래 있는 하라간을 납치하는 것이 어디 쉬운 일이겠어? 그게 쉽다면 다른 군주들이 이미 하라간을 납치했겠지."

"그야 그렇지."

아이다는 시노브의 말에 수긍했다.

시노브가 말을 계속했다.

"그런데 네가 정말 운이 좋아서 하라간을 납치했다고 쳐보자. 그럼 넌 그 계집애 같은 녀석을 퀸께 데려가겠지?"

"마땅히 그래야지. 퀸의 명령이시니까."

대부분의 솔샤르들은 자신보다 강자의 명령을 거역하지 못한다. 이건 마물의 본능이었다. 약자를 잡아먹고 강자에게 꼬리를 내리는 본능!

퀸 잉그리드는 아이다의 어머니이기 전에 심해 레벨의 절대 마물이었다. 아이다가 감히 퀸의 명령을 거역한다는 것은 불가능했다.

시노브는 그 점을 지적했다.

"그렇지. 퀸께서 명령하셨는데 감히 거역할 수는 없지. 넌 분명 하라간을 용암성으로 데려갈 거야. 그럼 어떻게 될까?"

"글쎄? 퀸께서 하라간을 찢어 죽이시지 않을까? 그다음은 분노한 군나르가 이곳으로 쳐들어오겠지. 그러곤 군나르 역시 퀸에게 찢겨 죽을 거야. 어쨌거나 퀸은 키르샤니까."

말을 하는 동안 아이다의 얼굴엔 자랑스럽다는 기색이 스쳐 지나갔다. 아이다는 퀸을 두려워하면서도 존경했다. 키르샤라는 사실 하나만으로도 퀸 잉그리드는 모든 솔샤르들의 경외를 받아야 마땅했다. 만약 퀸 잉그리드가 제정신이라면, 그리하여 세상을 향해 키르샤의 그 위대한 위엄을 드러내고 절대적인 포효를 터뜨리신다면, 아마 북부는 잉그리드의 손에 통일이 될지도 몰랐다. 아이다는 늘 그 점을 아쉽게 생각했다.

시노브가 술을 한 모금 입에 머금었다. 그다음 단숨에 목구멍으로 넘기며 고개를 가로저었다.

"캬아! 너 정말 그렇게 생각해?"

"언니 생각은 달라? 퀸께서 군나르를 찢어 죽이시지 못할 것 같아?"

아이다가 발끈 성을 내었다. 그녀는 '북부의 아홉 군주 가운데 퀸 잉그리드가 최강이다!' 라는 자부심을 갖고 살았다. 그런데 시노브가 엉뚱한 소리를 하자 화가 났다.

시노브가 피식 웃었다.

"당연히 찢어 죽이실 수 있지. 군나르 따위가 어찌 감히 키르샤이신 퀸의 상대가 되겠어. 내 말은 그것 말고."

"그럼 뭐?"

"퀸께서 하라간을 죽이실까 말이야."

"엉?"

의외의 말에 아이다는 잠시 머리가 멍했다.

시노브가 다시 아이다 옆에 앉았다.

"잘 생각해 봐. 퀸께서는 벌써 20년째 저러고 계셔. 퀸께서는 오직 이만에 대한 생각만 가득하시다고. 너도 보았는지 모르겠지만, 용암성의 석주들 뒤쪽엔 이만의 초상화가 새겨져 있어."

"뭐라고?"

"몰랐구나? 퀸을 알현할 생각에 긴장해서 석주 앞쪽만 보았지 그 뒤를 본 적은 없었겠지. 아이다, 난 그 뒤쪽을 봤어. 99개의 석주, 그 뒤편에 새겨진 이만의 조각들을 말이야."

아이다가 펄쩍 뛰었다.

"아니, 대체 누가 그딴 걸 석주에 새겼단 말이야?"

"누구겠어? 퀸이 아니시라면 누가 그걸 새길 수 있겠냐고?"

"큰언니, 그게 정말이야?"

아이다가 다시 자리에 털썩 주저앉았다.

퀸이 이만의 얼굴을 조각하다니, 아이다는 큰언니의 말을 믿을 수가 없었다. 아니, 믿고 싶지 않았다.

Chapter 7

"거짓말이지? 큰언니, 지금 나를 놀리려고 헛소리를 한 거지?"

아이다의 되물음에 시노브는 완강히 고개를 가로저었다.

"내가 왜 너에게 거짓말을 하겠어?"

"아아!"

아이다가 자신의 머리를 감싸 쥐었다.

시노브의 말이 이어졌다.

"지난 20년간 퀸께서는 오직 이만에 대한 생각에만 골몰해 계셔. 그러다 어느 날부터인가 석주 뒤편에 이만의 얼굴을 새기기 시작하셨지. 처음엔 이만을 잊지 않으려고 조각을 새기셨을지도 몰라. 하지만 20년 동안 이 일을 반복하면서 퀸의 머릿속엔 오직 이만만 가득해지신 것 같아."

"아아!"

아이다가 머리를 감싸 쥔 채로 신음을 흘렸다.

시노브가 진지하게 물었다.

"아이다, 퀸께서 이만을 증오하신다고 생각해?"

아이다가 고개를 들었다.

"그야…… 당연하지. 군나르 왕국의 그 요녀 때문에 퀸
께서 얼마나 큰 고통을 받으셨는데. 큰언니도 그 사실을 잘
알잖아."

"그렇게 증오한다면 이만의 얼굴 조각을 단숨에 부숴 버
리셔야 하는 것 아니야? 일단 새겨 놓은 다음, 분노에 가득
차서 그 조각들을 훼손해야 하는 것 아니냐고. 만약 너라면
어떻게 하겠어?"

"부수겠지. 그 요녀의 얼굴을 갈가리 찢어 버리겠지."

아이다는 당연하다는 듯이 대답했다.

시노브가 아이다의 말에 맞장구를 쳤다.

"너도 그렇지? 나도 그럴 것 같아. 그리고 처음엔 퀸도
그러셨던 것 같아. 용암성의 무녀들에게 물어보니 석주 뒤
에 새겨 놓은 이만의 조각상 위에 퀸의 손톱이 할퀴고 간
흔적이 수도 없이 많았다고 하더라고. 그렇게 퀸께서는 이
만의 얼굴을 조각했다가 훼손하고, 다시 새겼다가 또 훼손
하셨어. 그러면서 조금씩 퀸의 태도가 변하신 거야."

"퀸께서 변하셨다고?"

시노브는 술을 한 모금 마시고 말을 이었다.

"캬아! 좋다. 정말 눈물이 날 정도로 화끈하네. 그나저나 내가 어디까지 이야기했더라?"

아이다가 큰언니에게 눈을 흘겼다.

"큰언니, 벌써 치매야 뭐야? 퀸께서 조금씩 변하셨다고 말했잖아."

"맞아! 퀸의 태도가 조금씩 변하셨어. 솔직히 이만은 같은 여자가 보기에도 너무나 아름답잖아? 퀸께선 하늘에서 내려온 듯한 그 어여쁜 조각상에 조금씩 마음을 빼앗기신 것 같아. 아니면 무수히 조각을 하고 또 조각하시다가 보니 이만에 대한 적대감이 누그러지신 것일지도 모르지. 어쨌거나 최근엔 퀸께서 더 이상 이만의 조각을 훼손하지 않으셔. 99개의 석주에 새겨진 이만의 얼굴을 향해 손톱을 드러내셨다가도 스르륵 마음을 푸시곤 이만의 얼굴을 쓰다듬곤 하시지."

"그게 진짜야?"

아이다가 눈을 동그랗게 떴다.

시노브의 얼굴이 심각하게 굳었다.

"진짜야. 퀸을 가까이서 섬기는 무녀들에게 들었으니 틀림없는 사실이지. 그래서 난 두려워."

"뭐가 두려운데?"

"퀸께서 이 그 지독한 유황 연기를 들이마시면서 마음

의 고통을 다스려 온 것이 벌써 20년이잖아. 그 긴 세월 동안 퀸께선 세상 모든 것을 잊으시고 오직 이만의 얼굴만 바라보셨어. 처음엔 증오로! 그런데 지금은 이만에 대한 퀸의 마음이 어떻게 변했는지 나도 잘 모르겠어."

"아!"

"이 상황에서 네가 하라간을 퀸께 데려간다고 치자. 그 하라간이라는 녀석, 제 어미를 쏙 빼어 닮았다며?"

"으응. 그렇지."

아이다가 고개를 끄덕였다.

시노브가 코웃음을 쳤다.

"하! 세상을 발칵 뒤집어 놓은 미녀 이만과 꼭 닮은 사내새끼라! 이거 어이가 없네. 대체 그 자식이 어떻게 생겨 먹었는지 나도 한번 낯짝이나 보고 싶다."

"뭐?"

시노브의 뜬금없는 말에 아이다가 황당한 표정을 지었다. 레즈비언인 큰언니가 남자에게 관심을 보인 것은 이번이 처음이기 때문이었다.

시노브가 얼른 말을 돌렸다.

"이런! 내가 지금 뭔 소리를 하는 거야? 하여간! 퀸께서 조각품이 아니라 진짜 살아 있는 하라간을 만나시면 과연 어떤 반응을 보이실까?"

"그건……."

아이다는 선뜻 대답하지 못했다.

시노브가 바꿔 물었다.

"아이다, 20년간 오직 그 한 사람만을 머릿속에 담고 사셨던 퀸께서 과연 어떤 반응을 보이실지 궁금하지 않아? 네 말대로 하라간을 단숨에 찢어 죽이실까?"

생각해 보니 그럴 것 같지는 않았다. 아이다가 천천히 고개를 가로저었다.

"아니."

"그럼 각종 방법으로 하라간을 고문하실까?"

"으으음……."

아이다는 뭐라고 답할 수 없었다. 하라간을 눈앞에 대령한다면 처음에 퀸이 격렬한 반응을 보이실 것 같기는 했다. 하라간에게 약간의 고통을 줄 것 같기도 했다.

한데 지속적인 고문을 하다 결국 하라간을 용암으로 끌고 들어갈지는 알 수 없었다. 아이다는 지금 퀸의 정신 상태에 대한 확신이 없었다.

시노브가 말을 덧붙였다.

"퀸께서는 한 사람에게 푹 빠지시는 분이셔. 아이다, 너도 잘 알지? 퀸께서 남편을 얼마나 사랑하셨는지?"

"알지."

아이다가 고개를 주억거렸다. 남편 룬드에 대한 잉그리드의 애정은 정말 절대적이었다. 시노브는 바로 그 점을 우려했다.

"퀸께서는 오로지 남편 한 사람만 바라보면서 수십 년을 살아오셨어. 본인 스스로가 이미 키르샤이신데, 그 중요한 사실을 숨기신 채 평생을 남편바라기로 지내셨지. 그리고 그 남편이 죽은 이후로 퀸께선 무려 20년 동안 용암성에 들어앉아서 세상과 단절하셨거든. 지난 20년간 퀸께서 하신 일이 무엇인지 알아? 오직 이만! 이만! 그녀의 얼굴을 조각하고 부수고, 다시 조각하고, 빤히 바라보시고! 그렇지 지내셨어. 그런 퀸 앞에 이만과 똑같이 생긴 하라간이 나타난다? 과연 그럼 어떤 일이 벌어질까? 그리고 계집이라 믿어 왔던 하라간이 옷을 벗겨 보았더니 남자라면?"

"아아아!"

무슨 생각을 했는지 아이다가 몸서리를 쳤다.

시노브가 아이다에게 물었다.

"아이다, 내가 너무 앞서가는 것 같니?"

아이다는 대답 없이 고개만 가로저었다.

시노브가 다시 물었다.

"그럼 내 우려가 과한 것 같아?"

"으음!"

아이다는 뭐라고 말하지 못했다.

시노브가 푸념처럼 뇌까렸다.

"아이다, 너는 군나르 왕국이 북부에서 가장 취약하다고 말했지? 군나르에게는 후계자가 단 한 명밖에 없어서 그 후계자만 손에 넣고 조종하면 군나르 왕국을 통째로 집어삼킬 수 있다고 했던가?"

"그랬지."

"난 요새 우리 룬드 왕국이 군나르 왕국보다 더 취약할지도 모른다고 생각해. 퀸께선 지극히 위대하시고 극도로 막강하신 분이시지만, 그분의 성향이 문제야. 한 사람에게 집착을 하면 모든 것을 다 내주는 그 지독한 성향! 그 지독한 사랑!"

"큿!"

"이건 정말 말도 안 되는 상상인데, 정말 이런 일이 벌어지리라고는 생각하기도 싫은데……."

시노브가 잠시 말을 멈추고 뜸을 들였다.

당차게 빛나던 시노브의 눈빛이 너무나 위태롭게 흔들렸다. 아이다는 귀를 막고 싶었다. 이어질 시노브의 말이 너무 충격적이라 듣고 싶지 않았다.

하지만 시노브는 끝내 그 말을 꺼내고야 말았다.

"만에 하나 퀸께서 하라간에게 집착하시면 어떻게 하지?"

"악!"

아이다가 외마디 비명을 질렀다.

시노브가 눈물을 흘리며 중얼거렸다.

"정말 말도 안 되는 상상이지? 흐흐흑! 하지만 만에 하나 퀸께서 하라간에게 사랑을 느끼신다면? 그 위대하신 분께서 비참하게도 하라간의 사랑을 갈구하시게 된다면! 하라간, 그 개자식이 그런 퀸의 마음을 악용한다면! 으으읏!"

시노브가 두 주먹을 불끈 쥐었다.

아이다는 아예 손으로 귀를 틀어막고 절규했다.

"안 돼! 아니야! 절대 그럴 리 없어. 위대하신 퀸께서 절대 그러실 리 없다고! 거짓말! 궤변! 큰언니 나빠!"

강철 여인이라 불리는 아이다의 눈에 눈물이 그렁그렁 맺혔다.

"으흐흐흑!"

시노브가 아이다를 꼭 끌어안고 흐느꼈다.

Chapter 8

"하라간을 여기에 데려오면 안 돼."

오스트란드가 단호하게 말했다.

오스트란드는 아이다의 언니이자 룬드 왕국의 넷째 공주였다.

아이다가 샐쭉해서 쏘아붙였다.

"넷째 언니, 그럼 지금 나더러 퀸의 명령을 거역하라는 거야? 퀸께서 내게 명하셨어. 당장 가서 하라간을 용암성으로 데려오라고 말이야."

일반적으로 하위 솔샤르들은 상위 솔샤르의 명령을 거역하지 못한다. 본능적인 두려움 때문에 마음 깊숙이 굴복한 탓이다.

오스트란드는 진한 홍차가 담긴 유리잔에 따뜻하게 덥힌 산양 우유를 부었다. 하얀 우유가 첨가되자 유리잔 속의 검붉은 홍차가 핑크색에 가깝게 변했다. 오스트란드는 티스푼으로 홍차를 잘 섞은 뒤 한 모금 입에 머금었다.

우유 거품이 오스트란드의 입술에 살짝 묻었다.

그 여유로운 모습에 아이다가 발끈했다.

"넷째 언니, 왜 대답을 안 해? 지금 나더러 감히 퀸의 명령을 거역하라는 거냐고?"

아이다는 금방이라도 검을 뽑을 것처럼 씩씩거렸다.

하나 오스트란드는 흥분한 동생에게 눈길도 주지 않았다.

아이다가 진짜로 열 받았다.

"언니! 사람이 말을 하잖아! 그럼 듣는 척이라도 해야지, 어떻게 그래? 엉?"

"아이다."

결국 오스트란드가 아이다에게 시선을 돌렸다.

깡마르고 창백한 얼굴에 대비되는 검은 눈이 아이다를 직시했다. 오스트란드의 눈 주변엔 짙은 다크서클이 내려앉아 더더욱 눈이 어두워 보였다.

"큭!"

오스트란드의 차가운 눈빛에 아이다가 입을 다물었다.

오스트란드는 다시 시선을 거두고 홍차를 마셨다.

세 자매 사이에 잠시 침묵이 흘렀다.

의외로 침묵을 깬 사람은 오스트란드였다.

"아이다, 모두 다 네 잘못이야."

"뭐?"

"그러게 왜 군나르 왕국을 들쑤셔? 괜한 욕심 부리다가 이런 꼴이 되었느니 어쩌겠어. 아이다 네가 책임을 져야지."

오스트란드의 태도는 얼음장 같았다.

아이다가 다시 발끈했다.

"넷째 언니, 지금 뭐라고 했어? 나더러 책임을 지라고?"

오스트란드는 아이다를 똑바로 쳐다보며 좀 더 명확하게 말했다.

"다시 말해 줘? 아이다. 이건 네가 싼 똥이야. 그러니 네가 직접 치워."

보다 못해 시노브가 끼어들었다.

"야야! 그만해라. 이건 막내가 치울 수 있는 수준이 아니잖아. 퀸의 명령을 거역했다가 우리 막내가 어떻게 되라고? 그대로 목이 뽑혀 버릴걸?"

시노브는 손으로 목을 뽑는 시늉을 했다.

"그래도 할 수 없지."

오스트란드는 여전히 냉정했다.

이번엔 시노브마저 발끈했다.

"야! 넷째! 너 무슨 말을 그렇게 해?"

시노브의 눈이 무섭게 치켜 올라갔다.

하지만 오스트란드는 끝내 뜻을 굽히지 않았다.

"큰언니, 내가 틀린 말을 했어? 차라리 막내가 죽는 편이 낫지. 하라간을 퀸께 데려갔다가 어떻게 되라고? 퀸께서 그 계집애 같은 애송이에게 푹 빠지시기라도 한다면 큰언니가 책임질 거야?"

"아, 아니."

시노브가 손사래를 쳤다.

오스트란드가 다시 쏘아붙였다.

"설령 퀸께서 하라간에게 빠지지 않는다고 치자. 그래도 문제야. 지금 퀸의 머릿속에는 오직 이만만 들어 있는데, 그런 퀸께서 이만의 판박이인 하라간을 찢어 죽여 버리신 뒤 어떻게 하실까? 삶의 목표를 잃어버린 퀸께서 하라간을 죽이고 폭주하시기라도 한다면? 그럼 그 사태를 큰언니가 감당할 수 있겠어?"

키르샤가 된 퀸 잉그리드의 폭주를 감당하라니, 그건 말도 안 되는 소리였다. 시노브는 거듭 고개를 가로저었다.

"아니. 난 감당 못 해."

"그거 봐. 감당도 못 할 일을 벌이면 어쩌자고? 막내의 목숨을 연장시키려다가 결국 다 같이 죽자고? 우리 룬드 왕국이 통째로 망하자고?"

"크윽!"

시노브는 넷째 동생의 빼딱한 태도가 마뜩잖지만, 그래도 오스트란드의 말에 일리가 있다고 생각했다.

"끄으응! 젠장!"

할 말이 없어진 시노브가 손으로 이마를 짚었다.

아이다는 분해서 이리저리 서성거리다가 결국 소파에 벌렁 드러누웠다.

그러다 다시 벌떡 일어나 따졌다.

"그래, 좋아. 넷째 언니 말대로 내가 죽을게. 내가 퀸의 명령을 거역하고 죽을게. 그럼 되잖아. 하지만 그 전에 하나만 묻자."

"뭔데?"

오스트란드가 조용히 고개를 돌려 아이다를 바라보았다.

아이다는 넷째 언니의 그 깊고 어두운 눈동자를 회피하지 않고 똑바로 쳐다보았다.

"나만 죽으면 모든 게 해결돼?"

"뭐?"

"나만 죽으면 넷째 언니가 말한 문제가 해결되느냐고? 퀸께서 하라간을 이만으로 착각하신 거, 언니도 알지? 그런데 내가 죽으면 퀸께서 이 사실을 잊으실까? 아니면 죽은 나 대신 넷째 언니에게 하라간을 데려오라고 시키실까?"

"윽!"

오스트란드가 입을 꾹 다물었다. 아이다의 지적에 정곡이 찔린 탓이었다.

아이다의 말이 옳았다. 퀸의 집착이 계속되는 한, 아이다 한 명이 희생을 한다고 해결될 문제가 아니었다.

이번엔 아이다가 큰언니 시노브를 걸고넘어졌다.

"큰언니도 예외는 아니야. 넷째 언니가 하라간을 데려오지 못하면, 결국 넷째 언니도 퀸께 머리통이 뽑히겠지. 그 다음은 큰언니 차례야. 퀸께선 마지막 남은 큰딸을 불러 명령하시겠지. 내 앞에 이만을 데려와라. 이렇게 말이야."

"어어어! 젠장!"

시노브가 10개의 손가락을 자신의 머리카락 속에 콱 박아 넣었다. 아이다가 말한 일이 벌어질 거라고 생각하니 갑자기 두통이 생겼다.

오스트란드도 입술을 꽉 깨물고 생각에 잠겼다.

결국 시노브가 폭발했다.

쨍그랑!

아이다를 향해 다짜고짜 술잔을 던진 뒤, 시노브가 번쩍 몸을 날려 아이다를 덮쳤다.

"요런 쌍년! 그러게 왜 군나르 왕국을 들쑤시고 지랄이야! 오스트란드, 넌 거기서 뭐 해? 와서 이 쌍년 좀 패!"

"꺄악! 큰언니! 꺅!"

아이다가 시노브에게 쥐어 터지는 와중에 오스트란드까지 팔을 걷어붙이고 다가왔다.

"그래. 아이다, 너 오늘 한번 죽어 봐라."

"꺄악! 꺅! 안 돼! 제발 얼굴은 때리지 마! 꿰엑!"

이래저래 아이다에게는 수난의 날이었다.

제7화
북해

Chapter 1

눈과 얼음으로 뒤덮인 산 중턱.

탁 트인 시야 아래 자작나무 숲이 끝없이 펼쳐져 있고, 그 너머로 북해의 차가운 바다가 보인다. 청회색의 바닷물 위에는 새하얀 빙하가 둥둥 떠다녔다. 아침 햇살이 빙하에서 반사되어 사방으로 퍼졌다.

휘이잉!

떼 지어 밀려온 바람이 자작나무 숲을 사납게 할퀴고 지나갔다. 숲이 내려다보이는 언덕 위에선 뜨거운 온천수가 모락모락 수증기를 피어 올렸다.

"어, 좋다."

뿌연 수증기 안에서 걸걸한 사내의 목소리가 들렸다. 사내는 김이 펄펄 나는 온천수 위에 수레바퀴만 한 대접을 띄워 놓고 그 위에 술을 가득 따랐다.

하늘에서 내리는 희끗희끗한 눈발이 수증기에 닿자 사르륵 녹았다. 그렇게 응결된 물방울이 술잔 위로 똑똑 떨어졌다.

사내는 적당히 데워진 술잔을 두 손으로 들고 벌컥벌컥 들이마셨다. 많은 양의 술이 사내의 턱수염을 적시며 빠르게 사라졌다.

"크어! 시원하구나."

술을 다 마신 사내는 빈 대접을 팽그르르 내던졌다.

온천수 바깥쪽에서 대기 중이던 미녀 2명이 날아오는 대접을 사뿐히 받아 바닥에 내려놓았다.

사내가 두 미녀를 향해 손짓했다.

"너희도 이리 들어오너라."

"네."

"술도 한 잔 더 준비하고."

"네에."

미녀들은 복슬복슬한 털외투를 훌렁 벗고 온천에 몸을 담갔다. 물론 그 전에 수레바퀴만 한 대접을 다시 온천에 띄우고 그 위에 술을 가득 따라 붓는 것을 잊지 않았다.

2명의 미녀가 술이 찰랑찰랑 찬 대접을 밀며 다가오자 사내가 그녀들을 덥석 껴안았다. 그 바람에 대접이 출렁이고 술이 조금 쏟아졌다.

"이크! 이 아까운 술을!"

사내가 얼른 고개를 숙여 술을 들이마셨다. 온천 속으로 섞여 들어가던 술이 갑자기 꽁꽁 얼더니 사내의 입속으로 쭈르륵 빨려 들어갔다. 사내는 얼어붙은 술을 와드득와드득 씹어 먹었다.

엎질러진 일부 술을 얼려서 먹은 뒤, 사내는 본격적으로 나머지 술을 마셨다. 미녀들이 대접의 반대쪽 끝을 살짝 들어 사내가 마시기 좋게 시중을 들었다.

사내는 그렇게 세 대접이나 연거푸 마시고서야 비로소 직성이 풀렸다. 기분이 좋아진 사내가 미인들을 양쪽에 끼고 자작나무 숲의 경치를 감상했다.

"크하! 저 광활하게 펼쳐진 자작나무 숲을 보라고! 정말 가슴이 뻥 뚫리는 것 같지 않아?"

"그렇사옵니다."

"이곳의 경치는 언제 보아도 정말 장관이옵니다."

두 미녀가 공손하게 대답했다.

사내는 술이 방울방울 묻어 있는 턱수염을 손으로 스윽 쓰다듬은 다음 하얀 이빨을 드러내었다.

"두고 보라고. 언젠가 저 자작나무 숲을 내 것으로 만들고 말 테니까."

"물론이옵니다. 그룬드 전하께서 원하시는 대로 될 것이옵니다."

"그렇사옵니다. 오직 그룬드 전하만이 저 광활한 자작나무 숲과 얼어붙은 북해의 주인이 되실 자격이 있사옵니다."

두 미녀가 적극적으로 맞장구를 쳐주었다.

"그렇지? 으하하!"

그룬드라 불린 사내는 손바닥으로 자신의 가슴을 탕탕 두드린 다음 양팔로 두 미녀를 꽉 끌어안았다.

"기분도 좋은데 오늘은 우리 물속에서 할까?"

"아이 참!"

"그룬드 전하!"

두 여인은 싫지 않은 듯 그룬드의 품에 파고들었다.

그때 방해자가 나타났다.

"그룬드 전하, 그룬드 전하."

뾰족한 목소리로 그룬드를 부르며 달려온 사람은 아직 앳돼 보이는 조그만 소녀였다. 칙칙한 쥐색 로브를 걸치고 끝이 구부러진 마녀 모자를 머리에 쓴 소녀는 숨을 할딱이며 달려와 그룬드에게 중요한 사실을 고했다.

"그룬드 전하, 큰일 났습니다."

"뭔 일인데 이리 호들갑이냐?"

그룬드가 퉁명스레 물었다. 소녀를 바라보는 그룬드의 눈빛엔 귀찮다는 기색이 역력했다.

순간적으로 소녀의 얼굴에 슬픔이 어렸다. 소녀는 그룬드의 품에 안긴 2명의 발가벗은 미녀를 째려본 다음, 서둘러 고했다.

"그룬드 전하, 군나르 왕국으로 파병한 병력으로부터 연락이 끊겼습니다. 아무래도 적군의 공격을 받아 마력함이 추락한 것 같습니다."

"뭣? 추락?"

그룬드가 송충이 같은 눈썹을 꿈틀거렸다.

소녀가 빠르게 말을 이었다.

"지금 타워(Tower: 탑)에서 전황을 파악 중입니다만, 아무래도 마력함의 추락 쪽으로 의견이 기울고 있습니다. 파병을 나간 가림 왕자님도 소식이 끊겼다고 합니다."

"가림, 그 병신!"

그룬드가 입술을 거칠게 비틀었다.

마녀 모자를 쓴 소녀가 발을 동동 굴렀다.

"그룬드 전하, 서둘러 타워로 가셔야 합니다. 어쨌거나 이번 파병의 책임자는 그룬드 전하가 아니십니까?"

딴은 그러했다.

배다른 형제 카를슨을 사막 도시 키약으로 보내 변종 마물을 회수하라고 시킨 것도, 카를슨의 친형 가림을 군나르의 수도로 보낸 것도 모두 그룬드가 주도해서 벌인 일이었다. 두 번의 군사작전이 모두 실패했으니 그룬드에게 그 책임 추궁이 따를 것은 뻔했다.

"아! 제길! 원로 늙은이들의 잔소리를 귀가 따갑도록 듣게 생겼구나."

그룬드가 푸념을 했다.

마녀 모자의 소녀가 간언을 올렸다.

"전하, 지금 원로들의 잔소리가 문제가 아닙니다. 가림과 카를슨 왕자님은 위대하시고 또 위대하신 분의 후예이자 그룬드 전하와 같은 핏줄이 아닙니까? 그런 고귀한 혈통이 2명이나 연달아 실종되었으니 이게 어디 보통 일이겠습니까?"

"흥! 같은 핏줄은 무슨! 난 가림이나 카를슨 따위를 나와 같은 혈통으로 인정하지 않는다."

그룬드가 고집스럽게 말했다.

이럴 때 비위를 거슬렀다가는 그룬드가 어디로 튈지 몰랐다. 소녀는 얼른 그룬드의 말에 동조해 주었다.

"맞습니다. 물론 가림 왕자님과 카를슨 왕자님은 그룬드 전하와 같은 레벨이 아니시지요. 그룬드 전하께서는 위대하시고 또 위대하신 분의 적통이시고, 가림과 카를슨 왕자님은 후궁의 핏줄이시니까요."

"알면 되었다. 흥! 하찮은 후궁의 핏줄이 좀 상했기로서니 그게 뭐 대수라고 난리람."

그룬드는 못마땅한 얼굴로 온천에서 나왔다.

말은 대차게 했지만 사실 그룬드의 속은 편하지 않았다. 어쨌거나 가림과 카를슨은 위대하시고 또 위대하신 분의 자식들이었다. 이곳 북해 일대를 다스리는 얼음과 빙하의 제왕 토브욘의 자식들! 그런 두 사람이 실종되었으니 그 책임이 결코 가볍지는 않을 것이다.

'제기랄! 일이 꼬이네.'

그룬드의 얼굴에 살짝 그늘이 졌다.

Chapter 2

토브욘은 많은 암컷들을 독점하는 숫사자 같은 인물이었다. 그는 4명의 정식 부인 외에도 무수히 많은 여자를 통해 수없이 많은 자식들을 보았다. 딸의 숫자는 헤아릴 수도 없이 많았고, 아들만 해도 그 수가 80명에 육박했다.

이 가운데 토브욘의 정식 부인들이 낳은 아들은 열셋!

북해에선 이 13명을 '적자'라고 높여 불렀다.

그리고 나머지 66명은 그냥 왕자라고 일컬었다.

그룬드는 13명의 적자 가운데 다섯째였다.

폐사원에서 하라간의 손에 죽은 가림은 66명의 왕자 가운데 24번째였으며, 사막 도시 키약에서 죽은 카를슨은 31번째였다.

가림과 카를슨은 같은 모친을 둔 친형제라 서로 사이가 각별했는데, 불운하게도 2명 모두 하라간에게 목숨을 빼앗겼다.

그룬드가 온천수에서 벗어나 두 팔을 활짝 벌렸다.

뒤따라 나온 2명의 미녀가 그룬드의 옷시중을 들었다. 그중 한 명이 그룬드의 팔에 황금 팔찌를 채우고, 어깨에 백곰 가죽으로 만든 두꺼운 외투를 걸쳐 주었다. 다른 여인은 그룬드의 치렁치렁한 머리카락을 둘둘 말아 그 위에 기다란 황금 막대를 끼워서 고정했다.

평소 그룬드는 속옷을 입지 않았다.

대신 황금 팔찌와 황금 막대는 반드시 착용했다.

이 황금 팔찌야말로 위대하시고 또 위대하신 분의 핏줄임을 의미하는 것이기에 토브욘의 자식들 가운데 팔찌 착용을 거부하는 사람은 없었다.

여기서 한발 더 나가 토브욘의 적자 13명은 머리카락에 30 센티미터 길이의 황금 막대를 가로로 꽂아 자신들의 신분 격차를 드러내었다.

　적자가 아닌 일반 왕자들은 감히 황금 막대를 머리에 꽂을 수 없었다. 그런 짓을 했다가는 적자들의 집단 공격을 받기 때문이었다.

　후궁의 자식인 가림이나 카를슨은 바로 이 점이 분하고 억울해서 머리카락을 빡빡 밀었던 것이다.

　"가자."

　복장을 갖춘 그룬드가 소녀를 재촉했다.

　"네, 그룬드 전하."

　소녀가 마법 모자를 땅바닥에 내려놓고 로브 소매에서 하얀 오브(Orb: 마법 구슬이 박힌 지팡이)를 꺼냈다.

　토브욘 왕국은 북부에서도 손꼽히는 마법 강국.

　소녀가 오브로 마법 모자를 가리키자 오브에서 파지직! 전기가 뿜어져 나와 마법 모자를 강타했다.

　마력을 받은 모자는 길쭉하게 커지면서 보드의 형태를 갖추었다.

　그룬드가 보드에 올라탔다.

　소녀가 재빨리 뒤에 따라붙어 그룬드의 허리를 두 손으로 꼭 붙잡았다.

"꽉 잡았지?"

"네, 그룬드 전하."

그룬드의 물음에 소녀가 고개를 끄덕거렸다.

"그럼 출발해."

그룬드의 말이 떨어지기 무섭게 보드 뒤편에 박힌 추진체가 발진을 시작했다. 보드는 얼음 위를 쏜살같이 미끄러져 낭떠러지를 향해 질주했다.

부웅— 떠오른 보드 아래로 자작나무 숲이 화아악 펼쳐졌다. 하늘에서 쏟아지는 태양 빛이 보드 모서리에 맞아 산산이 부서졌다.

그렇게 절벽에서 점프한 보드는 바람을 타고 30미터쯤 활공하다가 소녀가 손가락을 까딱이자 허공에서 급선회해서 동쪽으로 날아갔다.

파앙!

보드가 음속을 돌파하면서 충격파가 터졌다.

자작나무에 쌓였던 눈이 우수수 낙하했다.

타워(Tower)는 토브욘의 상징이었다.

타워는 토브욘의 자랑이었다.

토브욘의 모든 마법사들은 타워의 선배들을 통해 마법을 배우고, 후배들에게 다시 그 마법을 전수했다. 토브욘의 모든 마법사들은 죽기 전에 자신이 연구한 모든 마법을 타워에 기증했으며, 타워가 그 기증을 받아들이는 것을 평생의 영광으로 여겼다. 토브욘의 모든 마법사들은 "타워의 도서관에 수록되지 않은 마법은 없다. 타워에 없으면 그것은 세상에 없는 마법이다."라는 말을 입에 달고 살았다. 토브욘의 모든 마법사들은 로브 깃 안쪽에 타워를 상징하는 [∧] 표시를 새기고 다녔다.

타워는 토브욘 왕국을 지탱하는 가장 굳건한 기둥이었다.

타워는 토브욘 왕국 모든 마법사들의 집합체였다.

타워는 토브욘 왕국 그 자체나 다름없었다.

토브욘 왕국의 모든 것이 타워를 통해 시작되었고, 타워를 통해 다시 수렴되었다.

이 중요한 타워가 위치한 곳은 토브욘 왕국 수도에서 100킬로미터 떨어진 해안가 절벽.

그룬드를 태운 보드는 타워를 향해 빠르게 날아갔다.

타워가 워낙 크고 높아 멀리서도 그 모습이 잘 보였다.

'타워……!'

그룬드는 눈매를 가늘게 좁혀 타워를 응시했다. 구름을 뚫고 우뚝 솟은 건축물! 북해의 찬바람에 정면으로 맞서는 저 거대한 77층의 마천루!

'갖고 싶다.'

침이 넘어가면서 그룬드의 목젖이 꿈틀 움직였다. 그룬드가 진짜로 손에 넣고 싶은 것은 자작나무 숲이나 북해 바다가 아니었다. 그룬드는 저 타워를 갖고 싶었다. 모든 경쟁자들을 물리치고 저 타워의 주인이 되기를 원했다.

'그렇게 되기 위해서 군나르 왕국에 작업을 했던 것인데, 빌어먹을 가림 형제! 다 차려 준 밥상도 먹지 못하고 나를 곤경에 빠트려? 이 병신 새끼들.'

그룬드는 이빨을 으드득 갈았다.

그러는 사이 보드는 타워 가까이 접근해 크게 한 바퀴 선회했다.

끼리리릭!

보드가 접근하자 타워 주변에서 직경 1 미터 크기의 둥그런 구체 10개가 동시에 떠올랐다. 회색 구체의 중앙엔 40 센티미터 정도 되는 붉은 외눈이 매달려 있었다. 외눈박이 구체들은 눈 깜짝할 사이에 날아올라 보드를 포위했다.

그룬드 뒤에서 소녀가 하얀 오브를 들었다.

"그룬드 전하를 모시고 왔다."

소녀의 말에 외눈박이 구체들이 차라락 흩어졌다.

타워에서 여자의 음성이 흘러나왔다.

"실보플레, 전하를 모시고 69층으로 와라."

"네, 스승님."

그룬드의 등에 매달린 소녀가 오브로 하늘을 가리켰다. 그러자 보드가 구름을 뚫고 타워 상층부로 급상승했다.

하얀 뭉게구름이 양탄자처럼 펼쳐진 하늘 위, 구름 사이로 솟구친 타워가 태양광을 반사해 찬란히 빛났다.

보드는 타워 상층부를 향해 천천히 접근하더니, 활짝 문을 연 69층 전용 격납고로 쏙 들어갔다.

"아으, 추워."

소녀, 실보플레가 보드에서 폴짝 뛰어내려 손바닥으로 얼굴을 문질렀다. 맨몸으로 구름을 뚫고 날아온 탓에 실보플레의 뺨은 꽝꽝 얼었고 코에는 고드름이 살짝 맺혔다.

반면 그룬드는 멀쩡했다.

그룬드가 보드에서 내리자 실보플레가 오브로 보드를 가리켰다.

파지직!

보드가 다시 마법 모자로 변했다.

실보플레는 모자를 주워 탁탁 털고는 머리에 다시 썼다.

그사이 그룬드는 저 멀리 걸어가고 있었다.

"그룬드 전하, 그룬드 전하."

뒤처진 실보플레가 허둥지둥 그 뒤를 쫓았다.

Chapter 3

그룬드 왕자가 걸어 들어간 곳은 타워 69층에 위치한 위치룸(Witch Room: 마녀의 방)이었다.

이곳 타워에서 69층은 최상층부를 의미했다. 타워의 마법사들과 왕족들이 올라갈 수 있는 한계가 바로 69층이기 때문이다.

이보다 더 높은 70층부터 77층은 온전히 토브욘을 위한 공간이었다.

위대하시고 또 위대하신 토브욘의 허락 없이 70층을 밟을 수 있는 인간은 없었다. 그리고 지금까지 토브욘은 그어느 누구에게도 70층 이상으로 올라오는 것을 윤허하지 않았다. 심지어 4명의 왕비와 토브욘의 시중을 드는 시녀들도 70층 위로 올라가 본 적이 없었다.

이건 물리적으로도 불가능했다. 69층과 70층 사이엔 계단을 포함한 그 어떤 연결 통로도 만들어 놓지 않았다.

그러니까 70층 이상은 그야말로 미지의 영역!

위치룸으로 들어가면서 그룬드는 꽉 막힌 천장을 올려다 보았다.

'언젠가는……'

그룬드는 뒷말을 속으로 삼켰다.

그룬드가 진짜로 하고 싶었던 말은 "언젠가는 아버님의 인정을 받아 저 위로 올라갈 것이다. 내가 아버님의 후계자가 될 것이다."였다.

어쨌거나 지금은 허락되지 않은 일.

그룬드는 위치룸에 출입하는 것만으로도 일단 만족했다.

마녀의 방 위치룸은 타워를 컨트롤하는 중심부였다. 토브욘의 수많은 대신들과 마법사들 가운데 위치룸에 접근할 수 있는 사람은 극소수. 토브욘의 많고 많은 왕족들 가운데 위치룸에 들어올 수 있는 사람도 극소수.

가림과 카를슨 형제는 단 한 번도 위치룸에 들어온 적이 없었다. 그들 형제에게 허락된 높이는 딱 68층까지였다.

'여기도 아무나 드나드는 곳은 아니지.'

그룬드는 가슴을 쫙 폈다.

"오셨습니까, 그룬드 전하."

허스키한 여자의 목소리가 그룬드를 반겼다.

그룬드의 앞, 끝이 구부러진 마법 모자를 쓰고 쥐색 로브를 입은 중년 여인이 보였다. 타워의 4현자 가운데 한 명인 카티였다. 카티는 실보플레의 스승이기도 했다.

"스승님."

실보플레가 쪼르르 달려와 카티에게 안겼다.

"녀석, 어리광을 부리기는."

제자의 어리광이 싫지는 않은 듯 카티는 엄한 표정을 풀고 실보플레의 머리카락을 쓱쓱 쓰다듬어 주었다.

그 모습을 보면서 그룬드는 가볍게 혀를 찼다.

'역시 실보플레에 대한 애정이 장난이 아니군. 절벽 가슴의 저 꼬맹이를 버릴 수 없겠어. 쯧쯧!'

사실 그룬드는 실보플레와 약혼한 사이였다.

늘씬한 미녀를 좋아하는 그룬드가 외모상으로 볼품이 없는 실보플레와 약혼한 이유는 모두 카티 때문이었다. 타워의 핵심 사인방 가운데 하나인 카티를 아군으로 만들어야 후계자 싸움에서 유리하기 때문.

카티는 실보플레의 머리를 쓱쓱 쓰다듬어 주다가 다시 그룬드에게 시선을 돌렸다.

"그룬드 전하, 가시지요. 다들 전하를 기다리고 계십니다."

"그럽시다."

오만한 그룬드도 카티에게는 존칭을 써 주었다.

위치룸은 방이라고 부르기에는 너무나 큰 공간이었다.

게다가 그 안에 들어가면 온통 파란색뿐이라 벽과 바닥 사이의 이음매가 보이지 않았다. 그래서인지 방이 아니라 탁 트인 바닷속에 들어와 있는 느낌이 들었다.

위치룸에선 천장도 느껴지지 않았다. 실제로는 위가 막혀 있지만, 사람의 감각엔 저 높은 하늘 끝까지 뻥 뚫린 듯한 착각을 일으켰다.

위치룸 곳곳에 푸른 기둥이 보였다. 불규칙하게 배열된 이 기둥 하나하나가 어찌나 높았던지 그 끝을 가늠할 수 없었다.

그룬드가 적당한 곳에 멈춰 섰다.

카티는 그룬드로부터 10미터 떨어진 곳에 위치했다.

실보플레는 멀리 떨어진 곳에서 지켜만 보았다. 그녀는 아직 이 회의에 참석할 레벨이 아니었다.

카티가 손바닥을 위로 들자 그녀가 서 있는 주변 1미터 반경이 불쑥 솟구쳐 원기둥으로 변했다. 그다음 이 원기둥이 빠르게 상승해 까마득한 위쪽으로 솟구쳤다.

그룬드가 서 있던 곳에서도 같은 현상이 발생되었다. 기둥이 솟구쳐 그룬드를 아득한 높이로 올려 주었다.

그렇게 한참을 올라가자 다른 기둥들의 끝이 보였다.

총 7개의 기둥 위에는 사람이 한 명씩 서 있었다. 카티와 그룬드까지 더하면 모두 9명이었다.

그룬드는 자신을 제외한 8명을 쭉 둘러보았다.

아호!

카스트렌!
카티!
사투!

이들은 타워의 마법사를 대표하는 4명의 현자였다. 모두가 나이 지긋한 여인들이었으며, 이 가운데 카스트렌은 토브욘의 정식 부인이자 의전 서열 2위의 왕비이기도 했다.

그룬드는 카스트렌을 향해 고개를 살짝 숙여 보였다.

카스트렌이 인위적인 미소로 그룬드의 인사를 받았다.

'씨발 년!'

그룬드는 속으로 카스트렌을 욕했다.

물론 겉으로는 절대 그런 내색을 하지 않았다. 카스트렌은 적으로 돌리기엔 너무나 부담스러운 상대였다. 게다가 그녀는 아들을 낳지 못해 후계자 싸움에서도 한발 떨어져 있었으니 굳이 그룬드가 카스트렌을 자극할 필요는 없었다.

그래도 그룬드는 카스트렌을 미워했다. 그의 친어머니인 3왕비가 2왕비인 카스트렌과 사이가 나빴기 때문이다.

4현자에 이어서 그룬드는 다른 쪽으로 시선을 돌렸다.

키가 크고 대나무처럼 바짝 마른 몸에 눈빛이 날카로운 사내.

그가 바로 토브욘의 둘째 적자 요나스였다. 요나스는 토브욘의 후계자 자리에 가장 가까이 접근한 인물이기도 했다.

요나스 옆에는 그룬드보다도 더 체격이 건장한 남자가 자리했다.

'뢴로트.'

뢴로트는 토브욘의 여덟 번째 적자로, 그룬드와는 앙숙 사이였다.

파지직!

그룬드와 뢴로트의 눈빛이 허공에서 맞부딪치면서 불똥이 튀었다.

'개새끼! 언젠가 네놈의 목을 따 주마.'

그룬드는 속으로 뢴로트를 욕하면서 시선을 옆으로 돌렸다. 그룬드의 눈에 체격이 왜소한 사내가 들어왔다.

'베르.'

토브욘의 열세 번째 적자!

건장하고 튼튼한 다른 형제들과 달리 베르는 체격이 작고 맥이 없어 보였다. 하지만 그룬드는 베르를 경계했다.

'저 음흉한 놈! 비실비실해 보이는 저 모습에 속아서 죽은 형제가 한둘이 아니지.'

그룬드는 입술을 질겅 씹었다.

4명의 현자와 4명의 적자.

여기에 더해서 허리가 꾸부정한 노인이 회의에 참석했다. 토브욘 왕국의 대신들 가운데 가장 서열이 높은 집정관 악셀리였다.

악셀리가 그룬드를 향해 히죽 웃었다.

'아아! 쌍놈!'

그룬드는 악셀리의 눈알을 파내 버리고 싶다는 충동을 느꼈다.

Chapter 4

둘째 적자 요나스가 회의 개최를 알렸다.

"다 모였으니 시작합니다."

요나스의 눈짓을 받은 사투가 손을 뻗었다. 그녀가 양손 엄지와 검지를 직각으로 만들어 쫘악 벌리자 허공에 직사각형의 영상이 떠올랐다.

구름이 흩어지고 그 아래 황토색 황무지가 펼쳐진 영상!

"이것은 조금 전에 복원한 영상입니다. 군나르 왕국으로 파병한 마력함에서 송출한 영상을 재현한 것이지요. 우선 함께 보시죠."

회의 참석자들은 까마득히 높은 원기둥 위에 서서 사투

가 보여 주는 영상에 몰입했다.

토브욘 왕국에서는 볼 수 없는 황무지의 풍경이 한동안 이어지다가 어느 지점에서 딱 멈췄다. 황무지 저 아래 건물이 무너진 잔해가 보였다.

사투가 설명을 덧붙였다.

"저곳이 바로 문제의 접선 장소입니다. 군나르 왕국에 심어 놓은 첩자 조직에 따르면, 바로 저 장소에서 비밀 모임을 가졌다고 하더군요."

말을 하면서 사투는 손가락을 좀 더 크게 벌렸다.

영상이 점점 확대되어 무너진 건물 잔해를 자세히 보여 주었다. 이윽고 사람들의 눈에 네모난 돌판 9개가 들어왔다.

2왕비 카스트렌이 갑자기 팔짱을 꼈다.

"올가와! 그녀가 아직 활동을 한단 말인가?"

카스트렌은 돌판 위에 서 있는 불의 마녀 올가와를 알아보았다. 비록 얼굴에 가면을 쓰고 있지만, 저 모습은 올가와가 분명했다.

불의 마녀가 거론되자 사람들이 관심을 보였다.

"잠깐 스톱!"

요나스가 영상을 멈췄다. 그러곤 사투에게 이것저것 묻기 시작했다.

"2왕비께서 여기 이 여자가 올가와라고 하셨지요? 그렇다면 그 옆의 이 사람은 누구입니까? 올가와와 가까이 붙어 있는 이자 말입니다."

"제가 파악한 바로는 이자가 올가와의 남편인 것 같습니다. 이름은 마프! 한때 군나르의 호위대장을 하던 인물이었지요."

현자 사투가 대답했다.

"흐음! 그러다 올가와에게 빠져서 군나르의 핏줄들을 죽이는 데 가담한 그 어리석은 배신자 마프 말인가요?"

"네, 요나스 전하."

사투가 공손히 대답했다.

요나스는 비릿한 미소를 짓고는 다시 옆을 가리켰다.

"그럼 저기 저 인물은 누군가요? 마프와 올가와의 호위를 받으며 나타난 것으로 보아 무척 중요한 인물인 것 같은데."

"군나르의 친딸 마이림으로 추정됩니다."

"아! 그 멍청한 마이림! 복수심에 미쳐 제 왕국을 깎아먹는 그 할망구 말이지요? 으흐흐!"

"아하하하!"

"호호호!"

요나스가 웃자 몇 명이 따라 웃었다.

그룬드는 누가 요나스의 농담에 반응하는지 살폈다.

'사투, 뢴로트, 악셀리……'

일단 이 3명은 요나스 파벌로 봐야 했다.

'집정관 악셀리는 요나스의 장인이니까 당연하고, 사투와 뢴로트가 요나스에게 붙어먹었단 말이지? 나중에 두고 보자.'

그룬드는 속으로 칼을 갈았다.

영상이 계속되었다.

폐사원에서 벌어진 비밀 모임에 분열이 발생했다. 가면을 쓴 자들이 갑자기 두 패로 나뉘어 대립을 한 것.

그 와중에 가림이 마력함에서 낙하해 비밀 모임에 끼어들었다.

요나스가 그룬드를 힐끗 쳐다보았다.

"가림의 파병을 주관한 것이 그룬드 너였지? 저기에 가림을 참석시켜서 비밀 모임의 주도권을 가져오겠다? 그리고 기회가 되면 하라간이나 마이림을 납치하겠다? 이것이 네 계획 아니었나?"

마침내 공격이 시작되었다. 요나스는 살짝 간을 보듯 그룬드를 건드렸다.

그룬드는 일단 가볍게 맞대응했다.

"그렇지요, 둘째 형님. 군나르 왕국에서 자생적으로 나타난 저 비밀 조직을 흡수하고, 기회가 되면 하라간이나 마이림을 확보하겠다는 것이 제 계획이었습니다. 하지만 가림을 군나르 왕국으로 보낸 사람은 제가 아닙니다."

"그럼 누구지?"

"가림 스스로 갔지요. 군나르 왕국에서 실종된 친동생 카를슨을 찾기 위해서요."

그룬드는 일단 책임을 가림에게 떠넘겼다.

그러자 여덟 번째 적자 뢴로트가 반격에 나섰다.

"에이, 다섯째 형. 그렇게 말하면 곤란하지. 애초에 카를슨을 군나르 왕국으로 보낸 사람이 누군데?"

"내가 보냈단 말이냐?"

그룬드가 인상을 썼다.

뢴로트는 그룬드의 험상궂은 표정을 보고도 눈 하나 깜짝하지 않았다.

"그럼 아니란 말이야?"

"뢴로트! 증거 있어?"

"후후후, 증거가 왜 필요해? 가림이나 카를슨은 마력함을 움직일 권한이 없잖아. 누가 그들에게 마력함을 내주었는지, 그것만 조사하면 답이 딱 나오는걸."

"큭!"

그룬드가 입술을 꽉 깨물었다.

뢴로트의 말처럼 마력함은 아무나 움직일 수 있는 무기가 아니었다. 이 자리에 참석한 9명, 그리고 토브욘만이 마력함의 출전을 허락할 수 있었다.

요나스가 끼어들었다.

"우선 영상부터 계속 보자."

"뭐, 둘째 형님이 그렇게 말하신다면야."

집요하게 굴던 뢴로트가 한발 물러섰다.

얼핏 보기엔 요나스가 뢴로트를 막아 궁지에 몰린 그룬드를 두둔한 것처럼 보이지만, 사실은 달랐다. 요나스는 그룬드의 목을 좀 더 천천히 조르고 싶었을 뿐이다.

'개새끼들!'

그룬드가 주먹을 꽉 움켜쥐었다.

그때 카티가 조용히 눈짓을 보냈다.

[우선은 참으세요, 그룬드 전하.]

그 말에 그룬드는 폭발하려는 가슴을 억지로 억눌렀다.

영상이 다시 재생되었다.

가림과 마프 사이에 심각한 말다툼이 벌어지는 듯하더니, 곧이어 영상 전체가 크게 뒤흔들렸다. 폐사원을 비추던 영상이 갑자기 하늘로 휙 올라갔다가 어지럽게 방향을 틀었다.

"뭐지?"

요나스가 물었다.

사투는 손을 휙휙 저어 영상을 빠르게 앞으로 보냈다.

마구 흔들리던 영상이 다시 폐사원을 비춰 주었다. 마력
함 아래쪽에서 시커멓고 커다란 화살이 날아오는 모습이
언뜻 보였다.

Chapter 5

"군나르의 공성 무기인가?"

요나스가 손가락으로 마물 화살을 가리켰다.

사투 대신 카스트렌이 대답했다.

"저건 노덴스다."

"노덴스요?"

요나스가 2왕비 카스트렌을 바라보았다.

카스트렌은 노덴스에 대해서 간단하게 설명을 해 주었다.

"노덴스는 연해 3층 레벨의 마물로, 여러 명의 솔샤르들
이 하나로 합쳐지는 것이 특징이지. 그렇게 합쳐진 형태는
마치 공성 무기 벌리스터와 닮았다고 하더구나. 우리 토브
욘 왕국엔 노덴스와 결합한 솔샤르가 없지만, 군나르 왕국
엔 제법 자주 등장하는 모양이다."

"연해 3층 레벨이면 귀족도 아닌데 마력함을 격추시킨다
고요?"

뢴로트가 불쑥 끼어들었다.

카스트렌이 설명을 덧붙였다.

"벌리스터와 같은 대형 석궁을 상상해 보거라. 비록 근접전에서 쓸 수가 없고 느리긴 하겠지만 공성용이나 대공용으로는 화력이 제법 강하겠지? 노덴스도 그와 비슷할 게다."

"그렇군요."

요나스와 뢴로트가 동시에 고개를 주억거렸다.

세 사람이 말을 주고받는 사이 영상 속에선 치열한 전투가 전개 중이었다. 군나르 왕국의 솔샤르들이 사방에서 뛰쳐나와 가림 일행을 공격했고, 어디에선가 거대한 마물 화살도 계속 날아들었다.

이때부터 영상의 질이 급격히 떨어졌다. 마력함의 추진체가 박살 나면서 영상 수집기의 시선 지향각이 마구 흔들린 탓이었다.

"가림도 저 싸움에 끼어든 것 같은데 영상이 흔들려 보이지가 않는군."

요나스가 투덜거렸다.

그러다 영상이 확 기울었다. 땅을 비추던 영상이 갑자기 하늘로 향했다.

이건 마력함이 완전히 뒤집혔다는 뜻.

사투가 한숨을 쉬었다.

"휴우우! 우리 타워에서 개발한 마력함은 정말 균형감이 뛰어나지요. 비행체 가운데 이토록 균형에 강한 물건도 없을 겝니다. 하지만 이렇게까지 뒤집히면 그다음은 추락할 수밖에 없습니다."

그 말을 증명이라도 하듯 영상이 갑자기 90도로 휙 틀어졌다. 그다음 빠른 속도감이 느껴졌다.

사투가 영상을 스톱시켰다.

"여기 이 영상을 보십시오. 마력함이 최고 속도로 운항 중일 때도 이렇게 주변 영상이 빠르게 움직이진 않습니다. 이건 추락 중에 찍힌 영상이 분명합니다."

그걸 끝으로 영상이 끊겼다. 마력함에 연달아 충격이 가해지면서 영상 수집기도 완전히 망가진 듯했다.

뢴로트가 어깨를 으쓱했다.

"마력함의 추락은 분명해 보이는군."

카티가 끼어들었다.

"하지만 가림 왕자님의 행방은 여전히 알 수가 없네요. 가림 왕자님의 실력이라면 군나르 왕국의 솔샤르들을 뚫고 탈출했을 수도 있다고 봐요. 게다가 가림 왕자님 혼자 파병을 나가신 것도 아니잖아요? 왕자님 직속 병력을 다수 데려가셨다고 들었어요. 그들이 뭉치면 군나르 왕국의 솔샤르들을 상대하지 못할 까닭이 없죠."

카티는 적극적으로 그룬드를 옹호했다.

마력함의 추락?

물론 이것도 큰 피해였다. 하지만 위험한 군사작전 중에는 얼마든지 벌어질 수 있는 일이었다. 마력함의 추락만으로 그룬드를 벌주기는 쉽지 않았다.

하지만 가림은 달랐다.

비록 후궁의 자식이라고는 하나 가림은 엄연히 토브욘의 핏줄이었다.

요나스가 사투에게 물었다.

"이 영상을 받은 시점이 언제라고 했죠?"

"어제저녁입니다."

사투의 대답에 그룬드가 발끈했다.

"아니! 그런데 왜 지금 회의를 소집한 거요? 이런 중요한 일이 터졌는데 어제 당장 모였어야지!"

사투가 고개를 가로저었다.

"그룬드 전하, 어제 수신한 영상의 질이 너무 나빠 아무런 판단도 할 수 없었답니다. 저희 제자들이 밤새도록 영상을 복원하여 겨우 이 정도 화질을 만들어 낸 것입니다."

요나스가 한 팔 거들었다.

"그렇지. 뿌옇게 뭉개진 영상으로 이런 중요한 회의를

소집할 수는 없지. 먼저 영상부터 복원하는 것이 순서지. 난 사투 현자님의 일 처리가 당연했다고 본다."

"그건 그렇지만 내게는 먼저 알렸어야 하는 거 아뇨? 아까 뢴로트가 말했듯이, 누가 마력함의 출전을 허락했겠소? 다들 알 거 아뇨. 그리고 둘째 형님도 알고 있는 거 아닙니까? 그거, 내가 했습니다. 내가 가림에게 마력함을 내줬어요."

어차피 금세 밝혀질 일, 그룬드가 먼저 선수를 쳤다. 아니, 선수에게 그치지 않고 사투를 물고 늘어졌다.

"사투 현자님, 현자님도 알고 계셨지요? 이번에 마력함의 출병을 제가 허락했다는 거, 말입니다. 그럼 그 마력함에서 무슨 일이 발생하면 그 즉시 내게 알려 줘야 하는 거 아닙니까? 영상의 복원! 뭐 이딴 거를 하기 전에 말입니다. 우리 〈전투 시 마력함 운용 수칙〉부터 다시 살펴봅시다."

"그건……."

사투의 얼굴에 당황한 기색이 떠올랐다.

마력함 운용 수칙 2조 7항:
— 출함 시 마력함의 지휘 및 책임은 일차적으로 출함 승인자에게 있다.

이 문구는 마력함 운용 수칙에 정확하게 박혀 있는 내용이었다.

이번 마력함 출전의 승인자는 그룬드!

따라서 사투 현자는 마력함의 이상을 발견한 즉시 그룬드에게 이 사실을 보고해야 했다.

당황한 사투가 요나스의 눈치를 살폈다.

요나스가 얼굴을 찌푸렸다.

'여기서 그룬드의 잘못을 계속 추궁하다가는 사투도 함께 벌을 줘야 할 분위기인데, 이 기회에 그룬드 녀석과 사투 현자를 함께 날려 버릴까?'

요나스는 사투를 버리는 패로 쓸까 잠시 고민했다.

'뭐, 그것도 나쁘지는 않지.'

최근 들어 그룬드가 급성장하는 느낌이었다. 요나스는 '그룬드 정도 되는 강력한 라이벌을 확실하게 제거할 수만 있다면 사투를 함께 버려도 아깝지 않다.'고 생각했다.

문제는 이 정도 건수로 그룬드의 숨통을 확실하게 끊을 수 있느냐 하는 점.

'어떻게 하지?'

요나스가 판단을 망설이고 있을 때 2왕비 카스트렌이 끼어들었다.

"내 생각엔 지금 시시콜콜한 절차상의 문제를 따질 때가 아닌 것 같군."

Chapter 6

카스트렌의 개입에 요나스가 반색을 했다.

"2왕비 마마의 탁월하신 고견을 듣고 싶습니다."

카스트렌이 도도하게 말했다.

"마력함의 추락을 놓고 누구에게 먼저 보고를 했느냐, 안 했느냐? 우리가 지금 이런 시시한 문제를 따질 때는 아닌 것 같아. 지금 중요한 것은 가림의 생사! 일단 가림이 죽었는지 살았는지, 살아 있다면 군나르 왕국에 포로로 잡혔는지, 아니면 지금 탈출 중인지, 이것부터 파악해야겠지."

"그렇죠. 가림이 먼저죠."

요나스가 손뼉을 쳤다.

카스트렌의 주장이 이어졌다.

"만약 가림이 적진 한복판에서 함정에 빠져 죽었다면, 이는 위대하시고 또 위대하신 분의 핏줄에게 해를 끼친 것이니 분명 누군가의 잘잘못을 따져야 할 게야. 하지만 만약 가림이 적의 포로로 붙잡혔다면 우선 그를 구출하는 것이 순서가 아닐까? 우리 북해의 아들이 사막 놈들의 포로로 잡혔다? 세상에 이보다 더 큰 수치는 없을 게다. 그러니 하루빨리 가림을 구출해야 해."

말을 하면서 카스트렌은 그룬드를 바라보았다.

'네가 가서 가림을 구출해 와라.'

카스트렌의 눈은 이렇게 말하고 있었다.

'역시 넌 쌍년이야.'

그룬드는 속으로 이를 갈았다.

하지만 이 올가미를 피할 방법은 없었다. 그룬드는 정면 돌파를 선택했다.

"2왕비님, 제가 나서겠습니다."

결국 그룬드가 자원을 했다.

'옳거니! 그룬드 녀석, 드디어 올가미에 걸렸구나!'

요나스가 속으로 활짝 웃었다. 하지만 겉으로는 그룬드를 걱정해 주는 척했다.

"그룬드, 네가 직접?"

그룬드는 씁쓸하게 대답했다.

"네. 북해의 아들이 사막 놈들의 포로로 붙잡혔을지도 모르는데, 어떻게 제가 가만히 있겠습니까? 둘째 형님, 저를 군나르 왕국으로 보내 주십시오. 제가 직접 가서 가림과 카를슨이 살았는지 죽었는지, 아니면 적들의 포로로 붙잡혔는지 파악하겠습니다."

뢴로트는 다 쓰러져 가는 백곰에게 마지막 일격을 가하

는 심정으로 말문을 열었다.

"다섯째 형, 뭘 그런 걸 둘째 형님께 허락을 받고 그래?
어차피 다섯째 형은 마력함을 출전시킬 권한이 있잖아. 그
러니 그 마력함에 형의 부하들을 탑승시켜 군나르 왕국으
로 출발하면 그만이지. 설마 남자가 쩨쩨하게 둘째 형님께
병력 지원을 바라는 거야?"

뢴로트의 말은 독사의 입에서 흘러나오는 소리 같았다.

'뢴로트, 네가 이럴 줄 알았다.'

뢴로트의 말 한 마디 한 마디는 그룬드의 성질을 박박 긁
었다. 그룬드는 가슴 저 밑바닥으로부터 끓어오르는 울화
를 억지로 억눌렀다.

'뢴로트, 역시 넌 개새끼야. 난 개새끼의 멍멍거리는 소
리에 반응하지 않아.'

그룬드는 스스로에게 이렇게 최면을 건 뒤, 요나스에게
다시 말했다.

"둘째 형님, 가림에게 마력함을 내준 것은 제 잘못입니
다. 저는 가림이 동생을 찾으러 가는 줄 알았지 군나르의
정예병들과 곧바로 맞부딪칠 줄은 몰랐습니다. 하지만 더
이상 이런저런 변명을 하지 않겠습니다. 2왕비님 말씀처럼
지금은 누구의 잘잘못을 따질 때가 아니라 가림의 구출이
먼저니까요."

"그래서?"

요나스가 눈빛을 날카롭게 벼렸다.

그룬드는 대놓고 약한 척을 했다.

"그런데 제 사병들만 갖고 가림을 구출할 자신이 없습니다."

"뭐?"

오만한 그룬드의 입에서 자신 없다는 말이 나온 것은 이번이 처음이었다. 다들 휘둥그레진 눈으로 그룬드를 바라보았다.

그룬드의 편인 카티도 놀라서 두 눈을 껌뻑거렸다.

그룬드는 사람들의 시선을 무시하고 계속 말했다.

"가림이 어설프게 건드린 탓에 지금 군나르 왕국은 독이 바짝 올랐을 겁니다. 이 상황에서 제 사병만으로 적진을 뚫고 가림을 구출하는 것은 무리입니다. 그러니 둘째 형님께서 도와주십시오."

"내가?"

"네, 제게 둘째 형님의 병력을 내주십시오. 그러면 제가 목숨을 걸고 가림을 구출해서 땅에 떨어진 북해의 명예를 되찾겠습니다."

그룬드는 가림을 구출해야 북해의 명예가 회복된다고 말했다.

북해 사람들은 원래 자존심이 강했다. 북해의 지배자인 토브욘은 더더욱 자존심이 강했다. 명예 회복을 위해 동생이 직접 출병하겠다는데 형 되는 자가 병력의 지원을 망설인다? 그럼 이번엔 요나스의 체면이 땅에 떨어지는 셈이었다. 게다가 만약 그룬드가 군나르 왕국에서 잘못되기라도 하는 날에는 요나스가 모든 책임을 뒤집어쓰게 생겼다.

　"요나스가 병력 지원을 하지 않아 그룬드가 죽었다."

　혹시 나중에 이런 소문이라도 돌게 된다면?

　그럼 요나스도 후계자 경쟁에서 탈락할 것이다. 토브욘이 요나스를 후계자로 낙점할 리 없었다.

　'요런 곰 가죽을 뒤집어쓴 여우 녀석!'

　요나스는 그룬드를 무섭게 노려보았다.

　원래 요나스가 바라던 그림은 그룬드가 주먹으로 가슴을 탕탕 두드리면서 "아무도 돕지 마라! 나 혼자 가서 가림을 구출하겠다!"라고 큰소리를 치는 것이었다. 그럼 모든 책임 소재가 그룬드에게 걸린다.

　한데 그룬드는 여우처럼 잽싸게 발을 뺐다.

　"나 혼자 힘으로 가림을 구출할 자신이 없다. 둘째 형 요나스가 도와주지 않으면 우리 북해의 명예가 땅에 떨어진다."

　그룬드는 이런 말로 요나스를 엮어 버렸다.

'2왕비님, 좀 도와주시죠?'

요나스가 카스트렌을 곁눈질했다. 그는 카스트렌이 이 꼬인 상황을 해결해 주기를 바랐지만, 아쉽게도 카스트렌은 아무런 발언도 하지 않았다.

'아, 이런 젠장!'

요나스는 속으로 욕을 퍼부었다.

까마득히 치솟았던 9개의 원기둥이 다시 바닥으로 내려왔다.

밑에서 대기 중이던 실보플레가 쪼르르 달려왔다.

"어떻게 되었나요? 회의 결과 말이에요."

실보플레는 작은 목소리로 스승에게 물었다.

카티가 고개를 가로저었다.

"그룬드 전하가 곤경에 빠지셨구나. 가림 왕자님의 생사를 확인하러 직접 군나르 왕국에 가게 생기셨어."

"어쩜 좋아! 흐윽!"

실보플레가 울상을 지었다.

카티는 그런 실보플레의 엉덩이를 툭툭 쳤다.

"하지만 아주 최악의 상황은 피했다. 그룬드 전하께서 영리하게도 요나스 전하를 끌어들이셨어."

"요나스 전하를요?"

"그래. 이번 작전에 직접 나서는 분은 그룬드 전하지만, 그 책임은 요나스 전하께서 짊어지게 생겼구나. 그러니 어쩌겠니? 요나스 전하께서는 싫더라도 그룬드 전하께 병력을 잔뜩 지원할 수밖에 없을 게다. 그러면 그룬드 전하의 안전은 확보되는 게지."

"하아! 다행이네요."

실보플레가 가슴을 쓸어내렸다.

그런 제자를 보면서 카티는 쓴웃음을 지었다.

"녀석, 그룬드 전하가 그렇게도 좋니?"

"네? 아이 참! 스승님, 뭘 그런 걸 물으세요?"

실보플레는 붉어진 뺨을 양손으로 잡고 도리질을 했다.

그 모습이 참으로 앙증맞아 카티의 입에 푸근한 미소가 걸렸다. 하지만 다른 한편으로 카티는 제자의 미래를 걱정했다.

'실보플레야, 네가 사모하는 그룬드 전하는 사실 겉모습과 속마음이 다른 분이란다. 외모는 호탕하지만 오늘 내가 본 그룬드 전하는 여우보다 교활하고 늑대처럼 집요했어. 그런 사람을 마음에 담게 되다니, 나는 장차 네가 상처를 받지나 않을까 걱정되는구나. 휴우우!'

카티가 제자 몰래 내쉰 한숨이 타워 69층 바닥에 무겁게 내리깔렸다.

진화의 증거

Chapter 1

오랜만에 하라간의 수업이 재개되었다.

원래 하라간은 군나르 왕국 최고의 석학인 칼리프로부터 다방면에 걸친 개인 수업을 받았다. 그런데 최근에 여러 가지 복잡한 일들이 터지면서 한동안 휴강을 했다.

오늘은 모처럼 다시 수업을 받는 날.

상쾌한 바람이 하라간의 방 안을 기웃거렸다. 하라간과 칼리프는 바람이 살랑거리는 창가에 앉아 대화를 나누었다.

"하라간 님, 오늘은 마물의 진화에 대해 배우실 차례입니다."

"응."

마물의 진화는 하라간이 특별히 관심을 두고 있는 분야
라 기대가 컸다.

칼리프는 노트 몇 권을 탁자에 올려놓고 수업을 시작했다.

"일단 소신이 작성한 이 노트로 설명을 드리고, 이어서 하
라간 님의 이해를 돕기 위한 참관 수업을 진행하겠습니다."

"응."

"하라간 님께서도 아시다시피 마해의 마물들은 참으로 살
벌한 환경에서 살고 있습니다. 그 극한 환경에서 오직 강자만
이 살아남아 점점 더 깊은 바닷속으로 들어가지요. 그렇게 깊
게, 더 깊게 내려갈 수 있는 원동력이 바로 진화입니다."

"응."

"하라간 님께선 혹시 마물의 진화에 대해서 들어 보셨습
니까?"

칼리프의 질문에 하라간이 몇 가지를 손꼽았다.

"몇 개는 알고 있지. 우선 레르가 진화해서 막레르가 되
잖아? 케토가 진화해서 막케토가 되고, 덴스가 서로 뭉쳐서
노덴스가 되기도 하고. 이런 것들이 진화 아닌가?"

칼리프가 손뼉을 쳤다.

"맞습니다, 하라간 님, 정말 잘 알고 계십니다. 마해의
마물들은 그렇게 진화의 과정을 통해 점점 더 강해집니다.
그렇지 않으면 도태될 수밖에 없으니까요. 하면, 인간과 결

합한 마물은 어떻게 되겠습니까? 약자가 도태되고 강자만 살아남는 그 잔혹한 마해를 떠났으니 이제 진화를 멈추고 정체되어도 괜찮은 것일까요?"

"아니."

하라간은 고개를 가로저었다.

"호오? 아니라고요?"

칼리프가 눈에 이채를 띄었다.

마해의 마물들은 살기 위해서 진화한다. 이건 엄연한 사실이었다. 하지만 솔샤르와 결합한 마물들은 마해에서처럼 심각하게 생명의 위협을 느끼지 않았다. 그래서 진화를 멈췄다고 알려져 있다. 실제로 대다수의 솔샤르들은 자신과 결합한 마물이 진화할 것이라고 생각하지 않았다.

칼리프가 하라간에게 물었다.

"하라간 님, 어째서 아니라고 답변하셨습니까?"

"진화의 증거를 보았으니까."

"네에? 하라간 님께서 진화의 증거를 보셨다고요?"

칼리프의 눈이 휘둥그레졌다.

하라간은 그것도 몰랐냐는 듯이 대꾸했다.

"칼리프, 그대의 손녀딸 레다 말이야. 지금 진화 중이야."

"헙! 소신의 손녀 레다가 말씀이십니까?"

칼리프는 진짜로 깜짝 놀랐다.

솔샤르와 결합한 마물이 진화할 확률은 거의 0 퍼센트였다. 오랜 세월 문서를 뒤져 온 칼리프만이 몇몇 진화의 사례를 찾아냈을 뿐, 솔샤르와 결합한 마물이 진화한다고 주장하는 학자는 거의 없었다. 그런데 자신의 손녀 레다에게 그런 희귀한 일이 벌어졌다니, 칼리프는 하라간의 말을 귀로 듣고도 믿기 어려웠다.

하라간이 피식 웃었다.

"몰랐었나 보네?"

"네, 소신은 전혀 몰랐습니다. 레다가 막레르와 결합한 것은 알고 있었지만, 그 막레르가 진화 중이라니! 정말 놀라울 따름입니다. 허어어!"

"그럼 레다의 막레르가 특이종이라는 사실은 알고 있었어?"

"네, 그건 알고 있었습니다."

칼리프가 고개를 주억거렸다.

하라간이 자신의 의견을 말했다.

"내 생각엔 특이종이라는 것 자체가 진화의 시작인 것 같아. 진화를 위해 마물의 몸속 무언가가 변하다 보니 특이종이 된 거지."

"하지만 그것만으로 진화라고 부르기엔 미흡하지 않습니까?"

"맞아. 특이종에서 멈추는 경우가 대부분이겠지. 여기는 살벌한 마해가 아니고, 마물들도 생존을 위해 발버둥 치지 않으니까. 하지만 마물과 결합한 솔샤르가 지속적으로 압박을 가한다면 어떻게 될까? 쉴 새 없이 단련하고, 죽음의 공포를 느낄 만큼 몸을 혹사시키고, 치열한 전투를 거듭하고, 마해에 버금갈 정도로 혹독한 환경을 만들어 주면 마물이 어떤 반응을 보일까? 결국 본능에 따라 진화하지 않을까?"

하라간의 말에 칼리프가 벌떡 일어났다.

"오오오! 하라간 님! 제가 오늘 수업하려던 것이 바로 이 내용입니다. 환경만 잘 만들어 주면 솔샤르와 결합한 마물도 진화한다! 지난 수십 년 동안 문헌을 뒤지며 사례를 연구한 결과, 소신은 이런 결론을 내렸습니다. 그런데 하라간 님께서는 놀랍게도 소신이 수십 년 동안 연구한 결과를 이미 꿰뚫어 보고 계셨군요! 크흑! 살아서 드래곤이 되신 신인께서 우리 군나르 왕국을 돌보시나 봅니다. 이토록 영특한 분을 우리 왕국에 내리셨으니 말입니다. 크흐흑!"

칼리프는 감격에 겨워 눈시울을 붉혔다.

멋쩍어진 하라간이 손가락을 좌우로 까딱였다.

"아아! 그만둬! 칼리프, 내 앞에서 그렇게 질질 짜는 시늉을 하지 말라고. 난 그런 건 딱 질색이니까 말이야."

"죄송합니다, 하라간 님. 크흐흑!"

칼리프가 서둘러 소매로 눈물을 찍었다.

하라간이 눈살을 찌푸렸다.

"그나저나 이게 다야? 모처럼 수업을 다시 듣게 되어 기대가 컸는데, 겨우 이 이야기가 전부냐고?"

"아닙니다. 좀 더 드릴 말씀이 있습니다."

칼리프는 자신이 정리한 노트 후반부를 펼쳤다.

"대부분의 솔샤르들은 마해처럼 혹독한 환경에서 살지 않지요. 그러므로 진화에 성공한 자들은 극히 드물었습니다. 그리고 그 소수의 성공자들도 진화에 대해서 숨기는 경우가 대부분이라 문헌 조사가 실로 까다로웠습니다. 그래서 소신은 역사상 가장 유명하고 위대한 진화로부터 첫 실마리를 찾게 되었습니다."

칼리프의 말은 앞뒤가 맞지 않았다. 칼리프는 "솔샤르들이 진화하는 경우는 극히 드물어서 대부분 진화를 믿지 않는다."고 주장했다.

그런데 역사상 가장 유명한 진화라니? 그렇게 유명한 성공 사례가 있으면 모두들 진화를 믿을 것이 아닌가! 칼리프의 주장은 뭔가 이상했다. 하라간은 그 점을 지적하려다가 칼리프가 펼쳐 놓은 페이지에 눈길을 주었다.

Chapter 2

칼리프의 노트에 그려져 있는 것은 목이 길고 눈이 불덩이 같으며 기다란 동체와 커다란 날개를 가진 전설 속의 마물, 키르샤였다.

"키르샤?"

"맞습니다. 이건 키르샤입니다. 하라간 님, 심해 레벨의 절대 마물 키르샤와 결합한 분에 대해서 알고 계시지요?"

"그야 알지. 모든 솔샤르들의 선조! 살아서 드래곤이 되신 욘 아르네 님을 말하는 거잖아."

욘 아르네! 심해 레벨의 절대 마물 키르샤와 결합한 신인!

북부의 모든 솔샤르들이 신으로 섬기는 그 전설 속의 인물!

칼리프는 그 욘 아르네를 진화의 첫 사례로 지목했다.

"소신은 무려 수십 년 동안 신인과 관련된 모든 고문서들을 탐독했습니다. 군나르 왕국뿐 아니라 다른 왕국에 남겨진 문서들도 모두 찾아내 조사했지요. 그러다 한 가지 중요한 사실을 발견했습니다. 신인께서 처음 그 위대하신 모습을 드러내셨을 때, 그때 목격자가 남긴 증언을 보면 분명이 그림 속 키르샤와 형태가 달랐습니다."

"호오?"

이건 흥미로운 이야기였다. 하라간은 의자를 바짝 당겨 앉았다.

칼리프가 말을 이었다.

"하지만 안타깝게도 신인의 초창기 모습을 기록한 문서들은 세상에 거의 남아 있지 않습니다. 그래서 소신도 상세한 증거를 모으는 데는 실패했습니다. 하나 몇 가지 증거들을 종합해 보았을 때 신인께서 처음부터 키르샤였던 것은 아니라는 판단입니다."

"계속해 봐."

"소신의 생각에 아마도 초창기 신인께서 결합한 마물은 해구 3층 레벨이지 않을까, 이렇게 추정합니다."

"해구 3층?"

"네. 심해 바로 아래 단계지요. 그런데 좀 더 시간이 흐른 이후부터 신인께서는 키르샤의 위풍당당한 모습을 세상에 드러내셨습니다. 바로 이 시점부터 신인을 칭송하는 자료들이 폭발적으로 늘어나게 되었습니다. 역설적으로, 넘쳐 나는 자료 때문에 신인의 초창기 모습을 묘사한 자료는 오히려 찾기가 더 어려워졌지요. 후우우!"

칼리프가 한숨을 내쉬었다.

하라간은 칼리프의 말을 다시 정리했다.

"정리해 보면 다음과 같네? 신인께서 처음에 결합한 마물은 해구 3층 레벨이었다. 그런데 진화를 해서 키르샤가 된 것이다. 이것이 그대가 낸 결론이야?"

"네. 그것이 바로 소신의 결론입니다."

칼리프는 힘차게 고개를 끄덕였다.

칼리프는 욘 아르네 외에도 몇 가지 진화의 사례를 더 보여 주었다. 하라간은 칼리프의 설명을 귀 기울여 들었다.

한동안 연구 결과를 설명하던 칼리프가 하라간에게 물었다.

"하라간 님, 소신의 학설이 그럴듯하다고 느끼시는지요?"

하라간은 고개를 끄덕였다.

"일리 있는 주장이라고 봐. 마해의 마물들은 원래 진화를 해 왔잖아? 그러니 솔샤르와 결합한 이후에도 주변 환경만 잘 조성되면 진화를 하지 않을 이유가 없지."

"그렇습니다. 소신도 처음에는 학문적인 호기심에서 사례 연구부터 시작했지만, 곧 하라간 님처럼 생각했습니다. 환경만 잘 조성해 주면 솔샤르와 결합한 마물도 진화하지 않을까? 이런 생각으로 연구를 거듭했지요."

"그래서, 결과는?"

하라간이 기대심에 활짝 웃었다.

사실 하라간은 고리타분한 사례 연구 따위는 관심이 없

었다. 어떻게 하면 실제로 솔샤르를 진화시킬 수 있을까? 어떻게 하면 이 연구 결과를 이용해서 군나르 왕국의 무력을 급격히 증가시킬 수 있을까?

하라간은 이런 실용적인 점을 중요하게 여겼다.

칼리프가 하라간의 기대에 부응했다.

"소신은 손녀딸 레다가 진화 중이라는 하라간 님의 말씀을 듣고 깜짝 놀랐습니다만, 사실 레다 외에도 소신의 주도 아래 진화를 시도 중인 대상자가 몇 명이 있습니다. 소신이 인위적으로 마해와 유사한 환경을 만들어 준 덕분에 그들은 진화라는 위대한 여정에 첫발을 내딛게 되었지요."

칼리프의 얼굴엔 자부심이 넘쳤다.

하라간이 칼리프를 향해 엄지를 치켜세웠다.

"진짜야? 역시 칼리프답군! 내가 사실 요새 조금 실망을 했거든. 토브욘 왕국은 하늘을 비행하는 마력함을 만들어서 우리 군나르 왕국 수도까지 거침없이 진격을 하는데 우리는 뭐하는 건가? 우리 군나르 왕국이 그렇게 남들보다 뒤처졌단 말인가? 마음속으로 이런 실망을 했거든. 그런데 칼리프가 다시 내게 희망을 안겨 주네? 하하하!"

"하라간 님! 비록 우리 군나르 왕국이 토브욘에 비해 마법 지식 분야에서는 뒤처지지만, 대신 우리 군나르는 인체에 대한 연구, 즉 의학 지식이나 점성술, 주술 분야에서는 놈들보다 훨씬 앞서나가고 있습니다. 오늘 소신이 하라간 님을 모시고 우리 군나르 왕국의 발전된 분야를 소개해드리겠습니다. 하라간 님께서 다시는 실망하시지 않도록 말입니다."

칼리프가 자신 있게 말했다.

하라간이 자리를 박차고 일어섰다.

"그렇다면 당장 가지. 여기서 책만 보지 말고, 당장 그 증거들을 내게 보여 달라고. 우리 군나르 왕국이 결코 뒤처지지 않는다는 증거!"

하라간의 눈이 횃불처럼 강렬하게 타올랐다.

칼리프가 냉큼 응답했다.

"네, 소신이 모시겠습니다."

칼리프가 안내한 곳은 왕궁 북쪽에 위치한 건물이었다. 하늘에서 보았을 때 정육각형처럼 보이는 이 5층 건물은 크게 세 분야의 연구자들이 나눠서 사용했다.

우선 첫 번째 블록은 의학 연구 전용.

두 번째 블록은 점성술 연구.

세 번째 블록은 주술 및 문신에 대한 연구.

하지만 이렇게 나눈 것은 겉보기일 뿐, 실제로 육각형 건물 지하에서는 군나르의 지시 아래 여러 분야가 복합된 비밀 연구가 진행 중이었다.

칼리프는 하라간을 지하 3층의 비밀 연구동으로 안내했다.

하라간의 방문에 학자와 연구원들은 바짝 긴장한 상태.

칼리프는 그중 한 학자에게 지시를 내렸다.

"6번 실험실을 열게."

"네."

중앙 홀에서 학자가 줄을 당기자 6이라는 숫자가 적힌 문이 구르르릉 소리를 내면서 위로 들렸다.

"하라간 님, 이곳입니다."

칼리프가 앞장서서 6번 실험실로 들어갔다.

어두컴컴한 실험실에는 푸른 액체로 가득한 유리관 5개가 둥글게 늘어서 있었다. 하라간은 유리관 안에 들어 있는 창백한 피부의 사람들을 훑어보았다. 5명 가운데 3명은 죽은 듯이 눈을 감고 있었고, 2명은 눈을 반쯤 뜬 채 하라간과 시선을 마주쳤다.

칼리프가 설명을 했다.

"현재 2명이 진화를 거의 끝내고 의식을 회복 중입니다. 나머지 3명은 아직 진화가 진행 중이라 의식이 없습니다."

하라간이 유리관을 가리켰다.

"이 푸른 액체는 뭐지?"

"그건 마해에서 직접 공수해 온 바닷물입니다. 가급적이면 마해와 동일한 환경을 만들기 위해서 준비를 했습니다."

하라간이 고개를 갸웃거렸다.

"물만 바꾼다고 진화가 될까? 마해에서 마물들이 진화하는 이유는 다른 마물들과 끝없이 경쟁해야 하는 가혹한 환경 때문 아니야?"

"하라간 님의 지적이 옳습니다. 그래서 저희는 실험 대상자들이 혹독한 환경 속에 있다고 착각하도록 조치를 취했습니다."

칼리프가 유리관 뒤편을 가리켰다.

Chapter 3

하라간이 유리관 뒤로 돌아가자 섬뜩한 장면이 눈에 띄었다. 유리관 속 실험 대상자들의 두개골 뒤쪽을 절개하여 뇌를 직접 드러낸 다음, 그 뇌에 수백 개의 뾰족한 침을 꽂아 놓은 것.

각 침의 끝에는 가느다란 실이 매달려 유리관 위쪽으로 연결되었다.

칼리프가 자랑스럽게 말했다.

"하라간 님, 우리 군나르 왕국의 의술은 북부의 아홉 왕국 가운데 최고입니다. 특히 두개골을 열고 뇌를 직접 조작하는 의술은 감히 우리를 따라올 곳이 없습니다. 소신은 이의술을 이용하여 실험 대상자들의 뇌리에 가혹한 환경을 심어 주었습니다. 그랬더니 그중 일부가 보시는 바와 같이 진화의 단계에 진입했습니다."

"허어!"

하라간이 뜻 모를 탄식을 흘렸다.

칼리프의 실험은 상당히 비인간적이고 잔인했다. 사람을 강제로 혼수상태에 빠뜨린 다음, 그의 뇌 속에 마해의 환경을 구현한다는 것! 이건 정말 생고문이나 다름없는 일이었다.

하라간이 손가락을 빙빙 돌렸다.

"칼리프, 이거 성공률이 얼마나 되나?"

"네?"

"5명의 진화자를 얻기 위해 실패한 실험 대상자가 몇 명이나 되느냐고."

"그것이······."

칼리프가 대답을 망설였다.

"괜찮으니까 말해 봐. 성공률이 얼마야?"

하라간의 재촉에 결국 칼리프가 솔직하게 털어놓았다.

"솔직히 말씀드려서 아직까지 성공률은 낮습니다. 지금까지 총 216명에게 실험을 했고, 그 가운데 이들 5명이 가능성을 보였습니다."

"216명 가운데 5명?"

"네."

"확률을 따지면 2 퍼센트가 조금 넘네? 그나마 이 5명도 아직 완전히 성공한 것은 아니잖아? 2명은 의식을 회복 중이지만 나머지 3명은 아직 깨어나지도 못했잖아."

"그렇습니다. 휴우우! 하라간 님의 말씀처럼 아직은 가능성만 확인한 단계입니다."

칼리프가 풀 죽은 목소리로 대답했다.

'하라간 님께선 이 실험을 못마땅하게 여기시는구나! 하긴, 내 실험이 보기에 따라선 무척 비인간적이지. 게다가 효율성도 떨어져.'

하라간의 꾸중을 들을 것이라 생각한 칼리프는 어깨를 축 늘어뜨렸다.

의외로 하라간의 반응은 나쁘지 않았다.

첫째, 하라간은 솔샤르를 동족으로 취급하지 않았다. 솔샤르에 대해서 그 어떤 잔인한 실험을 한다고 해도 눈 하나 까딱하지 않을 사람이 바로 하라간이었다.

둘째, 하라간은 인간도 동족으로 취급하지 않았다. 이것은 하라간이 마해에서 돌아온 이후부터 생긴 변화였다.

하라간은 솔샤르도, 그리고 인간도 불쌍히 여기지 않았다.

하라간이 칼리프의 어깨를 두드렸다.

"뭐, 괜찮네."

"하라간 님, 정말이십니까?"

칼리프가 눈을 동그랗게 떴다.

하라간이 고개를 끄덕여 긍정적이라는 의사를 전달했다.

"괜찮고말고. 이 정도 가능성을 본 것만 해도 훌륭한걸. 그나저나 실험 대상자들은 어디서 구했지? 이 위험한 실험에 자원자가 있었을 것 같지는 않은데?"

216명의 솔샤르라면 결코 만만한 숫자가 아니었다. 단순히 칼리프의 호기심 충족을 위해 이 많은 솔샤르를 희생했다는 것은 말이 되지 않았다.

칼리프가 유리관을 힐끗 보았다.

"하라간 님, 이들은 죄인들입니다."

"응?"

"위대하시고 또 위대하신 분께 죄를 짓고 사형을 언도 받은 솔샤르들! 그리고 우리 군나르 왕국에 침투한 적국의 첩자들! 소신은 이런 자들을 빼돌려 인체 실험을 했습니다. 예를 들어서……."

칼리프가 말을 잠시 멈추고 줄을 잡아당겼다.

구그그그궁!

톱니바퀴 돌아가는 소리와 함께 실험실 벽이 열리면서

342 하라간

새로운 유리관들이 드러났다.

이제 막 실험에 투입된 신규 유리관의 숫자는 총 20개.

칼리프는 그중 한 유리관 앞에서 발걸음을 멈췄다.

"예를 들어서 여기 이자!"

"어엉?"

"하라간 님께서는 여기 이자의 정체를 알아보시겠습니까?"

칼리프가 유리관 속 사내를 손가락으로 가리켰다.

하라간은 깊은 잠에 빠져 있는 실험 대상자를 빤히 바라
보았다.

"메네스!"

하라간의 입술을 비집고 '메네스'라는 이름이 흘러나왔다.

메네스! 한때 호위대의 촉망 받는 무사였던 메네스!

하지만 20년 전 군나르에게 죄를 짓고 죽음을 위장했던
자!

마이림과 마프가 만든 비밀 조직의 서열 5위!

외궁 5호!

얼마 전 게브 8호에게 추포되어 군나르 왕국을 발칵 뒤집
어 놓았던 그 메네스가 칼리프의 실험 대상이 되어 유리관
속에 잠들어 있었다.

칼리프가 손으로 턱수염을 쓸었다.

"지금까지 소신은 일반 솔샤르를 귀족으로 만드는 실험

을 했습니다. 연해 레벨의 솔샤르를 해구 레벨로 끌어올리는 실험이었지요. 그 결과 5명에게서 가능성을 보았습니다. 이제 그 실험을 귀족에게도 해 보려고 합니다."

메네스는 막레르와 결합한 솔샤르였다. 해구 1층 레벨의 막레르!

메네스를 바라보는 칼리프의 눈이 호기심으로 반짝였다.

그런 칼리프를 바라보며 하라간은 쓴웃음을 지었다.

'이거 이 양반, 보통이 아니네.'

칼리프는 군나르 왕국의 대신들 가운데 손에 꼽힐 정도로 충성심이 강하고 온화한 사람이었다. 하지만 그는 호기심 해소를 위해서라면 그 어떤 위험한 실험도 망설이지 않을 몰입형 학자이기도 했다.

'메네스가 아주 된통 걸렸구먼. 쯧쯧쯧!'

하라간은 속으로 혀를 찼다.

마물의 진화를 재현하는 한 과정 중에 벌어진 일이었다.

Chapter 4

"보다시피 이건 진화의 한 과정이에요."

중저음의 웅웅 울리논 목소리가 메마른 정원 안에서 메

아리쳤다.

상대가 동의를 하지 않자 목소리가 좀 더 커졌다.

"내 말을 믿어야 해요. 이건 진화예요. 진화!"

목소리는 고집스럽고 집요했다.

목소리는 기괴하고 기분 나빴다.

구암 대주교는 이 음침한 목소리의 주인공이 주장하는 바를 도저히 받아들일 수 없었다.

"나는 믿지 못하겠다. 이 사악한 마물이여, 대체 우리 성 녀님을 어떻게 했느냐?"

구암 대주교는 두 손을 앞으로 힘껏 내밀어 눈앞의 마물(?) 후려쳤다. 구암의 손끝에서 하얀 성력이 피어나 난초 모양으로 갈라졌다.

화악!

사방팔방으로 휘어진 성력은 각기 다른 궤적을 그리며 날아가 구암 대주교의 눈앞 1 미터 높이에 떠 있는 스켈레톤(Skeleton: 해골)을 강타했다.

구암은 남부 연합을 구성하는 7개 왕국 가운데 하나인 신성 왕국 홀리랜드(Holy Land)의 대주교였다.

홀리랜드에는 총 8명의 대주교가 있는데, 이 가운데 셋은 성녀 클로테스를 도와 행정적인 처리를 하는 사람들이었고, 나머지 3명은 전투에 특화된 수호자들이었다.

구암은 홀리랜드를 지탱하는 3명의 수호자 가운데 하나! 그는 수십 년 넘게 북부의 마물들과 싸워 온 노련한 사제일 뿐 아니라 법력도 강하기로 유명했다. 게다가 지금 구암이 후려친 일격에는 그가 평생 동안 갈고 닦은 성력이 고스란히 담겨 있었다.

'이 정도 일격이면 저 해괴한 마물에게 타격을 줄 수 있을 터!'

구암은 일단 적을 한발 물러서게 만든 다음, 그 틈을 노려 이곳 '성녀의 정원'에서 빠져나가기로 마음먹었다.

'마물들이 대체 무슨 수작을 부렸기에 장벽을 넘어 우리 홀리랜드 법왕청까지 침투했단 말인가? 그리고 성녀님은 대체 어떻게 되신 게지? 설마 마물들에게 포로로 붙잡히셨나?'

구암 대주교는 일단 이곳을 탈출한 다음 성녀 클로테스의 행방을 찾기로 마음먹었다.

한데 적에게 구암의 일격이 통하지 않았다.

등에 날개가 달린 저 괴상한 스켈레톤은 구암의 성력을 무시하고 달려들어 구암의 어깨를 꽉 붙잡았다.

"구암 대주교!"

스켈레톤의 입에서 역한 악취와 함께 그르렁거리는 음성이 흘러나왔다. 구암의 어깨에 두른 보라색 띠가 스켈레톤의 손가락뼈에 잡히기 무섭게 치이익! 타들어 갔다.

"크윽!"

구암이 고통에 휘청거렸다.

스켈레톤이 구암의 어깨를 꽉 눌러 강제로 꿇어앉혔다.

쿠웅!

꽃들이 시들어 버린 메마른 정원 바닥에 구암이 무릎을 꿇었다. 구암은 적을 올려다보며 인상을 구겼다.

"왜? 왜? 내 성력이 통하지 않지? 크으윽!"

홀리랜드의 사제들이 발휘하는 성력은 마물들에게 피해를 입히게 마련. 그런데 조금 전 구암 대주교가 후려친 성력은 상대방에게 눈곱만큼의 해도 끼치지 못했다. 구암은 대체 왜 자신의 성력이 통하지 않는지 이해할 수가 없었다.

스켈레톤이 구암 대주교를 굽어보며 으르렁거렸다.

"구암 대주교! 조금 전 성력이 통하지 않는다는 것을 보고도 믿지 못하나요? 내 이름은 클로테스! 그대가 충성을 맹세한 성녀 클로테스예요."

"거짓말! 너 같이 해골만 남은 마물이 감히 성녀님을 사칭하다니! 당장 지옥으로 꺼져라, 이 사악한 마물아!"

구암이 악을 썼다.

스켈레톤이 구암의 머리통을 움켜잡았다.

"구암 대주교가 나를 믿지 못한다고 해도 할 수 없어요. 여왕께서 나를 진화시켜 주셨듯이, 나도 그대를 진화시켜 줄게요. 구암 대주교는 이제 엄숙하고 성스러운 진화의 과정을 통해 하찮은 인간 나부랭이에서 해방될 것이에요. 내가 그러했듯이 여왕님의 전사로 거듭날 테죠."

"안 돼! 이 마물아! 대체 내게 무엇을 어떻게 하겠다는 말이냐? 그리고 이게 무슨 진화냐? 너처럼 흉측한 마물이 되느니 차라리 난 죽겠다. 으아악! 으아아아악! 으아악! 안 돼! 하지 마! 안 돼! 크아아아아아악!"

구암이 발버둥 쳤다.

하지만 스켈레톤의 억센 완력에 저항하기엔 역부족이었다. 게다가 스스로를 성녀 클로테스라고 주장하는 이 스켈레톤은 혼자가 아니었다. 하얀 법복을 입고 어깨에 보라색 띠를 두른 또 다른 스켈레톤이 달려들어 구암의 두 팔을 꽉 붙잡았다.

"나는 홀리랜드의 수호자 무크!"

새롭게 나타난 스켈레톤이 자신을 무크라고 주장했다.

그 말에 구암이 깜짝 놀랐다.

"무크! 서, 설마!"

피올로, 무크, 구암은 성녀 클로테스를 지키고 홀리랜드의 법을 집행하는 3명의 수호자들이었다.

"설마! 무크 너마저! 크악!"

구암이 잠시 멍해 있던 사이, 성녀 클로테스라고 주장하는 스켈레톤이 구암의 턱 윗부분을 붙잡고 강제로 위로 들었다.

그 바람에 구암의 입이 강제로 쩍 벌어졌다.

성녀 클로테스라고 주장하는 스켈레톤이 벌어진 구암의 입에 키스를 했다.

마물과 키스라니!

"크압! 읍! 우읍! 우우우읍!"

구암은 정신없이 헛구역질을 해 댔다. 하지만 그 와중에 씨앗 같은 것이 구암의 목구멍으로 쑥 넘어갔다.

"크악!"

구암이 비명을 질렀다. 갑자기 그의 뱃속에서 찢어질 듯한 통증이 느껴졌다. 마치 뱃속에 무언가가 들어가 난리 법석을 떠는 것만 같았다.

"크아아아악! 배! 내 배!"

구암이 손톱으로 정원 바닥을 벅벅 긁었다. 이윽고 우두둑거리는 소리와 함께 하얀 뼈가 구암의 위장을 뚫고 피부를 찢으며 밖으로 튀어나왔다.

클로테스와 무크는 허공 1미터 높이에 둥실 떠서 구암을 내려다보았다. 그러는 사이 하얀 뼈는 점점 더 길게 자라나 구암 대주교의 온몸을 휘감았다. 구암의 피부 위로 검푸른 핏줄이 우둘투둘 돋았다. 그렇게 핏줄이 돋아난 자리에 다시 자잘한 뼈들이 자라났다.

구암의 등판에선 하얀 뼈 두 가닥이 길게 뻗어 날개 뼈의 형태를 갖추었다. 잠시 후 그 날개 뼈에서 하얀 깃털이 자라 완전한 한 쌍의 날개가 되었다.

구암의 온몸이 새하얀 뼈로 뒤덮이는 데 채 5분도 걸리지 않았다. 마침내 구암의 얼굴마저 완전히 해골로 변했다.

"끄으윽!"

구암의 입에서 트림을 하는 듯한 소리가 흘러나왔다. 위와 폐, 간과 같은 내장이 완전히 사라지면서 나는 소리였다.

홀리랜드 법왕청의 황폐한 정원 안에서 구암이 다시 꿈틀꿈틀 일어섰다. 구암은 날개를 서서히 펼쳐 잠시 펄럭였고, 뼈만 남은 손가락을 몇 번 까딱거렸다.

클로테스가 허공 1미터 위에서 손을 내밀었다.

"구암 대주교, 진화한 것을 축하해요. 이제 그대는 나와 같이 여왕님의 전사가 되었어요. 북부의 마물들을 깡그리 소멸시킬 전사!"

"크욱!"

구암이 두 손으로 자신의 두개골을 감쌌다.

클로테스는 끈기 있게 기다렸다.

마침내 구암이 클로테스를 향해 손을 뻗었다.

둘의 손가락뼈와 손가락뼈가 서로 맞닿았다. 클로테스가 날개를 펄럭이며 하강해 구암을 꼭 끌어안았다.

"성녀님……."

스켈레톤으로 변한 구암 대주교가 클로테스를 성녀라고 불렀다.

클로테스가 씨익 웃었다.

"이제 내가 클로테스라는 사실을 믿나요?"

"믿습니다. 아니, 확신합니다."

구암이 대답했다.

"구암, 진화를 축하하네. 이제 그대도 우리와 같이 여왕님의 전사로 거듭났어."

무크가 바닥에 내려와 구암의 어깨를 두드렸다.

스켈레톤으로 변한 구암은 북쪽을 향해 고개를 돌렸다. 구암 대주교의 텅 빈 눈구멍에서 섬뜩한 빛이 터졌다.

"마해의 마물들! 그 사악한 종자들을 이 세상에서 깡그리 소멸시키는 것이 우리의 소명! 나 구암은 이제부터 나의 소명을 다하기 위해 목숨을 걸 것이다."

성대가 사라진 구암의 입에서 사납게 그르렁거리는 음성이 울려 나왔다.

성녀 클로테스가 구암의 입에 다시 한 번 키스했다.

〈다음 권에 계속〉